家庭教室

かていきょうしつ

伊東歌詞太郎

Kashiraro Ito

U0075738

かていきょうしつ

家庭教室

伊東歌詞太郎
Kashitaro Ito

家庭教室

目次

輕文學
Light Literature

第1章 — 新生活

東京都。你對這個地方有什麼印象？
全世界的事物都聚集到這個地方，要什麼有什麼。或許是吧！
熱鬧繁華的城市。或許是吧！

＊

我的名字叫做灰原巧，東京出生、東京長大、東京生活的大學二年級生。
我沒有夢想，也沒有任何特長。
這座城市給人的繁華印象，大多是歸功於「部分擁有特色的人」的活躍。大部分的人都和我一樣，低調地在這個大都會裡生活。
成為大學生以後，和來自各地的人交流的機會變多了。
剛入學時，他們滿懷期待，以為來到東京就有樂子。
過了一年以後，約有半數的人了解其實不然，和我們一樣低調地融入東京之中。
剩下的一半則是全心享受東京，努力過著多采多姿的生活。結果，他們成了「部分擁有特色的人」，這樣的人釋放的訊息被東京外的人所接收，構成了東京的印象。
物質上確實不虞匱乏。也因此，東京這座城市不容易產生強烈的特色。

這是我進入大學至今的感受，也是我對自己生長的家鄉的看法。

加入社團以後，每天都和女生喝得爛醉如泥的傢伙是鹿兒島人；上完課後就去明治路上的星巴克殺時間，每晚都到澀谷的夜店釣男人的女生是新潟人；靠著直銷一年賺進五百萬日圓的男人是鳥取人。

包含我在內，原本就住在東京的人則是不卑不亢，低調地融入都會之中。

我還沒出過社會，只是透過打工單腳踩進那個世界略微窺探而已。大學生是一生中最可以當半吊子的時期。

換個說法，就是「可以浪費時間換取自由的身分」。

我是既浪費時間又浪費自由，而大多數的大學生都跟我一樣。

既然不惜浪費時間換取自由，就得用到手的自由做些開心事。對自己的將來有無助益不是這時候需要考量的問題。

「所有大學生都認為只要現在過得開心就好。」這麼說或許過於偏頗，但就我所見，至少東京的大學生多多少少都是以這樣的想法為行動基準。

只不過，實際上能夠按照這個基準行動的人少之又少。

聽到這兒，是不是覺得和你想像中的東京有落差？這下子你應該明白其實大部分都不是那麼光鮮亮麗了吧！

然而，也有和一般印象相去不遠的部分。

東京的物價確實是世界第三高。

來自其他地方的人全都異口同聲地表示「房租好貴」，無一例外。打從出生以來，我從沒遇過說「東京的房租很便宜耶」的人。

像我這樣的東京人看到其他地方的房租行情，反而會大吃一驚。

這年頭只要上網，就可以獲得各種資訊。試著查詢北海道札幌市鬧區的房子吧！

說到東京的鬧區，就是新宿、澀谷。現在就拿相同條件的房屋來比較看看。

距離車站五分鐘路程，一房兩廳，屋齡十年以內。

札幌的「札幌」、「大通」站附近是七萬日圓起跳，東京的「新宿」、「澀谷」卻是十五萬日圓起跳，足足差了兩倍多。如果是札幌以外的都市，差距就更大了。

在東京，要活得有文化，勞動條件是非常重要的。

打工時薪是多少？條件不夠好，便無法過上像樣的生活。

領便宜的時薪打工，就會變成二十四小時都在工作，既不能善盡學生的本分用功讀書，也不能做自己喜歡的事。其中也有人例外，愛上了工作，化為工作狂就是了……

在這座城市生活的訣竅，端看能否用最少的時間賺取最多的金錢——這麼說一點也不為過。

縱使將視野放寬至全國也一樣。在這個資本主義國家．日本，「勞動」是必經之路。不，不光是日本。「一日不做，一日不食」的狀況在許多國家都是一樣的。小學生、國中生以後同樣得工作，所以聽聽我接下來要說的話有益無害。

在各種「勞動」之中，打工具備了格外殘酷的一面。

那就是「時薪」有明顯的階級差異這一點。順道一提，時薪指的是工作一小時可以拿到的金額。有的人是980日圓，有的人是2000日圓。

即使做同樣的工作、耗費同樣的時間，時薪不同，拿到的金額就不同。順道一提，東京都的最低時薪是958日圓。

要打工就要盡量找可以領到更多錢的工作，這個道理大家應該都明白。

不過，時薪高的工作向來有門檻，是不爭的事實。

人人能做的工作容易找，但時薪也很低。

有能力做的人很少，或是有意願做的人很少的工作就算是打工，時薪也很高。比如要有證照才能做的工作、要通過考試才能做的工作、必須精通外文才能做的工作、外貌出眾才能做的工作等等。

就算自己沒有任何過人之處，只要有膽量，照樣能賺錢。冒著高風險工作，或是去找沒有人想做的工作。

比較知名的就是新藥臨床實驗的受試者，或是臥軌自殺者的遺體處理，都是可以在短時間內賺錢的工作。

在我的說明之下，大家應該明白要在短時間內賺錢有多麼困難了吧！

身為融入大都會的平凡東京人，我選擇了補習班講師的打工。

時薪3000日圓，兩小時就有6000日圓，數字乍看之下還不賴。

不過，實際上一做，就知道這份工作不適合賺大錢。

我工作的補習班是以一堂九十分鐘的課程為中心，小學低年級班甚至有一堂四十五分鐘的課程。

平日的課程是從學生放學以後的傍晚上到晚上。這就是講師的工作時間。

靠著在有限的時間中排出的課表，一天頂多只能賺上兩小時的時薪。

配合學生或補習班的行程，有時候一天只能上一堂四十五分鐘的課。

以我的情況而言，如果一天只上四十五分鐘的課，日薪就只有2250日圓。

再加上補習班講師必須備課，得預習課程內容，或是製作教材，至少要花上三十分鐘。

而且上完課以後，一定會有學生來詢問不懂之處。

面對好學不倦的學生，應該沒有講師說得出「接下來的時間不算在我的時薪裡，你去問正職老師」這種話吧！

絕大多數的講師都是忘了時間，教到學生懂了為止。

而我算是那種樂意為了他們和她們享受加班的類型。

補習班裡有各種學經歷的大學生和正職員工。

對於頂尖國公立大學的學生們而言，補習班講師似乎也是打工的選項之一。

然而，不可思議的是，和他們交流，我鮮少有愉快的感受。

我就讀的不是可以拿來說嘴的大學。

不過，以這所大學為第一志願的學生也不在少數，這樣貶低它，好像有點失禮。

補習班講師的世界可說是非常顯著的學歷社會，我的時薪和他們這些精英當然不一樣。

某一天，和同一家補習班打工的東大生講師聊天，我才知道他的時薪是5000日圓。

當時，我不禁暗想：學歷究竟為何物？

過去我從未針對大學排名深入思考過。

我知道大學的名號足以證明每個人的努力程度，但這在「補習班」這種地方能產生多少價值？

當然，若是大力宣傳他的出身校名吸引學生，時薪是該有差別，因為他的出身校名對於補習班的利益有所貢獻。

然而，大多補習班都沒有公開講師是大學生的事實。

「全是正職員工」這種誇大不實的廣告可能構成詐欺，所以網站和宣傳單上都不會出現這類字句，也不會寫「大學工讀生親切教導」；想當然耳，更不會公布講師的出身大學。

當然，學生和家長打從一開始就知道，又或是在半途就會察覺我們是大學工讀生。

重要的不是頭銜或身分，而是內容與結果。

只要能夠和學生建立信賴關係，讓學生愛上學習、考上志願校，一切都不成問題。學生和家長幾乎都是抱著這樣的認知上補習班的。

那麼，為何時薪會因校名而異？

這一點完全無法解釋，甚至可說是不講理、不合理。

我的大學和他的大學就大學排名而言確實有段差距，但是就補習班講師的業務而言，應該是沒有差別的。

可是時薪卻差了近兩倍。工作兩小時，我只能領到６０００日圓，他卻能領到１００００日圓，差額足足有４０００日圓。如果在牛丼店吃飯，等於一個禮拜的伙食費。

明明是做同樣的工作，卻在短短一天內就產生了這麼大的差距。

順道一提，那個東大生和他班上的國中生墜入愛河，被家長發現，所以被補習班開除了。結果不但沒有產生利益，反而造成了損害。

大學排名究竟為何物？

後來，我離開了補習班。是因為我無法忍受這種不合理嗎？

老實說，並不是。

到目前為止所說的一切，只是想要表達這個世界上有許多不合理的事而已。

我離開補習班是有決定性的理由的。

那就是我被開除了。

別誤會，我並沒有和國中生墜入愛河。當然，以後也不會發生這種事。

這麼天經地義的事還要特地寫出來，似乎有點荒謬，不過人生在世，有時候必須白紙黑字寫明，或是出聲表明自己想傳達的訊息才行。

那麼，我是怎麼被開除的？請大家耐著性子聽我道來。

某天，我一如平時地上課。

當時我帶的是小學二年級生的班。起先我是受聘為國中生的國文講師，但是到後來，從小二到高三，各個學年的所有科目我都得教。

每家補習班應該都是這樣吧！來上課的學生形形色色，需求也各不相同；唯有足以應付各種需求的講師才能生存下來。上完課以後，到了邊和學生閒聊邊目送他們離去的時間。我喜歡和學生交流，向來很期待這段時間的到來。

「老師！星期天我去迪士尼樂園玩耶！」

某個學生精神奕奕地向我報告。

小學二年級這個年齡，只要有人在自由時間起個話頭，大家就會開始聒噪起來。整個教室倏然變得生氣蓬勃。

「我之前也去了！」

「我也去過！」

我一面聽大家說話，一面收拾課本和教材。

小孩真的很喜歡迪士尼樂園耶！我如此暗想，環顧喧囂的教室，突然發現某個小男生悶悶不樂。

他的名字叫做羽田勇氣。

平時很懂得察言觀色，個性文靜，是個認真又善良的孩子。在喧囂的教室之中，唯獨他一個人鬱鬱寡歡，引起了我的注意。

我一面目送學生三三兩兩地離去，悄悄地將那個孩子叫到了講師區來。

「剛才看到你突然變得悶悶不樂，如果是因為我提到了什麼讓你不開心的話題，我很抱歉。可以告訴我是怎麼回事嗎？」

「沒有，我沒事。」

「你討厭迪士尼樂園的話題嗎？」

他略微躊躇過後，接著說道：

「我不是討厭啦……」

要延續對話，其實是件難事。

對話時，用字遣詞之中必須帶有尊重之意。

如果說出了缺乏尊重的字句，小孩就不會接話，而大人則是會隱藏心思，盡說場面話。

這個世界上的大半「對話」都是看似有來有往，其實不然。

我認為「和小孩說話的訣竅」就是不把對方當小孩。

眼前的和我一樣，是一個獨立的個體——抱著這種理所當然的心態說話。

「如果你不想說，不必勉強。我只是看你悶悶不樂，關心一下而已。」

「呃，老師，我沒有去過迪士尼樂園。」

當時，教室中盡是「我去過！」的聲音。

在這樣的狀況之下，沒去過的他當然悶悶不樂了。

「這樣啊！你想去嗎？」

「嗯，可是爸爸和媽媽都很忙，沒辦法。」

「原來如此，所以你才會悶悶不樂。謝謝你告訴我。抱歉，留你到這麼晚。」

「不會，沒關係。」

「待會兒我得打電話跟你的爸媽說你離開補習班了，要不要我順便跟他們說你想去迪士尼樂園？」

「不用了，爸爸跟媽媽是真的很忙，沒辦法。」

「是嗎？爸爸媽媽那麼忙啊……我知道了，回家的路上多小心。」

「嗯，再見！」

勇氣打起精神，跑下了補習班的樓梯。

如此這般，打電話通知各個家庭學生已經下課以後，我的工作就結束了。

一來告知上課時的狀況，傾聽家長的需求，二來家長也可以知道小孩確實有去補習班上課、什麼時候下課。這麼做有助於贏得家長的信任。

向其他家庭報告完後，我最後打電話到了勇氣家。

『喂，這裡是羽田家。』

「我是成雄學院的灰原，平時承蒙關照。」

今天接電話的是爸爸。

『啊，老師，您好，謝謝您平時的關照。』

「別這麼說。剛才勇氣已經回家了。我注意到一件事，想跟您說一下……」

『怎麼了？有什麼問題嗎？他給您添了什麼麻煩嗎？』

「不，沒有。其實也算不上問題……」

我轉達了和勇氣的談話內容，並希望家長抽空帶勇氣去迪士尼樂園。

『原來如此，是這樣啊……我明白了，謝謝您告訴我。』

「如果近期內可以帶勇氣去，他一定會很開心的。麻煩您了。那麼，下禮拜再麻煩了。」

說完，我掛斷了電話，收拾物品，踏上歸途。

＊

隔週，又輪到替勇氣的班級上課，而課程順利結束，並沒有出現任何狀況。

目送學生離開以後，我開始撥打電話到各個家庭。

不知怎麼地，我將羽田家的電話留到最後才打。

這次是媽媽接的電話。我告訴她今天一切安好，勇氣有寫作業。

媽媽心滿意足地聽我說完以後，突然開口說道：「老師，今天有件事想拜託您……」

「怎麼了？有什麼問題嗎？」

突然聽到家長這麼說，我不禁懷疑自己是否做錯了什麼。

上個禮拜勇氣的爸爸大概也有這種感覺吧！

『不，不是問題……』

媽媽欲言又止的態度令我忍不住擔心起來。

善良勤勉的勇氣若是遇上了問題，身為帶班講師，我當然想了解，也願意盡我所能幫他解決。出於這樣的感情——

「如果有任何困難，我會盡力幫忙的。」這句話脫口而出。聞言，媽媽說道：

『既然老師都這麼說了，那就麻煩您了。這個禮拜或下個禮拜的星期日，能不能請您帶勇氣去迪士尼樂園玩？』

居然是這件事？面對意料之外的請託，我感到困惑不已。

「勇氣應該是想跟父母一起去吧！和爸爸、媽媽一起去，他會比較開心的。」

『不，勇氣說他想跟老師一起去。外子也說老師願意陪同的話，就可以去。我們做的都是週六日不能請假的工作……』

是勇氣本人的意思？而且連爸爸都同意了。

剛才自己所說的「盡力幫忙」的責任化為沉重的壓力朝我襲來。

星期日沒有其他行程，既然勇氣也想和我去，或許這個主意還不壞。

「知道了，如果我去也行的話，就一起去吧！」

『謝謝！真的很感謝您答應這麼冒昧的請求。為防萬一，我先把到時候會給孩子帶著的手機號碼告訴您。』

如此這般，陪同羽田勇氣去迪士尼樂園玩的事就這麼說定了。

＊

星期日，我提早抵達了舞濱站。

約定時間將近，勇氣現身了。

「真的要我陪你去嗎？如果下次爸爸媽媽能陪你來就好了。」

「嗯。可是，我不能打擾爸爸媽媽工作。學校裡沒去過迪士尼樂園的人很少，大家都說好好玩，我一直很想來玩玩看。」

羽田家替我出了一日門票的錢。接受這點好意，應該無妨吧！

難得來到夢幻國度，我也想和勇氣一起玩個痛快。

星期日的迪士尼樂園如我所料，人潮洶湧，熱門遊樂設施得排上一個多小時的隊。遊園順序可說是至關緊要。我有個高中同學是迪士尼樂園癡，我事先聯絡了他，向他討教有效率的遊園法。

排隊時，勇氣和我分享了學校及家中發生的小插曲。

除了太空山、巨雷山、飛濺山這三大基本設施以外，我們還玩了好幾個遊樂設施，也觀賞了花車遊行和煙火。我得好好感謝我的老同學。

勇氣看起來很開心。我也很久沒來迪士尼樂園了，玩得意外地盡興。

我拿著爆米花桶，和心滿意足的勇氣一起搭上了電車。

京葉線的車窗外夜幕低垂，我在勇氣家附近的車站下了車，送他回家。

當時已經接近晚上十點，勇氣的爸媽還沒有回家，似乎是真的很忙碌。我也回到了自己的家，一面沉浸於在迪士尼樂園玩了一整天的餘韻之中，一面進入了夢鄉。

幾天後，我一如平時蹺了大學的課到補習班工作；上完課後，班主任把我叫去。

「你上個禮拜日和學生一起出去玩，對吧？」

我暗叫不妙。這件事被班主任知道，後果不堪設想。

消息是從哪裡走漏的？我怎麼也想不透。

就在我手足無措之際，班主任繼續說道：

「羽田同學的家長寄了封感謝信過來。如果是裝在信封裡，我不會偷看，可是寄來的是明信片，我稍微瞄到了內容。」

原來是這麼回事，我只能乖乖認命。

「我們簽約的時候，合約書上有明文規定不可以和學生私下聯絡吧？」

「當時有特別向我強調這一點，我知道。」

「對吧？這麼一提，迪士尼樂園的門票是誰付的錢？」

「羽田同學的父母付的。」

「原來如此。你知道講師私下收取家長餽贈的財物，也是違反規定的吧？」

「是，當然知道。」

「我知道你沒有惡意，也知道羽田同學的父母很感謝你。身為班主任，我也很清楚灰原老師對於補習班的貢獻有多大。不過，如果我置之不理，就會給公司留下放縱違規者的前例。身為員工，對於你這次違規，我不能網開一面。」

「那您要怎麼處置我？」

「很抱歉，我們不能繼續雇用你。是我能力不足，真的很過意不去。我也會提醒羽田同學的父母的。我是真的知道你和家長都沒有惡意。」

沒想到等著我的居然是這種結局。

當然，那是在明知違反規定的狀態之下採取的行動，既然事情曝光，我只能接受。

只不過，突然面臨失業，讓我感到非常焦慮及困惑。

日本這個社會是徹底的書面主義，一切都得按照合約書上的規定來。

我想，班主任也不願意開除我。從他所說的那番話，我感覺得出來。

他只是按照公司的規則處置我而已。規則就是規則，不容許他夾帶私情。

如果你即將出社會，勸你最好了解一下這種書面主義。

這麼做可以帶給你許多好處。了解過後，再決定自己的行動。

如此這般，幾天後，我聯絡自己班上的各個家庭，說明因為私人因素，無法繼續帶班。當然，我也聯絡了羽田家。

「喂？我是灰原。」

『老師，這次的事情真的很抱歉……都是因為我思慮不周……』

是爸爸接的電話。他似乎知道原委，一開口就向我賠罪。

他這麼惶恐，我反倒過意不去。

「不，是私人因素，爸爸不必感到內疚。」

我姑且這麼說。

『原因是什麼我很清楚。真的很抱歉……！』爸爸繼續道歉。不過，這次我也玩得很開心，再說手頭上還有些積蓄，暫時不用為了錢煩惱。面對突如其來的環境變化，我固然震驚，但是並沒有把事情看得很嚴重。

然而，從語氣判斷，羽田爸爸似乎很嚴肅地看待這件事。

『請和我見個面，我得當面向您賠罪……』

既然他都這麼說了，見一次面也好。見面時，我已經不是這裡的講師了，不受合約的束縛。

「好吧！挑您方便的時候就行了，我可以配合。」

說完，我掛斷了電話。之後，我又打了幾通電話，向家長說明原委，並和接任的講師交接各班的事務。

交接花費的天數比預計的更長，煞是累人；而我的補習班講師生活也就這麼輕易地落幕了。

幾天後，我在大學的大教室裡聽課。我不是坐在前排聽課的類型，通常是坐在正中央以後的座位上。今天，我坐在這間足以容納三百人的教室的最後一排。

現在視野中有一百多個大學生。我完全沒把教授的話聽進去，而是在想著其他事情。

大學生真的是過得輕鬆愜意。雖然輕鬆愜意，卻又不可思議。找到夢想的人往往會朝著夢想全心努力，把大學拋諸腦後。我也有個想靠音樂維生的古怪朋友，他幾乎不來上課。

很多人都抱有「不可以不去上課」的成見，這樣的人進了大學以後，往往會受到文化衝擊。

有的科系只要能在半年一次的考試中拿到及格分數，就算完全沒去上過課，也可以獲得與全勤學生同等的待遇。

就某種觀點來看，這是很合理的做法，但是換個角度來看，卻又很不合理。

所以學生為了拿到學分，總是使盡渾身解數。

交個平時乖乖上課的朋友，考試前夕和大家一起死背他的筆記，或是和大家一起做學長給的歷年題庫。當然，臨時抱佛腳對大多數的考試不管用，不過還是能撿到一些學分。

我的朋友完全屬於這種類型。全心投入音樂之中的他似乎沒時間上大學。

不過，夢想不是那麼簡單就能找到的。再說，尚未找到夢想的人也不見得會認真上大學。找不到想做的事就去上大學，是個正確的選擇。想必也有人是因為認定「上大學是理所當然的」而選擇升學吧！

這樣的人入學以後，真的會用功讀書嗎？我想，在高中之前，他們應該都帶有「上學是義務」的意識；然而，一進大學，這樣的意識就被打破了。

如前所述，就某種意義而言，大學是容許「不去上課」的地方。那種感覺就像是突然獲得了自由。大多數人每天都是懵懵懂懂地想著「有沒有什麼開心的事？」過生活，突然獲得自由，便會感到困惑。

其中也有人抱著「既然有了自由，就拿來做自己喜歡的事吧！」或是「現在有許多時間可以為將來做準備，趁現在提升自我吧！」的想法而行動，但這些人是極少數派。我當然屬於前者。

也有不屬於這兩者的特殊類型存在，就是認真上大學的人。在他們看來，我們這些普通的大學生都是無法理解的存在。

如果你屬於這類人，社會大眾應該要更加尊敬你才對。

以大阪夏之陣為例。

大阪城的防禦關鍵護城河被填平，又被由日本全國聚集而來的三十五萬大軍包圍。

在這樣的狀態之下，假設你是被大軍包圍的豐臣軍武將。開戰之後，德川軍立即展開猛攻。

然而，你帶領寡兵打游擊戰，趁著德川軍動搖之際直搗大本營。

連運氣也站在你這邊，你取下了家康本人的首級，形勢大逆轉。若是這樣的武將真的存在，想必會被當成英雄，傳頌至今。

畢竟就連英勇善戰但終究未能得勝的真田父子都獲得了這麼多的讚譽。擁有「在大學好好讀書」的氣力，就和豐臣軍在大阪夏之陣獲得勝利一樣困難。

用功讀書的氣力（豐臣）VS怠惰（德川）。獲得勝利的你絲毫不遜於歷史人物。

大學的怠惰勢力足可媲美天下大勢所趨的德川。

像這樣，舉戰國為例說明，補習班的學生們都覺得淺顯易懂，大為受用；不知道你覺得如何？

思及此，我突然想起了自己不再是補習班講師的事實。

看著映入眼簾的大學生，陷入這樣的思考。我自己明明也是個大學生啊！

現在的我已經成了有空想這些五四三的閒人。

當下的行程只有和羽田爸爸見面這件事。

之後也沒有任何安排。而今天晚上就是約定見面的時日。

＊

離約定餐廳最近的車站，正好是我家當地的車站。

羽田爸爸是為了遷就獨自居住在東京都心邊緣的我才訂了這家餐廳的。

那是家中華料理店，美食網站Tabelog的評價超過3‧5。我偶爾也會來這家餐廳吃午餐，很好吃。

當我抵達時，羽田爸爸已經入座了。

「這次因為小犬的事，真的很對不起您。」他深深地低下頭來。長輩如此鄭重向我賠罪，令我大為動搖。

「不，當天我自己也玩得很開心。我現在手邊還有點存款，暫時可以悠閒生活。請您真的別放在心上。」

就算這麼說，還是難以釋懷，是人的天性。羽田爸爸依然是一副失落的模樣。要讓一個人打起精神，享用美食是最好的方法。這裡的料理素來是有口皆碑，先吃飯再說吧！

「我們先吃點東西吧？這裡的鹽味炒麵很好吃，分量也很夠，點來吃吃看吧！」

過了一會兒，鹽味炒麵上桌了。

這裡的鹽味炒麵麵條彈力適中，鹽味充足。

非但如此，吃起來十分爽口。一般要做出足夠的鹽味，通常會變得很鹹，但是這道料理卻完全不會。我猜祕訣就藏在高湯的分量或配方中。

高湯應該是加了雞骨熬成的，還有幾種魚貝類。湯裡有花枝、蝦子和干貝等食材。這些食材應該也發揮了好湯頭的作用吧！這裡的鹽味炒麵要我吃多少盤都沒問題。

羽田爸爸也是一口接一口，見了他這副模樣，剛才因為他低頭賠罪而感到惶恐的我總算是放下了心中的大石頭。美食果然偉大。

「老師接下來打算找新的打工嗎？」

「不，我暫時會靠存款生活。」

「這代表存款很充裕囉？那我就稍微安心了。」

「不，沒這回事……老實說，我什麼打算也沒有。」

「如果您願意的話……要不要當家教？只做到找到新工作為止也行。」

「家教？我完全沒想過。倒也不是沒有意願就是了……」

「當然，我不勉強。不過，凡事都有適性，如果是老師您，我就可以放心託付這份家教工作了。請您務必考慮看看……！」

他又低下了頭。

「適性」、「這份家教工作」等用詞讓我感覺到事有蹊蹺，是我想太多嗎？人生在世，會遇上許多感到有蹊蹺的事，不過大多時候其實都沒什麼大不了的。更何況這是份可以活用補習班講師經驗的打工，我並不是毫無興趣。

「我得去哪間家教中心登記嗎？」

「不，是某個家庭正在找家教，可是一直找不到條件符合的人，所以我才拜託老師。我想把老師介紹給對方，可以嗎？」

「原來如此，所以是由羽田爸爸居中牽線嗎？」

「對，沒錯。不過，我牽完線以後就不會介入了，到時候請老師憑著自己的裁量工作。」

「不是透過家教中心，而是私下找家教的家庭？」

「這個嘛……哎，可以這麼說。」

雖然含糊其辭，但他看起來不像是會騙人的類型。

說歸說，我的見識還沒有多到足以自詡識人精準的地步，活得也還不夠久。

「好，反正我也沒有其他打算。可以告訴我地點、教授科目和目標之類的資訊嗎？如果是『三天內達到考得上國公立大學的學力！』這種不可能的任務，我就要考慮看看了。」

「謝謝您願意積極考慮！首先呢，我想想……一開始請您先拜訪這個家庭吧！」

說著，他從包包裡拿出一張資料。

松田順　15歲　私立中學三年級生

目標報考高中　志願校隨意

教授科目為國文、數學、英文

除此之外，還有住址與就讀校名。唯有一點令我好奇。

志願校隨意是什麼意思？

如果有意報考高中，這個時期通常已經訂下了目標。

總之，他家的地址和教授科目都在我能夠應付的範圍之內。

「對了！如果老師有希望時薪，我可以代您轉達給對方。如果沒有，就交給我來談吧？我不會讓老師吃虧的。」

「這個嘛……」

我略微思考。難得不是受雇於補習班，而是當自由的家教。

時薪究竟為何物？補習班講師的打工讓我對這一點產生了些許疑惑。

工作的價值是取決於時間嗎？

有些工作以一小時為單位來看，似乎沒有多少價值，但是以三百六十五天來看，卻具備重大的意義。

以時間為單位加以評價，似乎不合理。

別的不說，補習班和家教這類工作不就是必須長遠來看的工作嗎？

「對不起，可以別訂時薪嗎？」

「哦？您的意思是？」

「請家長決定我每一次的價值。上完課以後，隨對方開價。」

「剛才我也說過，老師去拜訪對方的家庭以後，要怎麼做是老師的自由……不過，真的沒關係嗎？」

「對。只要我上的課能讓家長滿意就行了。很公平吧？」

「隨對方開價啊？有意思！」

羽田爸爸開朗地回答。或許他其實是個很淘氣的人。

「我知道了。老師果然正如我們的期待。之後我會再通知您拜訪家庭的日期，現在就好好吃飯吧！」

毫無計畫的我突然成了自由工作者，面對這份家教工作，我確實有些興奮。

人往往在不知不覺間依附於某處生活，就好比我現在是依附在大學底下。打工也一樣。

從事自由業，自己的所作所為會原原本本地回報到自己身上，無論好壞。

說來意外，在現代社會的架構之下，其實很難體認到這件事。

我們吃完了鹽味炒麵。這裡提供的料理分量足以滿足兩個成年男人，是家十分寶貴的店。許久沒來，這家中華料理店還是一樣棒呆了。

第2章—每週一17點紀錄片

第一天上班，是個大晴天。

這麼一寫，活像是件大事，其實只是平凡無奇的日常一景。在約定的時間，前往約定的地點。

我姑且準備了國中生使用的參考書。第一次上課，我沒有安排特定的課程，只是想看看情況，所以沒有預習就出發了。

我是頭一次當家教，難以預測會發生什麼狀況。

既然如此，用不著太過緊張，臨機應變就行了。我懷著這樣的心態離開了家門。

我坐上了從東京前往神奈川縣的電車，一路顛簸。從都內出發，大約是四十分鐘車程吧！

到了新宿，從ＪＲ轉乘小田急線。我的目的地是急行和快速列車不停靠的百合丘站，所以搭乘的是區間車。小田急線的起點站是新宿，因此區間車通常有座位可坐。我在車上看書，消磨時間。

坐著看書，目的地往往一轉眼就到了，車程彷彿只有站著看書時的一半。如此這般，在我埋首閱讀之際，不知不覺間就抵達了百合丘站。

我以前從未來過這個車站。下車一看，對於站前的第一印象是：這是條很有在地特色的街道。

東京郊外的住宅區。我不討厭這種「在地感」。

我在站前的巴士站尋找通往目的地的巴士。

我平時不搭巴士，所以有點不安，不知道乘坐這輛巴士是否真能抵達目的地、會不會坐過頭；不過，在看似目的地的巴士站按下下車鈕以後，我順利地下了車。距離車站大約是十分鐘車程啊？我將地址輸入智慧型手機，照著導航行走。

有時候，我會遙想沒有這種便利機器的時代。

只要將地址輸入手機，導航就會顯示路徑，引導我順利抵達目的地，不至於迷路。這在現代是人手一支的物品，可是二十年前我剛出生時，並沒有這樣的東西。

當時的人是怎麼做的？

只靠地址就能找到目的地嗎？

我邊走邊思考，不知不覺間便到了目的住宅。

那是棟極為普通的獨棟樓房。距離約定時間17點還有十分鐘左右，我決定先在附近散散步。

對於東京都民，尤其是住在23區裡的人而言，「旱田」和「水田」真的是無緣的字眼。打從懂事以來活到現在，完全沒見過這些東西的人應該占了大半吧！

在松田家周邊散步，可以看見散布在住宅之間的旱田。住宅區與農地的共存。

見了這樣的光景，我不禁感動起來。距離都心一小時車程以內的神奈川縣居然有旱田。田裡種了蔬菜，不知道是家庭自用的？還是要出貨給超市的？

每天吃的沙拉所用的蔬菜近在身邊。

這麼一提，以前聽別人說過東京農田其實不少，但是在親眼目睹之前，我一直不相信。

我有個大學的朋友住在世田谷區，他是在考上大學以後，從栃木縣搬到東京來的。他選擇住在世田谷的理由，是因為氛圍與老家相近。我還記得自己當時聽了只覺得一頭霧水。

或許正因為我在東京出生長大，反而不了解東京。

對於世田谷區，不知道大家抱有什麼樣的印象？

高級住宅區？藝人住的地方？我從前也這麼想。媒體呈現出來的確實是這樣的印象。如同這類印象所示，成城和二子玉川等地確實是有錢人聚居的地區，但世田谷區裡其實也有治安很差的地區。世田谷區的搶劫案很多，當然，是因為人口眾多之故。

這個事實和我們抱持的世田谷區印象可說是大相逕庭吧？

沒錯，我去那個朋友家玩時，受到了很大的震撼。直到那時候，我才知道原來世田谷區裡有農田。過去我所看見的，只是狹小東京的有限一面而已。來自栃木的他沒有成見，才能真正地認識世田谷這個地方。縱然同屬東京，並非處處都是鬧區。倘若放眼至整個日本與世界，應該盡是我不知道的事吧！

上了大學以後，我才知道世田谷區有農田。憶起當時的震撼，走著走著，時間到了。

回到松田家的門前，我按下了門鈴。

應門的似乎是媽媽。

「晚安，我是今天來拜訪的家教灰原。」

『啊，我聽說了，我這就開門。』

數十秒後，門開了。

出現的是位若是以「這是有個國中生兒子的媽媽」介紹，十個人裡頭有九個人都會覺得名符其實的女性。世上有許多與印象不符的人事物，和印象相符，往往能帶給人一股安心感。

我走進玄關，來到客廳。

「打擾了。我已經知道大概了，但還是想聽您說明一下詳細的狀況。還有，今天我想和令郎聊聊，或許不會上課……」

我自己也是頭一次當家教，凡事都還在摸索中。

媽媽手腳俐落地泡了杯紅茶給我，說到紅茶就立刻聯想到的黃色包裝商品同樣給了我安心感。我也不客套，一面喝茶，一面和媽媽談話。孩子的成績似乎很差，讓父母傷透腦筋。

待話題告一段落以後——

「我現在去叫小犬過來。」

媽媽站了起來，走向二樓。

片刻過後，走下樓的，或該說被抓著手臂不情不願地拉下樓的，是一個完全不肯直視我的男孩。對於今後將會帶來學習時間的家教，他毫不掩藏厭惡感。

甚至可說是厭惡全開。

「晚安，幸會，敝姓灰原。你就是順嗎？」

「對沒錯。」

他垂眼回答，顯然不想與我交流。從他這副模樣，我看到的只有日後上課時勢必面臨苦戰的未來。不祥的預感驟然席捲而來。

想到得餵討厭紅蘿蔔的人吃紅蘿蔔，任誰都會心情沉重吧？

假設你大費周章，變了許多花樣，將紅蘿蔔煮得美味可口。

可是討厭紅蘿蔔的人依然不願意吃。這種時候，一定很失落吧？就是這種感覺。

我的本能告訴我，和這種類型的人在父母在場的時候談話，並非上策。

「我們去書房好了。」

我被帶往一樓的和室。和室裡擺了張圓茶几，看來這裡就是上課地點。

我請媽媽離開以後，關上了紙門。

羽田爸爸給我的資料上寫的事項我大致都記得。

順現在是都內私立中學的三年級生，小學讀的是公立學校，國中才報考私校。要求考私校的是順本人。

順的父母就讀的也是同一所私立中學，當年在學校相識，後來結婚，直到現在。因為如此，他們對私立學校並沒有不好的印象，兒子要求考私立中學，他們一口就答應了。

然而，莫說第一志願，就連備胎校也全數落榜。後來慌忙報考二次招生的學校，總算是考上了，就是現在就讀的學校。

報考者比招生名額還少，換句話說，考試只是形式，實質上是有報必上的私立中學。

校風似乎是以尊重自由為方針。

「你為什麼報考私立學校？」

「沒為什麼，想讀就去考了。」

他用冷淡至極的態度回答。學生說不出報考私校的動機，通常可分為兩種情形。

一種是小學時代的好朋友要報考，所以自己也跟著報考；另一種是雖然有理由，但是有不能說或不願說的苦衷。

比如霸凌。因為被霸凌，不想和霸凌自己的人上同一所國中，所以決定報考私立學校。

總而言之，無論是哪種情形，對於這種類型的學生，打破砂鍋問到底絕非上策。我只能自行尋找蛛絲馬跡，瞧出端倪。

提升成績是件難事。先了解學生的性情，才是提升成績的捷徑。

「爸爸媽媽好像希望你考高中，你自己呢？」

「我考不考都沒差……」

「不考也可以，要考也無妨的意思？」

「嗯。」

「你現在就讀的私立中學是完全中學，就算不報考其他學校，也可以直升高中吧？你不覺得這樣比較好嗎？」

「唔，對啊！反正沒差。」

因為父母的意願強烈而報考的人，往往會因為不想考試而態度消極；順雖然也很消極，但是方向性不太一樣。

我自己也需要時間思考，便拿出帶來的參考書，讓順試解幾個題目。

每個補習班都在用的參考書不出那幾款。

我帶來的是補習班使用率特別高的參考書。

這款參考書依照水準不同分為三個等級，我今天帶來的是中級。

總之，我先透過國文，特別是記敘文的解讀來衡量他對於學習的態度。

國文的內容雖然五花八門，但都是以日文為主；換句話說，只要是日本人，絕不至於完全應付不來。

而國文還有問答題。這種問題並不是單純地選擇選項就行，而是要寫下「請敘述你的看法」這類個人意見。

只要看這些問題的解答，就能掌握語文能力水準，也能多少了解學生思考問題時的思路。

「在十五分鐘內做完這兩頁的習題。我要再和你媽媽談談，先到客廳去了。」

「嗯。」

我打開紙門，回到剛才的房間。

媽媽還待在原地。

「我和順聊過了。能否給我看看他的在校成績單或是可以了解考試結果的東西？」

「好，我已經準備好了。」

雖然羽田爸爸也隱約提過，實際看到數字，才知道順的成績比我想像的更差。數字殘酷地顯示了順在學校裡的排名，毫無爭議的餘地。

他現在的成績是全年級倒數第3名。不是最好的前三名，而是最差的前三名。

從他本人的態度看不出他做何感想，但對於父母而言，想必是種嚴苛的現實。

「我們也有送他去補習班，替他請過好幾個家教，甚至親自教他，身為父母能做的都做了，但是三年來，他一直沒有改變……快到升高中的時期了，至少得確定要報考其他學校或是直升才行……我們覺得待在現在的學校對順沒有好處，希望他去報考其他學校。」

「您有向本人這麼說過嗎？」

「有，說了好幾次，可是他老是答得模稜兩可，到後來，連外子和我都忍不住說出重話來了。」

「是啊，我剛才也問過他，他說沒差。」

「就是說啊……真不知道該怎麼辦才好。老師，希望您想辦法讓順去報考其他學校，至少讓我看看他拿出幹勁的模樣。只要學年排名變得比現在更高，看得出他的努力就夠了。」

如我所想，父母似乎因為倒數第3名而大受打擊。

這種情況，家長通常會送小孩去補習班，或是替小孩找家教。

然而，父母自行努力教導小孩的情況卻很少見。有時候，父母親自教導，反而能夠激發小孩的幹勁。松田家的父母都有教順功課，看來他們是真的想盡了辦法。

所以，我也很想幫忙。不過，聽媽媽說從前請過好幾個家教還是不管用，我實在有些擔心。身為新手的我能幫上多少忙？前程多舛，讓我萌生了一股挫敗感。

已經過了一段時間，順應該做完習題了吧！

「我先回去上課了。情況我大致上都了解了，雖然不知道能幫上多少忙，但我會盡力而為的。」

「麻煩您了。」

無論接下來會面臨何種狀況，我說要盡力而為是真心話，沒有半點虛假。我堅定意志，打開紙門，回到順所在的和室。

「好了，十五分鐘過了吧？讓我看看。」

說著，我從鉛筆盒裡拿出了紅黑雙色原子筆。

這枝紅黑雙色原子筆加自動鉛筆的多功能筆是我的愛筆。

是我在上了大學以後，剛開始當補習班講師時大手筆買下的。

三色原子筆加自動鉛筆多半比較粗，寫起來不順手，所以我選擇了這種雙色筆，而且挑了最細最優雅的一款。

我喜歡綠色，這枝筆的筆身也是綠色，充滿難以言喻的高級感。雖然要價三千日圓，並不便宜，但是只要拿起這枝筆，幹勁就會湧現。用了一年多，一方面也是因為有了感情，現在我覺得這枝筆物超所值。

這個系列的筆最貴的要價兩萬日圓左右，足以買七枝我手上的這種筆。順道一提，那種筆的筆身是用純金或純銀製作的，還加上細緻華麗的雕刻；拿著那種筆，看起來確實像個有錢人。不過，我並不是希望自己看起來像有錢人，只是想挑款中意的，好讓自己每天使用時心情能夠為之一振。

現在用的這枝筆恰到好處。

離題了。總之，我拿起筆來，準備批改順的解答。

今天同樣是一拿起筆就幹勁十足。我一面品嘗不為人知的拍檔感，一面在正確答案上劃圈，錯誤答案上打勾（註1）。答案欄只有一處空白，其他都填上了答案，但是答對率大約只有五成。從這兩頁的解答，可以看出他的思考方式與學習態度。

有幾點引起了我的注意。

雖然選擇題勉強答對，問答題卻是零分型的全滅。第三題問答題更是連動也沒動。

請試著在腦中想像。俯瞰這兩頁的習題，右頁有三題，左頁有四題。他的第五題問答題是空白的，換句話說，後半的左頁第二題是空白的。

想像過後，你應該也會明白，這個位置就藝術觀點而言是個非常調和的位置。就算這一處空白，只要其他地方都填滿了，就可以製造出「已作答完畢」的視覺效果。填了答案的兩道問答題也都是牛頭不對馬嘴，寫法與內容都給人雜亂無章的印象。

我的直覺告訴我，他並沒有「思考」，只是「填寫」解答而已。

截至目前，我得知了一件事，就是這十五分鐘之間順根本沒用大腦。

這明明是解讀題，可是順完全沒有閱讀文章。

解讀題要求的是閱讀文章之後，揣測出題者的意圖並進行解答的能力。他之所以能夠勉強答對選擇題，應該是因為他只讀了問題部分的前後文。

這樣的方法對於這種程度的參考書管用，但是對於大考絕對不管用。

答案雜亂無章，是因為他根本沒有閱讀文章。他為何不閱讀文章？因為嫌麻煩。

寫法雜亂無章，也是因為他嫌麻煩。

既然嫌麻煩，為何還亂掰了兩題？因為他想填滿答案欄，營造「已作答完畢」的感覺。

註 1：日本慣用的批改符號與台灣不同。

為何其中一題問答題空著？因為那一題位置適中，空著也無妨。

我可以想像出他的這些意圖。

順的思考模式、學習態度，甚至連他的生活態度都一覽無遺。我在內心嘆了口大氣。小子難纏，這下子可棘手了。

我將這番心思掩藏起來。

「做得好。現在一起來檢討答錯的地方吧！」

說著，表面上我是照常上課，其實是一面上課，一面摸索學生的性情。第一堂課就在這樣的狀態之下結束了。

「順，下次的作業是從這裡到這裡。別忘了也要練習漢字。」

「知道了。」

第一次接觸結束，不知何故，我還沒打算教他功課。我總覺得在那之前，還有其他該做的事。

回程，我並不是搭乘巴士到車站，而是由順的媽媽送我一程。這麼做對我來說比較方便，而且我也可以利用這十五分鐘向她報告今天的上課過程與印象。

開車前往車站的路上，媽媽開口說道：

「今天很感謝您。順的情況怎麼樣？」

「有點棘手……」

我老實回答。

「果然。我並不是希望他上好學校，而是希望看到他拿出幹勁……」

「唔，或許他需要的不是唸書……」

「什麼意思？」

「不，我也還不明白，只是有這種印象，或該說是直覺……」

聊著聊著，車站到了。媽媽遞給我一個信封。我都忘記這是打工了。

接著，我搭上電車，一路顛簸回到都內。這個時段，開往新宿方向的小田急線空空蕩蕩的。

我搭乘電車的時候基本上都是在看書，今天卻是一路想著順的事，抵達了我家附近的車站。

我居住的荻漥位於東京都心的西側。

長年蟬連最想居住地區排行榜冠軍的吉祥寺就在附近。有規模適中的鬧區，但是治安比新宿這類代表性鬧區更好，應該就是受歡迎的理由吧！

荻窪位於這樣的吉祥寺和次文化發訊地．高圓寺之間，屬於住宅區，居民相當多元；雖然不是學生街，卻有許多學生，既有破舊的公寓，也有非常氣派的木造宅院。

這一帶是地方樂團上京後的居住首選地區。

大概是因為展演場眾多的高圓寺就在附近，近年以爵士街打響名號的阿佐谷也近在咫尺的緣故吧！這些樂團和主流唱片公司簽約走紅以後，就會移居到三軒茶屋或駒澤大學；若是爆紅，則是移居到六本木之丘或月島的摩天大樓；假如紅得發紫，大概會忙得無法定居，在各地的飯店生活吧！

這是之前提過的樂團朋友告訴我的。

得知這裡是眾多音樂人選為出發地的地區，感覺還不壞。不過，我沒有在玩樂團就是了。

不知是不是因為這樣的風土民情之故，這條街上有許多便宜好吃又營業到很晚的餐飲店。

今天才19點多就抵達車站了，我有充分的時間在這種便宜又好吃的餐飲店享受美食。

「東京是晚上七點」。

每到這個時間，這首歌就會在腦中重新播放。這是玩樂團的朋友介紹給我的歌曲，他說這首歌雖然老，但是很帥氣。

「東京是晚上七點」。

歌手的名字我忘了，唯獨歌詞和旋律給我留下了強烈的印象。在補習班打工，忙碌的時候大多是在22點過後回家，常常得搭末班車。

不，家長會前一天製作資料的時候，甚至得搭首班車回家。

荻窪的便宜好吃餐飲店之中，我最中意的就是私下稱之為「髒其林」的「赤島食堂」。至於老闆是不是姓赤島，就不得而知了。

店裡很髒，但是料理十分美味。

在我的心中有個法則，就是菜色越多的店越接近平均分數；而這家店雖然有二十幾種套餐和單品，卻是樣樣都可口，價位全在七、八百日圓之間，而且連我都吃得飽。如果是女性，或許會吃不完。

我特別鍾愛且大力推薦的是炸雞套餐。這裡的套餐可能是全世界最好吃的。炸雞無論是哪家店的通常都很好吃，而這家店輕易地超越了那道門檻。

問題點在於我剛才也再三強調過的，店裡真的很髒。

老闆太過喜歡交流。

日語說得和日本人一樣流利的菲律賓店員更加喜歡交流。

我原本以為那個人和老闆是夫妻，有次問她「妳先生呢？」，而她回答：「我們沒有結婚耶！」害我很好奇他們到底是什麼關係。大概就是這幾點吧！

即使有這些問題，這家店依然充滿魅力，所以我成了常客。

「歡迎光臨！小哥，今天也打工啊？」

「對，今天剛去新的地方打工。」

「怎麼，新打工還是得穿西裝？是什麼工作啊？」

「家教。我會好好加油的。」

雖然不知道該怎麼稱呼才對，為了方便起見，就叫「老闆娘」吧！老闆娘一面送上炸雞套餐，一面跟我說話。

「哎呀，你不做補習班的工作了？」

「對，出了一些狀況，我被炒魷魚了。」

「哎，當家教就更沒機會遇見對象了，你得好好去大學上課，交個女朋友才行。」

現在大家應該了解我剛才提過的這家店的問題點了吧！這家店基本上完全不顧慮客人的隱私，不管有多少客人在場，不管是什麼內容，他們都毫不在乎，大聲談論。

「小哥，第一天上課，感覺怎麼樣？」

「這個嘛，哎，當然不可能一開始就一帆風順。或許會很辛苦。」

「怎麼啦？哪裡辛苦？跟我說說看，說不定心情會輕鬆點。」

「嗯，我在想，對於討厭唸書的人，我能為他做什麼？」

「是啊！我也不愛唸書。」

「看得出來。」

「囉嗦！要你管！」

說著，他放聲大笑。

「這麼一提，老闆怎麼會當廚師？有什麼契機嗎？」

「哎，煮飯、吃飯最讓我開心，任何事都比不上。當然，比起唸書更是開心一萬倍。所以啦，一來煮起來開心，二來我自認手藝很好，煮給別人吃，大家也都說好吃，後來就開店啦！」

聽了，我恍然大悟。道理很簡單，能讓自己開心的事物學起來往往最快。這個道理大家都懂，但是說來意外，有許多人不知道自己做什麼事的時候最開心。

我也是其中之一。如果我能像老闆一樣活得如此單純就好了。

老闆雖然活得單純，炸雞卻是各種滋味複雜交融，造就了單純的「好吃」。今天的味道同樣棒呆了。下次來的時候要吃活力拉麵？還是薑燒豬肉套餐？我拿不定主意。

結完帳以後，我走出店門，回到了家。脫下西裝，換上家居服以後，我在床上躺了下來。順的幹勁究竟沉眠在哪裡？

光靠教他功課這種正常的家教手段，是無法解決這個問題的。才第一天，我就察覺了這件事。察覺歸察覺，該怎麼辦才好，我心底完全沒個譜。

但願接下來在每週一次的上課時間裡，我可以找到解決方法。

＊

隔週，我同樣在指定時間17點抵達了松田家。

我開始上課。順沒有寫作業。當然，從他上次的態度，我早已料到他可能不會寫作業，但如今親眼目睹，還是覺得很遺憾。

學生不寫作業，有他的理由。

即使是嫌麻煩，也是種理由。從理由中可以汲取到什麼訊息？這些訊息應該可以成為日後相處的參考。

在我的心中，沒有劈頭就責怪順沒依約寫作業的選項。

「你為什麼沒寫作業？」

「對不起。」

「不，沒關係，告訴我理由就好。」

「學校的作業太多，我寫不完。」

「有那麼多嗎？你讀的學校很嚴格嗎？」

「我一直沒寫作業，越積越多。」

說著，淚水浮上他的眼眶。

「老師，對不起，下個禮拜我會好好寫的……」

眼淚其實是種淺顯易懂的玩意。這麼想的只有我嗎？

情感的結晶——這種比喻真是貼切，說得一點也沒錯。

眼淚可以傳達一個人的心思。

真的因為心有所感而「流下」的眼淚，能讓人感同身受，連心緒都跟著起伏。相反地，為了某種目的而「擠出」的眼淚，其實很容易被看穿。基於哭了就能獲得原諒的算計而「擠出」的眼淚是無法打動人心的。順的淚水顯然屬於後者，是「擠出」的眼淚。我在淚水中看見了15歲的狡猾，感到有些悲傷。

我切換思緒，要他把累積的學校作業拿過來。

順回到二樓的房間，拿了許多學校的課本，以及註明作業範圍的清單過來。

唔，量的確很多，這一點似乎不假。

舉凡國文、數學、英文、自然、地理、歷史、家政，各種科目應有盡有。

總之，他鐵定完全沒寫作業。不只我派的作業，其他老師派的也沒寫。這一點我很確定。

如此這般，當天的上課時間只好拿來寫學校的作業。說歸說，進度非常遲緩；有不懂的地方明明可以發問，他卻往往連問都不問，就這樣連發好幾分鐘的呆。

這種時候，我會主動開口教導他，而他只是嘴上答「是」，照著我說的寫，一副心不在焉的模樣，感覺上活像是我在使用順的身體解題。

順的腦袋顯然是處於放空狀態。即使如此，媽媽還是很開心，因為她已經很久沒看過順用功唸書的模樣了。

媽媽開心，我當然也開心，但心裡還是覺得「這樣不對吧？」。第二堂課就在這種狀態之下結束了。我交代順在下禮拜前寫完堆積如山的學校作業之後，便打道回府了。

＊

又到了隔週。

我有預感，順在上個禮拜之後八成完全沒寫作業。

非但沒寫，搞不好連這個禮拜學校派的作業也置之不理，越積越多。我抱著這樣的疑慮前往他家。

學生沒寫作業的時候，站在講師的立場，有時候必須加以斥責才行。

我不喜歡斥責學生，因為有時候反而是開口斥責的人受到的傷害比較大。

說歸說，單單交代他寫作業，他若是沒寫，感覺上就像是被放鴿子一樣，會造成我單方面的傷害。

不過，這就是補習班講師的工作。

我在17點準時抵達松田家，今天難得爸爸已經回到家中了。

「謝謝您對順的關照。您是新老師吧？辛苦您了……」

爸爸，您說得沒錯，確實很辛苦——我如此暗想。

「我會全力以赴的，還請您多多指教。」

我還有課得上，打完簡短的招呼以後，便前往和室，開始上課。

「順，學校的作業寫完了嗎？」

「這個嘛……」

「你沒寫嗎？這個禮拜學校也有出作業吧？」

「對……對不起。」

果然如此。作業變得比上週更多的預感成真了。這樣根本無暇準備考試。就算今天和上個禮拜一樣，把時間用來消化作業，我不在的六天裡，順同樣不會寫作業。

這麼一來，即使利用每週我在場的這兩個小時力挽狂瀾，只要順在家不寫作業，隔週作業總量增加的現象就會持續發生。

負債的人再怎麼還錢都追不上利息，大概就是這種感覺吧！

這應該就是先前的家教紛紛辭職的理由之一。

我好想抱住腦袋。

「為什麼沒寫？可以告訴我理由嗎？」

順已經一把鼻涕、一把眼淚了。

「我要準備文化祭，真的很忙！對不起！」

哦？有別於上個禮拜，順的這句話帶有幾分真實感。

我想他的思考迴路八成是「有準備文化祭這個工作要做，就可以不用寫作業」；即使如此，「忙著準備文化祭」並不是謊言。

「有那麼忙嗎？」

「對不起……」

順哭得比上個禮拜更厲害。

就在這時候，紙門開了，爸爸走進房裡。

客廳與和室只隔著一扇紙門，我們的聲音大概全聽得一清二楚吧！

他聽見兒子的哭聲，所以才前來關切。

「順，你又在哭了？這樣老師很困擾。」

聞言，順更是淚流不止，不斷地重複「對不起」。不知幾時間，媽媽也進了和室，召開了臨時家庭會議。

不過，這是個了解父母對順有什麼想法的大好機會。

「順，你在哭什麼？」

順只是不住地哭著道歉，所以我代替他說明上週至今的來龍去脈。

「順，文化祭很忙和唸書是兩碼子事，作業要好好寫完，知道嗎？」

向來溫厚的媽媽似乎也有些焦躁。

「聽好了，順，唸書是為了你的將來。難得上私立學校，你卻完全不唸書，這樣有什麼意義？不想唸書的話，當初上便宜的公立學校就夠了。讓你上私立學校，是希望你可以努力唸書，或是發揮興趣，可是看你現在的樣子，完全不是這麼回事。你為什麼老是無心唸書？今天一定要給我說出一個理由來。」

爸爸說的這番話，是身為父親理所當然的意見。

兒子依然只是不斷地哭著道歉。

媽媽也一臉擔心地詢問：

「欸，順，你有沒有什麼想做的事？如果有，就說出來。」

「如果你有想做的事，以後去讀可以做那件事的學校就行了。不過，要上高中，必須先通過考試才行。唸過的書不會白費，將來一定對你有幫助。」

順依然在哭泣，不見說話回應的跡象。

「不好意思，可以請老師也說說他嗎？」

聽了他們的對話，我也有我的想法。

「爸爸媽媽說得都很有道理……不過，順好像聽不進去。我覺得彼此之間似乎存在著某種隔閡，必須先加以解決才行。」

父親的情緒原本就有些激動，聽了我的話以後更是勃然大怒。

「老師，您太寵順了吧？這小子用講的也講不聽，要對他嚴格一點才行！」

媽媽居中緩頰：

「老公，別這樣，我們先出去吧！交給老師處理。」

說完，父母上了二樓。

現場只剩下我和順兩個人。過了一會兒，他稍微冷靜下來了。

「你是真的忙著準備文化祭吧？」

「嗯。」

「哎，就像爸爸媽媽說的一樣，就算忙著準備文化祭，我還是希望你把作業寫完。」

「真的很抱歉。」

開完家庭會議以後，今天的上課時間已經所剩不多了。

所以我想利用這個機會和順好好聊聊，什麼話題都行。

「文化祭是什麼時候？」

「下禮拜。」

「我可以去嗎？」

說到提不起幹勁唸書的理由，頭一個該懷疑的是嫌麻煩這類怠惰因素，第二個該懷疑的則是霸凌。我尚未排除這個可能性。

我問他可不可以去參觀文化祭，是想看看他的反應。

不限於霸凌，如果他在學校裡有麻煩纏身，應該不會同意讓我去。

好了，順的反應如何？

「咦？可以嗎？老師肯來嗎？」

他表現出的是出乎我意料之外的正面反應。霸凌的可能性或許可以排除了。

他對於文化祭相當積極。得知這一點，可說是意外的收穫。如果我真的去參觀，或許可以了解到其他情況，再說，我也想看看現在的國中文化祭是什麼樣子。

「我要去，你在哪一班？」

「三年A班。我們班推出的是像電影般有固定時間的節目，來的時候請注意時間。」

「這樣啊！到時候你也在場嗎？」

「對，我是司儀。」

時間到了，今天的課就上到這裡為止。這次我沒有派作業給順。

今天是爸爸送我到車站。

「剛才真的很抱歉，一談到小犬，我就忍不住激動起來……」

「哪兒的話？失禮的是我。說了那些不中聽的話，真的很抱歉。」

在這個世界上，多的是說不出「謝謝」兩字的人。

或許是覺得說了「謝謝」，就像是欠了對方一筆人情吧！

不過，說得出「對不起」三字的人更是少之又少。

是因為「道歉就代表你有錯」的氛圍瀰漫於社會與生意場合？還是因為現在的社會體系已經演變成道歉就得負起全責？那麼在個人之間，覺得道歉就輸了而硬是要爭一口氣的人，又是出於什麼因素？

順的爸爸似乎不是這種人。

他是個「好爸爸」——我不禁如此暗想。

我坐上電車，回到了都內的家。

＊

到了隔週，順就讀的私立中學的文化祭當天。

文化祭是在六日舉辦，而我選在順會上台的星期六前往。在秋高氣爽的晴空之下，我來到了人聲鼎沸的中學。

校門為了文化祭而裝飾得五彩繽紛。穿過校門，一股懷念之情油然而生。私立學校的文化祭往往也是為了留給明年的考生們良好印象而舉辦的。

我從前就讀的中學也是所致力於文化祭的學校。回顧當時，整個班級透過準備過程團結一心，攜手迎接文化祭，真的是段美好的回憶。

上了大學以後，完全沒有以班級為單位進行的活動，上課也是各自去上自己選修的課程，都要畢業了還不認得全班同學的情況並不罕見。高中畢業至今不過兩年，國高中生與大學生之間的隔閡卻是如此之大。

距離順他們班的節目上演還有一段時間，我決定去逛逛文化祭的基本款——鬼屋。

文化祭鬼屋擁有不同於遊樂園鬼屋的另一番樂趣。文化祭鬼屋的醍醐味是「創意」，國中生絞盡腦汁思考如何利用有限的資源達到嚇人的效果，充滿了感動與刺激。像富士急樂園的戰慄迷宮那種氣派的鬼屋固然有趣，這種充滿文化祭感的鬼屋也不賴。

另一個吸引我的節目是茶道社的泡茶體驗。這是日常生活中少有的經驗，由茶道社員指導泡茶方法，而且還能喝到道地的好茶，我當然得去了。

大家知道袱紗嗎？唸作「fukusa」，是擦拭或使用茶具時所用的布。這種布有特定的使用方法，我無法完整地說明；正確地說，是太過複雜，我已經忘光了。難得學了，真是可惜。

喝完社員和顧問老師泡的茶，我說了句「好工夫」。就是要說這句話才有品茗的感覺啊！

如此這般，我一面享用好茶，一面消磨時間；不知不覺間，時間到了，我前往順的教室。走進教室一看，桌子都清空了，只剩下供遊客坐的椅子。黑板的位置上有一面螢幕。教室化為臨時電影院。我坐在椅子上，等待開演時間到來。

時間一到，燈熄了，現身的居然是順。進行開場說明，這可是超重要的工作啊！

他拿著麥克風，開口說道：

「接下來要發表三年A班的作品。我們班調查了少年法的問題點，並整理成影片。現在就請大家觀賞。」

順移動到講台邊緣，影片開始播放了。

影片的內容充分滿足了我對於未知事物的求知欲。

當然，這是由國中三年級生製作的，難免有拙劣之處，但是影像編輯、影像特效的使用方式卻值得特書一筆。可以感覺出製作者是站在觀眾的角度思考，力求淺顯易懂。

正片結束，開始播放工作人員名單。而在最後——

「影像編輯．監修　松田順」。

居然打出了這樣的字幕，令我大吃一驚。從字幕判斷，這部影片是順製作的。

結束以後，我立刻走向他。

「喂，你好厲害喔！這部影片是你做的？」

「嗯，是啊！」

他垂下頭，靦腆地笑了。

「太驚人了！沒想到你有這麼厲害的技術！這應該不輕鬆吧？」

「哎，還好啦……謝謝，我很開心。」

「你有這種本事，怎麼不早說？」

「嘿嘿嘿……下次上課的時候見。」

說完，他跑掉了。這彷彿是我是自相識以來頭一次看到活生生的順。

我吸了口氣，又吐出來。光是心臟在跳動，稱不上活著。

好了，今天是星期六，時間還不到傍晚，有充分的時間供我調查。

我在三年級的樓層找了幾個平易近人的學生，向他們打聽順的事。

「我跟他不同班，不清楚。」

「他的成績很差，常常被叫去職員室。」

「嗯，很普通？」

這是我聽到的聲音，並沒有特別引人注目的回答，他們看起來也不像是有所隱瞞。

換句話說，順在學校並沒有課業以外的問題。這個事實讓我安了心，不僅如此，我還見識到他的才能，因此今天的腳步和心情都變得特別輕快。

待會兒去表參道購物好了？還是要回家盡情閱讀喜歡的書籍？

嗯，兩件事都做就行了。就這樣，一天緩緩地過去了。

*

到了第四次上課的日子。

爸爸不在家，而媽媽一見到我，便說：「外子說他『上個禮拜很抱歉』。」

而開始上課以後——

「老師，我爸說他很抱歉。」

這下子我從本人、母親和兒子三人口中都聽到了順的爸爸的道歉。

真是個多禮的人。

「能夠好好道歉的大人不多見，尤其是對於晚輩。」

「嗯，是啊……我爸媽是普通的好爸媽。」

這句話乍聽之下是誇讚，可是不知怎麼地，卻讓我覺得有點不對勁。

說出這句話的瞬間，順似乎又變回一個月前的他了。不過，他立刻恢復了生氣。

「對了，老師，我沒想到你真的會來參觀文化祭。」

他終於看著我的眼睛說話了。

「我玩得很開心。你知道嗎？袱紗其實很難折耶！」

「什麼是袱紗？」

「茶具的一種，是某種布。對了，我要再說一次，那部影片真的很棒！」

聞言，他一臉開心地拿出智慧型手機。

「我還有其他影片，老師要看嗎？」

他打開YouTube應用程式，出示影片清單。大約有十部影片。

「這些全都是你的作品？」

「對。」

「先給我看這部播放次數最多的。」

那是某首動畫歌曲與現實中的風景照片結合而成的影片，看起來就像MV，做得非常精美。

「這些照片也是你自己拍的？」

「對，用這個。」

原來是用智慧型手機拍的啊！

接著，他給我看的是吉卜力電影名曲加上移動、消失或變化的圖形結合而成的影片。

他用的不是照片，而是動態圖形，光看就知道製作起來有多麼辛苦。

最後我把所有上傳影片都看完了。頭一部影片是在兩年前上傳的，算起來平均一年大約上傳五部作品。

點閱次數雖然不算多，卻有隨著影片上傳逐漸增加的趨勢，留言也是以肯定性質的居多。

若是大家知道這些影片是出自全年級倒數第3名的15歲少年之手，鐵定會大吃一驚吧！

「每部影片都好棒！全部都是你一個人做的？」

「嗯，是啊！」

「你電腦很強耶！你有自己的電腦嗎？」

「沒有。家裡有一台桌上型電腦，可是爸媽不太讓我用。」

一問之下，才知道二樓有一台舊電腦，而松田家的規矩是唸多少時間的書，就能用多少時間的電腦。

對於討厭唸書的人而言，這樣的環境很嚴苛。我請順讓我看看那台電腦，他便替我帶路了。

好厲害。就某種意義而言很厲害。

Windows XP。已經終止支援幾年了？

靠這台電腦編輯剛才的影片，想必很費力吧！規格顯然不足。

「編輯的時候常常當機，所以要定時存檔才行。」

「存檔倒還好，影像編輯很吃硬體吧！不會很慢嗎？」

「超級慢。我朋友家的電腦用起來完全不一樣。」

如我所料，順時常違規使用電腦。

他說是趁著父母不在家的時候偷偷使用，但有時候會被抓包。

「欸，你的作品那麼棒，怎麼不拿給爸媽看？」

「不能給我爸媽看。光是用電腦，他們就很生氣了，所以我也不想跟他們說。我爸媽真的無法溝通。」

他的才能不在課業上，而是在這方面。

可是父母認為他是因為沉迷電腦才不唸書，搞不好還在他的面前說過電腦的壞話。因此訂下的規矩，順大概打一開始就無意遵守吧！

哎，就算沒有電腦，順不唸書的可能性還是很高就是了。

父母發現兒子不但不用功唸書，還違反規定偷偷使用電腦，自然是更加生氣了。親子間的鴻溝變得越來越深，形成了無法脫離的惡性循環。

了解內情以後，我們暫且回到書房。

「今天不上課了，跟我說說文化祭的影片吧！那也是用那台電腦做的嗎？」

「我本來是打算用那台電腦做，可是怕來不及，所以每天都去朋友家做。」

「我想也是。這樣啊！你說忙著準備文化祭，沒時間寫作業，原來是真的。欸，你還是把你上傳的影片拿給你爸媽看吧！」

「不要，我不會再拿給他們看了。我給他們看過一次，說我想做影片，希望他們買電腦給我，結果挨了一頓罵。那時候我就明白了，大人是不會理解這些東西的。所以起先我也沒打算給老師看。」

「原來如此，我了解你的心情。不過，你沒有電腦，實在太可惜了。這種才能該好好發揮才對。有沒有什麼辦法？」

聊著聊著，時間到了。

我漸漸地了解松田順這名少年了。

在媽媽開車送我到車站的路上，我拜託她在近期內撥個時間與我談談，看是要爸爸出席、媽媽出席，或是兩人一起出席都可以。站前的家庭餐廳方便等人和談話，因此我指定那裡做為見面地點。

媽媽說她會盡量撥空出席。

如果可以，希望父母兩人都能出席，這樣才能一勞永逸。我一如平時，在電車上一路顛簸，越過河川，回到都內。回家以後，我一口氣看完了想看的書，沉入了夢鄉。

＊

幾天後，我在百合丘站前的家庭餐廳裡等候順的父母。

聽說爸爸也會撥空前來。過了約定時間不久後，兩人一同到來了。

「感謝老師今天大老遠跑來我們這邊的車站。」

「不不不，我才要感謝兩位撥空前來。」

「老師這麼忙，還為了小犬抽出時間來，該感謝的是我們。」

媽媽，我和您先生不一樣，其實我很閒。

我們向送開水過來的店員點了三份飲料吧，並立即倒了一杯飲料，回到座位上。

「今天我來，是有關於順的事情想拜託你們。我就直說了，希望你們買台電腦給順。」

兩人都露出了訝異之色。

「為什麼……？」

我驅使自己擁有的所有知識，向兩人說明今後影片製作的市場需求很大，是門前景大好的行業。

「百聞不如一見，順的才能是在這方面。」

我啟動YouTube應用程式，播放最新的影片。順上傳的第一部影片確實有些粗糙，但若是考量製作者當年只是個13歲少年，可就另當別論了。覺得他是塊才能原石的人應該不在少數吧！

經過兩年，他的技術進步了許多，不知能否打動父母？

「這是順做的……？」

「對。我個人覺得做得挺精美的。」

「的確。順是什麼時候做的……」

順說他曾經拿給爸媽看過一次，但是看他們的反應，似乎並不記得。

「他是用家裡的桌上型電腦做的。用那台電腦編輯影片很辛苦，幾乎是不可能的任務。電腦太舊，性能已經跟不上他的技術了。如果他能夠繼續學習電腦與影片的相關技術，應該可以成為一個優秀的創作者；到時候，他就可以獨立生活，用不著你們操心了。」

看了順的新作，爸媽似乎驚訝不已。爸爸開口說道：

「說來慚愧，我沒發現自己的兒子有這樣的才能……身為家長，真是太可恥了。」

說著，他垂下了頭。他的確是個「普通的好爸爸」。

「很抱歉，之前還說老師太寵孩子。是老師看出了小犬的才能。」

聽了這句話，我終於明白自己為何覺得不對勁了。

原來如此，這就是順的痛苦來源。我的語氣變得強烈到連自己感到驚訝的地步。

「老實說，我認為對於順而言，爸爸和媽媽是既嚴厲又可怕的存在。」

兩人面露錯愕之色。這回開口的是媽媽。

「這句話是什麼意思……？我們一直盡力讓順過得無憂無慮，也沒有體罰過他。我們有什麼問題嗎……？」

沒有問題，所以才不好。

順既不擅長運動，在班上也不是風雲人物，成績更是吊車尾。

考中學的時候也是名落孫山。若是落榜了以後改上公立中學，就會變成大家的「笑柄」。

周遭的孩子都知道哪些人要考私立學校、哪些人要上公立國中。

考私立學校的人去公立國中讀書，等於是昭告天下他落榜了，所以說什麼都得設法擠進其他非公立學校，無論是二次招生或是有報必上都行。因此，順進了現在的學校。這所學校的學生和老師追求的水準都不高，說得好聽一點是自由，說得難聽一點是散漫。

原本就不愛唸書的順失去幹勁，是時間的問題。

在這樣的狀況之下，「上私立學校沒有意義。既然不唸書，讀便宜的公立學校就夠了」太過流於正理。正理的好處是正確無誤，壞處是沒有反駁的餘地。

不僅如此，家裡還有對自己呵護備至的父母。順也感受得到自己所受的關愛，可見父母對兒子的愛有多麼深厚。

他們是「好爸媽」，所以無法正面反抗他們。

無法反抗，代表起不了衝突。

有時候，人與人必須產生衝突才能互相理解，尤其親子之間更是如此。

現在的順，大概就像是被父母用蠶絲勒著頸子吧！

他一定很痛苦。

爸爸媽媽並沒有錯。

不過，沒有錯的父母有時候會把小孩壓得喘不過氣來。

如果回到家以後，還得面臨這種嚴酷環境的話。

「至少家教多縱容他一點沒關係吧？反正我是個寵孩子的家教。」

爸媽默默聆聽，不時微微點頭。

聽我說完以後，他們的臉上浮現了五味雜陳的表情。凝重的沉默持續了片刻。氣氛好凝重。

爸爸緩緩地開口說道：

「我原本以為自己最了解順，看來我其實不了解。電腦的事，我會和小犬好好談過以後再決定。」

「麻煩您了。對不起，說了這麼多不中聽的話。下禮拜該怎麼辦？」

「啊，請您一定要來。順也會很開心的。」

「太好了，到時再聯絡。」

說著，我打算離開餐廳，但是媽媽對我說：

「老師，您還是學生吧？吃飽了以後再走吧！」

於是乎，我恭敬不如從命，加點了料理。焗烤義大利麵和飲料吧，價格不到一千日圓，應該還好吧！

填飽肚皮以後，我打道回府。但願松田家能夠朝著良好的方向邁進。

後來，我接獲了聯絡。

順決定參加考試，而非直升。非但如此，連目標都訂好了。

他想上的不是普通高中，而是五專。雖然不是頂尖學校，但現在已經是十月底了。

就算順的實技不用擔心，距離考試的時間所剩不多，現在可說是處於臨界線。

不過，從這個禮拜起，順像是變了個人似地發奮苦讀。

相對地，他完全不管學校的作業。我和爸媽都覺得這樣也好。聽說媽媽已經告知校方順無意直升高中，斷了他的退路。

現在順將全副心神投注在目標五專的學科考試之上，全力以赴。

＊

如此這般，過了三個月，上考場的時刻來臨了。

我一大早就在順報考的學校校門前等候。

到了考試開始的三十分鐘前，順在爸媽的陪同之下到來了。

「老師！」

我是為了考前打氣而來的。爸媽似乎沒料到我會出現，一臉驚訝。

「加油！像平時那樣解題就行了。保持平常心！」

「嗯，我走了！」

順正視我的眼睛，與我互碰拳頭，顯得幹勁十足。

目送松田家三口走進學校以後，我便直接前往大學了。

幾天後，媽媽用電子郵件告知考試結果。

雖然沒考上第一志願的五專，但是考上了第三志願。

順決定就讀可以選修影像技術專業科目的綜合高中。

電腦成了課業必需品，想當然耳，爸媽送了台電腦給他。

對他而言，這應該是最棒的入學禮吧！

〈順說他下次上課的時候想親口向您致意，麻煩您了。〉

郵件以這段文字作結。

接著，最後一堂課到來了。

如果學生是考生，有的老師在考完試後的課堂上還會是上課，但大多都是向學生及家長打個招呼而已。

打開玄關一看，順已經等在那兒了。他劈頭就說：

「老師，對不起，我沒考上第一志願。」

他雖然在道歉，但是完全沒有流淚，看起來神清氣爽。

「你在說什麼？考國中的時候，你連備胎校都沒考上，現在考上第三志願，是很大的進步啊！」

順笑著說了句「說得也是」。那種生氣蓬勃的表情是上榜者獨有的。

考生感受到的情感不是只有喜悅，還有許許多多的懊惱。從前的我也是這樣。

形形色色的情感結合而成的，就是「考生」。經歷這個階段以後，便能成為高中生。

今後，他就是如假包換的高中生了。

「老師，高中的文化祭，你也會來參觀嗎？」

「當然！到時候要像中學的文化祭一樣，讓我大開眼界喔！上了高中以後也要繼續當導演！」

「那所學校裡的都是和我一樣的學生，應該很難吧！」

「不，正因為如此，所以更要當第一！」

順一直默默地琢磨自己的才能，想必很快就能開花結果吧！

回顧過去，他很早就發現了自己的才能。

雖然起步異常緩慢，不過在上高中之前就找到了自己想做的事，實在很了不起。

哪像我，到現在都還沒找到。不知道順的才能能結出什麼樣的果實來？

今年的冬天真的好冷。即使到了三月，還是因為回冷而留有強烈的冬天氣息。

不過，天氣越冷，櫻花的粉紅色就越濃。溫差越大越美麗，是櫻花的特徵。

櫻花在畢業與入學時期綻放，就像是在替考生今後的人生加油一樣。

我如此暗想，將視線移向松田家庭院裡含苞待放的櫻樹。

第3章—每週二19點 最後一棒的人生

某一天，羽田爸爸又聯絡了我。

「可以見個面嗎？」他在電子郵件裡如此寫道。

這次不是約在我家附近的車站，而是約在下町的某家餐廳。

我家附近的荻窪站位於東京的西北邊，是餐廳的反方向；不過，在都內只要搭乘電車，無論哪一區，大多能在三十分鐘內抵達。

在東京，最佳交通工具不是汽車，而是電車。不可置信吧？

不光是日本，放眼全世界，電車較為方便的地區少之又少，絕大多數地區的最佳交通工具都是汽車。

老實說，在東京土生土長的我一直難以接受這樣的看法。

直到上了大學以後，聽到來自各地的朋友們的親身經歷，才終於能夠理解這種看法。

在他們看來，東京每隔五分鐘就有一班電車，才是不可置信。像山手線，巔峰時段甚至是兩分鐘一班車，對他們而言簡直是天方夜譚。反過來說，要是有人跟我說錯過這班電車，下一班要三十分鐘以後才會來，我鐵定是一個頭兩個大。

好了，來聊聊我現在正要去的東京．下町吧！

江戶時代，基於軍事上的優勢，寺院和大名宅邸都是蓋在武藏野台地的高地上，庶民只能住在低地，而商人看中了流經武藏野台地的隅田川、荒川的水運之利，紛紛在這裡定居下來。

久而久之，東京便分成了統治階級居住的高地區與老百姓居住的下町區。地域性或許多少有些變化，但是這種傾向始終未變。高地區住的是名流，下町區住的是庶民——至今人們依然懷有這樣的印象。

我國中的時候是住在東京下町，因此對我而言，下町區遠比高地區舒適許多，充滿庶民氣息，活力充沛又溫暖。每天上學途中，商店街的蔬菜店老闆都會跟我打招呼。我愛極了這樣的下町人情味。說歸說，下町還是有它的缺點。

現在「下町」在廣義上帶有「充滿庶民氣息的地區」之意；若是以這個基準區分，東京23區的右半邊都可以稱為下町，而這些下町又可以分成好幾類。

首先，是地價凌駕高地區的下町，「臨海區」。以江東區的豐洲為中心，用關東大地震的瓦礫填埋而成的土地上矗立著許許多多的摩天大樓。用毫無價值的廢棄瓦礫，打造出價值連城的土地——對我來說，這是個充滿夢想的故事。

如果去看過就知道，這些建築物十分驚人。打開一樓的自動門以後即是櫃檯，櫃檯裡有門房伺候，乍看之下和飯店沒有兩樣。根據八卦雜誌報導，由於地近東京巨蛋，住在最上層的是職棒選手和常常可以在電視上看到的女歌手。

這個地區或許已經不該稱之為下町了。其他的地區依治安又可分為三類，至於具體地名，我就避之不談了。

第一類是大家印象中的下町，相對安全，女性獨自走夜路也不成問題的「俗稱下町區」。大多數的地區都是歸入這一類。

部分「俗稱下町區」歷經重新開發以後，近年來變得炙手可熱。富有人情味，街道又煥然一新，難怪人潮會往這裡聚集。

剩下兩類僅占了東京下町的一小部分，在這些地區，女性最好別落單。其中一類是太保橫行的「太保區」。或許你會想：現在這個年頭還有太保？其實一般認為全盛期是70至80年代、到了2000年時已經全滅的飆車族至今仍然悄悄地棲息於東京之中。

這種「太保區」的另一個特徵，就是每到傍晚，上班前的酒店男女公關便會出現在商店街等處，醞釀出一股獨特的氣氛。住在這個地區的國高中生放學時間和這段「出勤尖峰時段」正好重疊，時常可以看見身穿制服的國高中生夾雜在昂首闊步的男女公關之間。歌舞伎町雖然氣氛相似，但是附近並沒有教育設施，與下町的太保區其實大不相同。

最後一類則是所謂的「危險區」，是哪裡我就不明說了。這種地區有某些場所是老弱婦孺絕對不可靠近的。在這個年頭，治安與全球先進國家相比相對良好的日本首都．東京居然會有不可靠近的場所，你相信嗎？就算不是老弱婦孺勿近的場所，女性最好也別落單。這是東京的深水區。

好了，這樣大家大致掌握東京下町的氣氛了嗎？

羽田爸爸指定的餐廳若是按照這種分類，算起來是位於「太保區」。

我搭乘電車一路顛簸，來到了約定地點。

時值傍晚，車站前一片喧騰，充滿了下町的活力。

下了電車以後，我又發現了一個特徵，就是太保區的車站前似乎一定會有小鋼珠店。這種視覺和聽覺上的喧囂也助長了下町感。

我將約定地點的地址輸入智慧型手機，開始導航。走了片刻以後，來到的又是一家小鋼珠店。這棟樓房的二樓就是約定的餐廳。

不過，從外觀看來，這棟三層樓房好像全是小鋼珠店，至少可以確定一樓和三樓都是。是我打錯地址了嗎？我暗自納悶，走上了二樓。電梯開啟以後，出現於眼前的果然是小鋼珠店。我重新檢查地址，是這裡沒錯。

是羽田爸爸搞錯了嗎？距離約定時間只剩下三分鐘，我決定打電話詢問。

「喂？我是灰原。我來到您說的地址了，可是二樓是小鋼珠店……」

『啊，就是這裡沒錯。我現在就過去接您，請等我一下。您是搭電梯上來的嗎？』

「對，那我在電梯前等您。」

原來是這裡沒錯？我們不是要吃飯，而是要邊打小鋼珠邊談話嗎？過了一會兒，羽田爸爸來了。

「對不起，這個地方容易讓人混淆。我本來是打算主動過來接您的，失禮了。請跟我來。」

說著，他替我帶路。我們走過小鋼珠機台林立的店內，深處有扇不知是通往廁所還是後場的門。羽田爸爸毫不遲疑地打開了那扇髒兮兮的門，我也略微屈身，隨後跟上。入內的瞬間，我大吃一驚，忍不住往後退了一步。

穿過小鋼珠店內深處的骯髒小門以後，居然是個氣氛宛若酒吧的房間；巨大的水槽覆蓋了整個店面，熱帶魚在水中游來游去。

在間接照明的照耀之下，美麗的魚兒優雅地游動著。

西裝畢挺的服務生恭恭敬敬地行了一禮，對我們說歡迎光臨。

在他的引導之下，我們從櫃檯走向店內。好驚人，原來這就是隧道水槽？被１８０度水槽包圍的通道。一條大魚游過了我的頭頂。

走出通道以後，是媲美熱帶植物園的茂盛植物、在牆上的水槽裡游動的熱帶魚群和氣氛絕佳的燈光，彷彿像是把拉森的世界繪成了圖畫一般。不對，拉森的世界原本就是圖畫。

我的腦袋完全跟不上這裡和剛才的小鋼珠店之間的落差。

服務生帶領我們前往的是包廂。這種店大概全都是包廂吧！有要事商談的時候，可以不用顧慮周遭的耳目，盡情說話。所謂的密室正是這種感覺。

「我已經點了全餐，邊吃邊聊吧！」

送來的前菜是湯。

這是什麼？我暗自尋思。湯裡的食材就像迷你庭園一樣，擺設勻稱。服務生說明：

「前菜是『一匙幸福』，請嘗嘗看。」

好厲害，嘗一匙就能獲得幸福，這可不是下町人想得出來的點子。

服務生的說明之中夾雜了許多法語，我沒有完全聽懂，只知道這道湯鋪了一層鵝肝、一層海膽，並在上頭放了各種食材。在服務生的建議之下，我一口就吃掉了。

立刻吞下去太浪費了，根本是暴殄天物。

鵝肝和海膽兩種素以味道濃厚見長的食材交織而成的和聲。乍聽之下，味道似乎會互相衝突，但正因為分量只有一匙，和聲化成了超濃厚的滋味，在口中擴散開來。

這種滋味讓人百嘗不厭，我該分成兩口吃的。各種思緒在我的腦海中交錯。

「好好吃喔！沒想到小鋼珠店裡有這樣的餐廳。」

「我第一次來的時候也很驚訝，後來不時就想再來。」

之後上桌的是標準的法國料理全餐。

每道料理都十分可口。我們邊吃邊聊。

「之前介紹松田同學給您，情況如何？有沒有任何問題？」

「哎，老實說，要激發他的唸書意願相當困難，我還得多加把勁才行。我總覺得他需要的是唸書以外的事物。」

「這樣啊！不過，能夠考慮到唸書以外的需求，已經很了不起了。我想借重老師的能力，再請老師多接一個學生。」

「多接一個學生嗎？只要我的能力許可，我願意積極考慮。」

「您現在是什麼時候去松田同學家？」

「每週一的17點。」

「對方說只要是平日的傍晚，哪一天都行。您哪一天比較方便？」

「平日星期二到星期五都沒問題。傍晚以後，我每天都有空。」

連我都覺得自己真的很閒。說得更詳細一點，星期三大學沒課，所以上午也有空；至於六日就更是不用說了。

不久前，我還覺得每天都過得很充實，沒想到我的人生一少了打工，竟立刻變得如此清閒。

一個月前我可以跟朋友裝忙，現在可就完全不行了。

「松田同學的父母似乎很高興，我身為介紹人，也覺得很開心。這次要借重老師的能力，介紹難度比較高的學生。」

「具體上是難在哪裡？」

「這個嘛，要注意的可能不只課業，還有體育方面……」

「體育？要教什麼？」

「具體上來說，大概是跑法吧……？」

我在國高中都是參加田徑社，多少可以指導跑法。

我抱著輕鬆的心態回答：「哎，我喜歡跑步，應該幫得上忙。」

「基本上還是以課業為主，必要的時候再加上體育就行了。」

高中的時候，我曾去國中的田徑社當過教練，應該沒問題吧！

聽了我的肯定答覆，羽田爸爸立刻從包包裡拿出資料來。

庄村梨子　15歲　國中三年級生

全科目　非入學考　而是平日的學校課業

比起提升成績　希望把重點放在快樂學習上

就資料看來，並不是從這個時期才開始準備入學考的國三生，應該沒問題吧？

「我不知道能否幫上忙，但我願意努力看看。」

「您肯接嗎！？謝謝！老師希望在星期幾的幾點上課？」

「這個嘛……星期二的19點可以嗎？」

「好，我會跟家長說。這次也要麻煩您了。」

全餐已經出到甜點了，全都很好吃。

我突然想到，這些料理如果是在我家附近的赤島食堂裡端出來的，我還會覺得好吃嗎？

或許美好的氣氛也左右了料理的滋味——我有這種感覺。

若是如此，赤島食堂真的很厲害，那麼髒亂卻那麼好吃，反倒教我懷念起來了。明天去赤島吃飯吧！

今天是羽田爸爸請客，我道過謝之後，便搭著電車回家了。

＊

隔週二，我前往約定地點。從澀谷搭乘山手線，經過兩站，在代代木站下車。距離我家附近的車站約十五分鐘車程，距離大學附近的車站則是五分鐘左右，無論從哪裡出發，通車都相當方便，還可以成為前往大學的動機，對於常蹺課的我很有幫助。我下定決心，以後星期二都要乖乖去大學上課。

代代木在東京之中，是個交通格外方便的搶手地區。搭乘電車，五分鐘以內就能抵達澀谷或新宿，甚至算得上是位於徒步圈內。而代代木在都內屬於黃金地段住宅區，新成屋以獨棟樓房居多，和大多是興建摩天大樓或華廈的新興黃金地段形成了強烈的對比。

成城等地的高級住宅區裡大多是代代相傳的獨棟樓房，雖然一樣是獨棟樓房，街道整體的氣氛卻和代代木略有不同。

來到約定的地址一看，庄村家也是獨棟樓房。

我只住過華廈和公寓，對獨棟樓房頗為嚮往。有庭院真好。雖然我沒有特定想做的事，卻有做什麼都行的感覺；可以種植喜歡的樹木，也可以烤肉。

我在約定的19點準時按下門鈴，應門的是媽媽。門開了，我走進屋裡。

媽媽在玄關迎接我。她給我的第一印象是個非常溫柔且老實的人。

「晚安，請多指教。我是來當家教的灰原。」

我們走向客廳。梨子大概在樓上的房間裡吧？

學生是女生，最好在客廳裡上課。

身為有個女兒的家長，看得到上課時的情況，應該也會比較安心吧？開始上課以後，我就這麼提議吧！

這次羽田爸爸給我的資料非常簡潔，沒有詳細的資訊，因此第一次上課前，和家長與本人之間的對談極為重要。我必須掌握對方的需求才行。

我詢問媽媽今後的希望。

「我的重點不在入學考，而是希望讓她跟上學校的課業。」

「梨子是要直升高中部嗎？」

「對，可以這麼說。」

國三生找家教，大多是為了應付入學考，像這次這樣是為了跟上學校課業的情況很少見。

「老師，梨子的成績本來很好的。」

說著，媽媽給我看了三年間的成績單。

一、二年級的時候，她的成績可說是出類拔萃，在全年級２５０人之中保持20名前後的成績，相當了不起。然而，一進入三年級的第一學期，她的成績就突然下滑了。２５０人之中的第250名。這可是吊車尾啊！成績下滑四字根本不足以形容這樣的狀況。

「她的成績突然下滑這麼多，您一定很驚訝吧！是什麼原因？」

媽媽說出了理由。

梨子小學時跑得很快，曾經獲選為都內聯合田徑大賽的百米選手。她在當時的都大賽裡以14．11秒跑完百米的紀錄奪冠，並參加了全國大賽。

小學六年級就能跑出這樣的紀錄，確實很快，搞不好比我這個男人六年級的時候還要快。上了國中以後，她理所當然地加入了田徑社，大為活躍，才一年級就擠下了學姊，獲選為接力選手。她在課業方面也相當努力，看在媽媽眼裡，是個快快樂樂地過著學校生活的乖孩子。

然而，在二年級即將告終的某個冬日，她的腳突然發疼，動彈不得，到了晚上依然沒有好轉，便去醫院檢查。雖然當天就回家了，但由於疼痛的緣故，腳無法自由活動。她趁著春假期間接受檢查和治療，也做了復健。多虧了醫院定期開的藥，現在雖然動作不太俐落，至少可以走路了。

想當然耳，她暫時不能跑步了。依她的表現，原本在升上三年級之後可以成為田徑社長的。

社員和顧問全都一致贊成，有這樣的成績和人望，想必連她本人都自認是眾望所歸吧！不能跑步以後，她沮喪不已，變得無心唸書。

這也怪不得她。

「原來是因為這個緣故啊！我明白了。我的能力或許有限，但我會盡力而為的。」

「除了指導課業以外，希望老師也能夠陪梨子談心。如果她談起田徑的話題，請您陪她聊聊。這個話題最能紓解她的鬱悶。」

「是嗎……？說不定這是她現在最不想聽到的話題……」

「如果梨子提起跑步的事，請您聽她說下去。從前她放學回來，每天都會跟我們說起跑步的事，當時的她真的很快樂……對不起，麻煩您教導這麼複雜的孩子。梨子變成這樣以後，不愛跟我們說話；她和學校裡的朋友應該處得不錯，但我還是很擔心。上完課以後，請跟我說她上課時的情況。」

「我明白了，我會盡量幫忙。順道一提，我覺得別在梨子的房間上課，改在客廳上課比較好，您認為呢？」

「謝謝您的體貼，不過客廳有我在，那孩子可能不會對老師敞開心房。如果要在客廳上課，我會外出兩小時。看老師想在哪邊上課都可以。」

既然在哪邊上課都是兩人獨處，那就選不必把媽媽趕出家門的那一邊吧！

「那我在梨子的房間裡上課好了。對不起，反倒讓您費心了。」

說完，我上了三樓。媽媽在上樓途中對我說了句「麻煩您了」之後，便回到一樓去了。

我敲了敲門。

『來了。』

傳來的是比我想像中的還要開朗許多的聲音。

我有些錯愕。虧我剛才聽了媽媽那番話以後已經做好了覺悟。

我收拾心緒，打開房門。開始上課了。

「妳好，我叫灰原巧。從今天起，要請妳多多指教了。」

說著，我走向梨子坐著的書桌。

「是，請多指教。」

我原以為她的情緒會相當低落，但是看上去並沒有這種感覺。至於內心如何，就不得而知了。

修長的身材一看就知道是田徑社的。從她的外表，也可看出她性格活潑，在班上應該是個不需要譁眾取寵也能成為中心人物的女孩吧！

庄村家的需求不在於指導課業、提升成績，而是在於其他地方。我必須和梨子建立信賴關係，讓父母看到女兒打起精神的模樣。

我該營造的不是「好，開始用功吧！」的氛圍。

「老師是大學生嗎？」

梨子用充滿好奇心的大眼看著我。

「對，大學二年級生。」

「聽說要請家教，我還以為來的會是中年人。」

「庄村家是第一次請家教嗎？」

「對。我跟爸媽說過這麼做沒有意義，可是他們說沒關係，我就隨他們去了。」

我想起媽媽說的那番話。愛護女兒的爸媽應該很擔心她吧！

「妳媽媽要我提升妳的在校成績，妳覺得呢？」

我故意裝作毫不知情，如此詢問。

「唔，我已經決定不再唸書了。」

「咦？是嗎？傷腦筋，那我來這裡就沒有意義了。」

「所以我不是說過了嗎？請家教沒有意義！」

「不過，妳有去上學吧？」

今天就和她聊聊天，摸清她的脾性吧！

她這麼明確地決定不再唸書，應該有什麼理由。

就算只有一點蛛絲馬跡也行，我必須找出理由。

「哎，有是有啦！」

「不想唸書，可是願意去上學，是因為上學很快樂？」

「唔，不知道該怎麼說耶！倒也不是這個原因，只是覺得不去很可惜。」

「不唸書也很可惜吧？」

「書我從前已經唸得夠多了，沒關係。學校的課業一點意義也沒有。啊，老師，您是不是覺得我很笨？」

「不，沒這回事，只是看妳成績下滑那麼多，問問看而已。」

「我不是不會，只是不想寫而已！考試都是交白卷。」

「那我帶來的參考書習題，妳也解得出來囉？」

「當然，我立刻解給您看。」

梨子幹勁十足。看來她並不是單純的不想唸書。我原本以為這會是個很複雜的個案，但似乎沒那麼嚴重。今天我帶來的是標準難易度的參考書，先請她解一般國三生水準的數學題吧！

就叫她解二次方程式好了。國中的二次方程式就跟拼圖一樣，教起來很容易，不過高中的可就複雜多了。

限制時間為二十分鐘。梨子並沒有偷懶，而是默默地動手解題。在這段時間裡，我漫不經心地環顧房間。剛進來的時候，我就注意到那幾面閃閃發亮的獎牌了。這些獎牌訴說著她過去輝煌的田徑人生。

地區大賽、都大賽、關東大賽、全中運。

在這個過程中持續走上頒獎台，就能夠獲得這麼多獎牌。其中說不定也有小學時拿到的獎牌。

雖然媽媽那麼說，對於現在的她而言，田徑話題或許太過殘酷了。我自己也加入過田徑社，對這類話題頗有興趣，但我認為還是等到以後再提起這個話題比較好。

就在我暗自尋思之際，她迅速地解完了習題。

別說二十分鐘，要不了十分鐘，答案欄就填滿了。

「老師，我寫完了！」

「好快啊！我看看。」

一來是因為在想事情，二來是因為她解得太快了，我沒能及時拿出愛筆。我按下紅色原子筆鍵，開始批閱，答案全部正確。

這本標準參考書的內容和梨子就讀的國中水準差不多。看來她說考試都交白卷，並非謊言。

「真的，妳不是不會寫，而是不想寫。」

「我只是決定不再唸書了而已。我不做筆記，也不考試。」

「所以考試都交白卷？」

「對。懂了嗎？」

說著，她笑了。從她的笑容，看得出她真的是個開朗活潑的女孩。這樣的孩子放棄了唸書，可見不能跑步讓她多麼地失落。

「既然妳有心做就做得到，那就不成問題了。妳是故意不唸書的吧？代表妳想唸書的話，隨時都能唸。」

「老師比我想的還要通情達理，太好了。」

「那就好。作業是這裡到這裡，記得要寫。」

「啊，您出作業我也不會寫，我已經決定了！」

「好吧！我就特別破例，不出作業。不過下個禮拜我還會再來。」

當天的課程就在這樣的氣氛之下結束了。離開庄村家時，天色已經完全暗了下來。

我搭乘電車回家。時間將近20點，是肚子最餓的時段。抵達荻漥站以後，我決定去填飽肚皮。

今天去的是一家叫做「阿兆拉麵」的店，老闆可能如店名所示，就叫做阿兆吧！這是家只有吧檯座的舒適小店，主要是由一位看似老闆的和藹中國男子打理；至於他是不是阿兆，就不得而知了。

不過，阿兆（暫稱）時常藉故回中國，所以最近大多是太太、女兒和兒子三人打理店面。尤其是這一個月，我完全沒看到阿兆。回中國很正常，可是太太和兩個小孩都沒回去，他到底是回去做什麼的？每次來這家店，我都感到疑惑。

店名雖然帶有「拉麵」二字，其實只是普通的中華料理店。荻窪有好幾家中華料理店，搞不好比超商還多。記得在日本，只有牙醫診所比超商多吧？我想著這些無關緊要的事。我在這裡一向都是點豬肉蛋套餐。鮮少自行下廚的我是以外食為中心，外食的營養通常不均衡，所以我向來注重營養價值。

小學時的家政老師曾說過：「蛋很了不起，因為它包含了一條可能的生命。大家每天都要記得吃蛋喔！」這句話強烈地烙印在我的記憶之中，至今我仍然一板一眼地加以實踐。

套餐中除了豬肉與蛋以外，還有炒菠菜，菠菜在黃綠色蔬菜中的營養價值也非常高，而且我很喜歡吃豬肉，所以每次來這裡都點豬肉蛋套餐。順道一提，今天阿兆同樣不在，是由兒子烹煮我的料理。

吃完晚餐，我回到家，思考梨子的事。

羽田爸爸的資料和梨子媽媽的一番話。相較之下，與本人面對面時的印象。兩者之間確實讓我感受到極大的落差。

我原本以為她會是個陰晴不定的女孩，相處起來勢必得花費一番心力，沒想到並非如此。

本來擔心她會因為過度沮喪而拒絕交流，但是實際上的她反倒給了我元氣十足、開朗活潑的印象。她雖然拒絕寫作業，卻做了一些習題。

今天沒有提到腳和田徑的話題，但總有一天還是得提，我必須建立足夠的信賴關係，逐步縮短彼此的距離。

＊

隔週。月曆上的夏天早已過去了，但是天氣依然十分炎熱。這不像殘暑，反倒像是盛夏。就算到了傍晚，一樣光是站在外頭就汗如雨下。

今天同樣在梨子的房間裡上課。打完招呼以後——

「老師，下個禮拜我要請假，您知道嗎？」

梨子如此詢問我。

「不，我現在才知道。」

「我媽沒跟您講嗎？星期二晚上我要做復健。」

「這樣啊！那只好請假了。要好好加油，才會慢慢好轉。」

「腳變成這樣，連走路都很慢，也不能跟朋友出去玩，糟透了。」

「是啊！真糟糕。」

「每個禮拜都要去一次醫院，也很麻煩。我已經不想考慮以後的事了。」

梨子冷冷地說道。這應該是她的真心話吧！

「去醫院是去接受治療吧？這是為了把腳醫好啊！考慮以後的事，也沒什麼壞處啊！」

「是嗎？很難說。」

梨子的表情微微蒙上了陰霾。她主動提及我不方便提起的話題，倒是值得慶幸。

「妳不唸書，和妳的腳有關嗎？」

我問道，她並沒有回答。隔了一會兒——

「老師，唸書是為了什麼？」

她用問題回答我的問題。

我感受到一股緊張的氛圍，知道自己接下來絕不能失言。我慎重地揀選言詞，回答：

「我認為唸書的重點不在於內容，而是在於鍛鍊腦力。」

「鍛鍊腦力？」

「對，比方上個禮拜要妳解的二次方程式，將來在工作上會實際用到這個的人應該很少。其實學習的重點在於內容的情況出奇地少。不過，解題的時候，會用到腦袋，對吧？在唸書的過程中，這是最有意義的行為。只要能夠鍛鍊腦力，說得極端一點，不唸書也無妨。像肌肉訓練，不是可以強化肌肉嗎？以鍛鍊腹肌的動作為例，日常生活中，其實不會做出那種動作吧？」

「原來如此，說得也是……」

哦，肌肉訓練的例子似乎打進運動員的心坎裡了。

「鍛鍊腹肌的重點，不在於那些動作，而是在於那些動作帶來的肌肥大。肌肉增加，各種動作的負擔就會減少，比較不容易疲勞，動作也會變快。肌肉訓練的重點就在這裡。我認為唸書也一樣。」

小時候，我也思考過唸書的意義。

數學和物理是我的罩門，我一直覺得這種玩意對將來根本沒幫助。那時候，身邊沒有大人教導我唸書的意義，我只能自行思考，而我得出的結論就是剛才對梨子說的那番話。

我不知道正不正確，不過，如果孩提時代的我知道這個道理，應該會更加認真唸書才是。

「啊，不過也有例外。像英文，學到的東西大概有一半是可以直接派上用場的。」

「嗯，原來如此……」

梨子露出若有所思的表情。

「肌肉訓練的重要性我也明白。只要以此類推就行了？」

「沒錯！肌肉訓練很重要。小六的時候，我心血來潮，每天睡前都鍛鍊腹肌，後來某一天上體育課，我的五十米紀錄縮短了0.4秒。我明明完全沒有在練跑。那時候我好驚訝：啊，原來跑步也會用到腹肌，只要鍛鍊腹肌，跑步速度就會變快。」

「老師五十米跑幾秒？」

她的雙眼閃閃發光，和剛才截然不同。

「高三時的五十米成績是6秒4。」

「咦？是穿釘鞋嗎？」

「當然是穿釘鞋。」

「老師跑得比我快耶！」

順利將話題不著痕跡地帶到田徑之上，讓我暗自鬆了口氣。

「那當然。男女的肌肉量有差，再說我的紀錄是十八歲時的。妳現在才十五歲啊！」

「對喔！」

說著，梨子笑了。我開始懷疑是她的父母把事情想得太嚴重了。

我趁機打破砂鍋問到底。

「話說回來，妳的獎牌真多。老師也有幾面獎牌，可是沒這麼多。」

「老師也有？是什麼獎牌？」

「田徑大賽的獎牌。之前我沒提過，其實我國高中都是田徑社的，不過只有國中那三年比較認真。」

「這樣啊！老師是跑什麼項目的？」

「跳高。不過，百米、四百米接力、擲鉛球和跳遠我都拿過金牌。」

「咦？真的，老師連擲鉛球都拿過金牌？騙人的吧！」

看了我的體型，也難怪她會懷疑。我自揭底牌。

「妳聽過澀谷區大賽嗎？」

「沒聽過。」

「那是地區性的大賽，妳當然沒聽過。多虧它沒有知名度，我才能拿到獎牌。」

澀谷區大賽，是當時我們田徑社裡的所有社員都爭相報名的大賽。這個大賽只有住在澀谷區的人，或是就讀區內學校的人才有資格參加，而且競賽還依照學年、年齡分組，所以每個項目的參賽人數都極端地少。

換句話說，如果參賽者只有五個人，只要贏過其中兩個，紀錄上就能贏得銅牌。我國三那年的運氣很好，擲鉛球的國中三年級組沒有其他人報名。

換句話說，參賽者只有我一個人，所以篤定可以獲得金牌。

其他競賽的參賽者頂多也只有十人，是個很容易奪牌的大賽。三年級時，光靠這個大賽，我就奪得了跳高、接力、擲鉛球、百米四個項目的金牌。順道一提，顧問老師每年都報名參加長青組的擲鉛球項目，是大會紀錄保持人，連續十五年金牌得主。很好笑吧？

不知道這個紀錄被破了沒？

「我完全不知道有這樣的大賽！我也能參加嗎？」

「只要學校位於澀谷區，有報名的話，就能參加。」

「如果參賽人數只有一個人，就算是這樣的我也可以奪冠。」

這句話讓我心如刀割。

「妳可以的。下個禮拜的復健好好加油吧！」

今天連參考書都沒翻開，上課時間就結束了。

走出梨子的房間，我向待在一樓的媽媽打招呼，並報告今天的情況。

她很有精神，跟我聊了腳和田徑的話題，還有今天完全沒有翻開參考書。

聽了報告，媽媽很開心。

「老師，對不起，下禮拜梨子要做復健，想跟您請假。」

「當然可以，下下個禮拜我再來。」

如此這般，我和庄村家的交流開始了。參考書時翻時不翻的「課程」持續了約兩個月。

一談到田徑，我們就聊個沒完。

某天午後，我收到媽媽傳來的郵件。今天雖然是星期二，但先前說過要做復健，所以不上課。

內容是〈在您休息的時候打擾，很抱歉。今天雖然不上課，能不能請您來醫院陪梨子復健？我會按照授課費付您薪水。提出這種任性的要求，真的很抱歉〉。

反正我沒有任何行程，便回信答應了。

來到郵件上告知的醫院，向櫃檯詢問之後，我前往復健室。復健室比想像中的更加寬敞，大小和住院病房的大房間差不多。我想像中的復健是在單人房裡埋頭苦幹，但實際上還有其他病患，與陪伴者及主治醫生一起努力復健。

我找到了庄村母女。梨子正在使用器材抬腿，媽媽坐在附近的長椅上。我走上前去，向兩人打招呼。

「老師真的來了。」

「妳媽媽叫我來的。」

「咦?媽媽真的把你叫來了?真是夠了!」

「哎，反正我今天也沒有其他事情要做。加油!這看起來好像是腿後肌的訓練。」

雖說是復健器材，看起來活像重訓室。如果主治醫生沒穿白衣，要說這裡是會員制的健身房，我都會相信。我在媽媽坐著的長椅上坐了下來。

「對不起，特地把您找來……」

「沒關係，我是真的閒著沒事做，待在家裡也是發悶，反倒要感謝您呢!」

「梨子復健完後心情總是特別低落，老師，能不能請您在復健完以後陪梨子聊聊?大概再過三十分鐘就會結束了。」

「我時間很多，沒問題。」

「最近梨子變得比較有精神，或許是因為有老師陪她談心的緣故。今天我其實也很猶豫，可是又覺得只有老師能讓復健後心情低落的梨子打起精神，所以才把您找來。聽了她最近上課時的情況，我認為還是有像老師這樣的第三者陪伴比較好。親子之間有血緣關係，有些事反而不好處理……」

聽了媽媽的話，我暗自思索。

雖然動作有些僵硬，但是梨子已經能夠走路了；即使如此，她還是持續復健，理由只有一個，就是想跑步，想恢復到可以跑步的程度。然而，短時間內，她是不可能跑步了；就算繼續復健，也不見得能跑，搞不好一輩子只能這樣了。她大概懷有這種看不到未來的心情吧！越是拚命努力，得不到成果的時候就越痛苦。

這話聽起來或許有點矛盾；不拚命努力無法得到成果，但是也有人沒有拚命努力，靠著運氣得到了成果。不過，運氣是機率，並不確實；想要確實得到成果，只能拚命努力。

在我尋思之間，復健結束了。在看不到未來的狀態之下努力，想必很痛苦吧！不過，人生就是這樣譜成的。

「辛苦了。復健室活像健身房，真壯觀。」

「嗯。」

梨子只是點頭回應而已。有回應，我該知足了。

媽媽說道：

「梨子，難得今天老師過來，和老師一起吃頓飯吧！」

正好我肚子也餓了。醫院附近有什麼？國中女生喜歡吃什麼？Sweets Paradise？Eggs 'n Things？不，Bills距離這裡比較近。

「我會早點送她回家的。」

「不，這樣不好意思，我會在附近等候，請你們不用急，慢慢吃。」

時間已經過了20點，比較精緻的餐廳都開始打烊了。這裡是東京，好歹也該開到22點吧！可是20點打烊的店卻很多。

如此這般，我們來到了迴轉壽司店。

帶著國三女生來這裡，真的是個好選擇嗎？我十分懷疑。哎，也罷。

「辛苦了。妳每個禮拜都要復健一次？」

「嗯。」

梨子顯得無精打采。不知道她持續復健多久了？感覺大概宛若身在看不見出口的隧道中吧！

就在這時候，鮭魚粉色的壽司從迴轉道上流向我們。

「啊，是鮭魚耶！先吃鮭魚吧！」

「咦？我是要吃沒錯，你怎麼知道？」

「因為我喜歡的樂團在演唱會上說過：『為什麼女生都愛吃鮭魚？女生只要去壽司店，一定會點鮭魚，開口閉口都是鮭魚。』」

「什麼跟什麼啊！我有種被侮辱的感覺！」

「別擔心，我也喜歡吃鮭魚。一個分我。」

「搞什麼，原來老師也喜歡吃啊？不過我才不分你。」

「不分我啊？算了，我自己點，反正用點的比較新鮮。」

「那我要吃用點的！」

鮭魚真厲害，竟能如此輕易地讓無精打采的女孩開朗起來。

我暗自感謝北海道產的鮭魚——雖然也有可能是俄羅斯或其他地方產的。

「欸，老師，20歲就是成年人了，你覺得變成大人以後有什麼好處？」

「這個嘛，這是個很複雜的問題。哎，變成大人確實有好處，可是要問好在哪裡，就很難說明了。活到20歲，遇過好事，也遇過壞事；而經歷過這些事，就是一種好處。大概是這樣吧？我不知道該怎麼說明才好。」

「大人好複雜。」

「啊，不過我不認為滿20歲就是大人了。這只是法律上的分界，代表要負起成年人責任的年齡是20歲。小孩和大人之間是種漸層地帶，沒有『從這裡開始就是大人』的境界線。妳的心中有大人的部分，而我的心中也有小孩的部分。剛上大學的時候，覺得自己好像變得成熟許多，其實15歲和20歲沒有多少差別。」

「可以喝酒、抽菸，很快樂嗎？」

「喝酒要看時間與場合。有些人很愛喝，不過我沒那麼喜歡。菸我沒抽過，不知道。站在前運動員的立場，抽菸會影響運動能力，所以我不建議妳抽。」

「老師沒抽過菸，怎麼知道？」

「哎，透過臆測和旁人的意見知道的。」

梨子的表情變得有些嚴肅。

「我想快點變成大人。有很多事是變成大人以後才能夠體驗的吧？老師不也說過，變成大人的好處，就是可以活用過去的經驗嗎？我有好多想知道的事。」

說著，她垂下了頭。

「有句老生常談是這麼說的：沒有不會天亮的夜晚。說過這句話的人很多，應該是真的吧！就算放著不管，總有一天妳也會變成大人，也會能夠跑步的。喏，鮭魚又來了。」

「啊！我要吃。」

「不行，這是我要吃的。」

「好奸詐，老師一點大人樣也沒有，根本是小孩！」

要是她氣呼呼地回家，媽媽會擔心，所以我分了一個給她。女生真的很愛吃鮭魚，這一點我要記起來。我得讓她精神奕奕地回家才行。今天媽媽的心願，就是讓女兒打起精神來。

離開壽司店以後，我聯絡媽媽，庄村母女和我各自踏上了歸途。

迴轉壽司的錢是媽媽出的，賺到了。窮學生最該節省的就是伙食費。

*

到了隔週二。暑假結束，大學下學期開始了。

剛收假的時候最不想上學。我無奈地上完大學的課，傍晚和朋友在學生餐廳消磨時間。第四堂課結束後，距離家教時間還有一陣子。對於學生而言，學生餐廳真的是個休閒的好去處。

來這裡的不只學生，還有來自周邊辦公大樓街的社會人士，而且為數不少。或許就算不是學生，也覺得學生餐廳是個休閒的好去處。

雖然有點吵，但是價格便宜，味道也不差。就在我和朋友閒聊打屁時，庄村媽媽打了電話來。

「失陪一下。」說著，我正要離席，朋友調侃道：「女人打來的？」

確實是女人，所以我半開玩笑地回答：「沒錯。」離開了座位，到外頭回電。

「喂？對不起，剛才不能接電話。」

『我才感到抱歉。呃，從上個禮拜開始，梨子一直躲在自己的房間裡不出來。』

什麼？

「發生了什麼事嗎？」

『我不知道，上個禮拜回到家後，梨子突然發起飆來，問她理由也不回答，後來她就把房門鎖起來了。』

她先前明明元氣十足，絲毫沒有這種跡象啊！

「那吃飯要怎麼辦？」

連我自己都覺得這個問題蠢斃了。還有其他該擔心的事吧！

不過，人遇上意料之外的事時，往往都是這樣。

『我們睡著以後，她好像有出過門，大概是去了超商吧……』

我立刻前往梨子家。按下門鈴以後，我和出來應門的媽媽一起走進屋內。

爸爸在一樓的客廳裡。他因為擔心女兒，這個禮拜都是提早下班回家。也難怪他擔心。倘若沒有腳的問題，梨子是個和藺居族完全相反的女孩。

和初次見面的爸爸打完招呼以後，我前往梨子的房間。

我走上三樓，來到門前，敲了敲門。沒有反應。等了一分鐘後，我又敲了一次門，依然沒有反應。我抱著死馬當活馬醫的心態，出聲呼喚。

「晚安，我是灰原。晚安～」

想當然耳，沒有反應。這也難怪。父母在這一個禮拜間費盡心思，梨子依然是這種狀態，突來乍到的我自然是無力回天。那我為何要來？不就是因為覺得自己或許幫得上忙才來的嗎？

回到一樓，我告訴爸媽梨子毫無反應；爸媽並無失望之色，而是一副意料之中的模樣。

「今天害您特地跑一趟，真是不好意思。」

「是我自己要來的。可以跟我說說詳細的情況嗎？」

雖然幫不上忙，我還是很好奇為何會變成這樣，因為我毫無頭緒。不過，爸媽似乎也是一頭霧水。

上個禮拜復健完後，梨子和我去吃迴轉壽司，後來就跟媽媽一起回家了；回家以後，她表現得與平時無異，但是到了深夜，一樓的客廳突然傳來了嚎啕大哭聲。在二樓的房間裡睡覺的爸媽立刻起床，前往一樓查探。

只見梨子在那兒哭鬧不休。

問她理由，她只是哭泣；想制止她，她便掙扎反抗。她似乎知道若是被爸爸抓住，就會被制伏，拿起客廳裡的東西亂扔一通，並趁機跑上三樓，之後就不再開門了。這就是事情的經過。

狀況是明白了，但是理由和心境完全不明白。該不會是我和她一起吃飯的時候，不小心觸動了她的心傷吧？我總覺得自己也有責任。

不過，我能做的事只有這些，繼續待在庄村家也無濟於事。

「對不起，上門打擾卻完全幫不上忙。」

「不，我們這樣麻煩老師，才該說抱歉。」

我只能含恨撤退。說歸說，我現在也不想回家。我在代代木站周邊閒逛了一陣子，走進離車站有段距離的印度咖哩店。我不斷地思索。

這次的事也是起因於不能跑步嗎？

照常理推斷，應該是這樣沒錯。不能再做熱愛的事，是很痛苦的。

我邊吃咖哩邊思考。即使心情沉重，還是覺得奶油雞肉咖哩很好吃。

成了繭居族，就吃不到這麼好吃的奶油雞肉咖哩和鮭魚了。活著難免會遇上痛苦，只要還能夠感受到食物的美味就夠了。吃到美食，就有活著的真實感。

其實我也不知道自己是為了什麼而活。

梨子問我變成大人以後有什麼好處，我沒有正面回答，而是說好事壞事都是種經驗。當時我只能那樣回答。或許我不該那麼說的。

這種店通常可以無限續烤餅，但是我沒有胃口，完全沒續就結帳離開了。

離開咖哩店以後，我並沒有前往車站。雙腳不自由主地再度走向庄村家。或許是因為陷入沉思之故，時間已經過了24點。

來到家門前一看，三樓的燈是亮著的，一樓客廳的燈已經熄了。

我到底來這裡做什麼？我重新思考。

雖然很想幫忙，但是剛才我根本無能為力，不是嗎？然而，思及父母的心情，思及梨子，正視自己的心，我還是想幫忙。我還沒想出自己能做什麼，便已經抓住了庄村家外牆上的金屬管。

我用雙臂使勁將自己的身體往上撐。這和自來水管是相連的嗎？我爬上二樓屋簷。沒有從二樓通往三樓的管線。環顧周圍，看到隔壁人家的二三樓間有梯子，借用一下吧！

我從庄村家跳到隔壁人家的屋簷，爬上梯子，來到三樓，再跳回庄村家三樓的屋簷。

這時候我很慶幸自己學過跳高。跳躍是我的看家本領。

我在三樓的屋簷上眺望夜晚的代代木街景。

docomo電信公司的代代木大樓亮晃晃地照耀著黑夜。就算到了日期改變的時間，東京依然一片明亮。docomo塔看起來和紐約的知名大樓有些相似。

東京沒有多少優點，夜景倒是挺美的，用不著去六本木之丘或晴空塔也看得到。當然，那些地方的夜景也很美，但我最喜歡的是這種在日常生活中偶然看見的尋常東京夜景。從絢爛的霓虹燈閃爍的風景望向身旁，只見代代木的住宅區拓展於腳下。這個時間很安靜。從三樓的高度看到的都會夜景和寧靜住宅區之間的對比深深地烙印在我的心頭。待在屋簷上也不壞嘛！我移動到燈火通明的窗邊，藏起身子敲窗。沒有反應。

看了一陣子夜景以後，我再次敲窗。唰！窗簾拉開的聲音傳來，但是並沒有更多的反應。

我又敲了一次窗。

『是誰……？』

這道聲音傳來。

「我是灰原，晚安。從這種地方打擾，失禮了。」

『咦？老師？你在外面？這麼晚了，你腦子有問題嗎！』

唰！隨即又傳來了拉動窗簾的聲音，她似乎把窗簾拉上了。糟了，這下子她又會拒絕交談了。房裡似乎有人在走動。大約過了十分鐘左右——

『老師，你還在嗎？』

這道聲音傳來。

「還在啊！妳的房間真好，夜景很漂亮。」

『你來做什麼？』

「當然是想跟妳聊聊。就算沒聊成，至少看到了這麼漂亮的夜景，也不吃虧。不過，如果聊得成就更好了。妳肚子餓不餓？一直關在房間裡，要怎麼吃飯？」

『我半夜會去超商，不要緊。』

「要不要現在去？」

『不要。是爸爸和媽媽拜託你來的吧？現在出去，他們一定就在外面！』

「相信我，我是自己跑來的。我可不想被妳爸媽知道我爬到你們家的屋簷上。」

『老師也是大人，大人說的話不能相信。』

「可是，妳不去超商，肚子會餓，口也會渴吧？」

『我想去的時候就會去，不用你管！』

「好吧！妳高興就好。」

接下來就沒有反應了。

不知道梨子什麼時候會出門？今天我來了，她或許不會出門了。反正都來了，順便爬到梨子房間的屋簷上吧！那裡是庄村家的頂端。

視野變得更加開闊，通風也相當良好。

好舒服。九月的深夜令人心曠神怡。我在屋簷上躺了下來，沉浸於書本中；片刻過後，腳底下傳來了開門聲。

我悄悄地往下爬，盡快下到一樓。下樓比上樓快多了。來到一樓以後，我躲在從玄關看不見的圍牆邊。

隨後，傳來了玄關大門開啟的聲音。來了。

梨子沒有察覺下了樓的我，正要走過圍牆，我從身後叫住了她。

「梨子？」

「哇！」

她嚇了一大跳。怪不得她。

「老師，你知道現在幾點了嗎！」

「這句話是我要說的，別在這種時間大呼小叫。我一直待在屋簷上，不知道時間，現在幾點了？」

「已經3點多了！還有，老師，你的頭髮好亂！」

「在屋簷上待了三小時，頭髮當然亂。風吹起來很舒服。」

妳的頭髮也很亂啊！我很想這麼說，但是沒有說出口。

一直關在房裡，任誰都會變得蓬頭垢面；對於正值敏感年紀的女孩而言，這鐵定是禁句。好不容易走到這一步，要是她又拒絕交談，可就糟糕了。

「我說過了吧？妳爸媽都在睡覺。我從一開始就沒有欺騙妳的意思。」

「嗯，這一點我倒是可以相信。」

我們前往站前的全家便利商店，買了飲料和飯糰以後，穿越高架橋底，拿到docomo塔的廣場吃。站前有派出所，有被輔導的危險，我們必須鬼鬼祟祟地移動。

「不快點回去，爸媽就起床了，時間不多。」

「我知道。話說回來，半夜3點過後去超商，妳還真是隻夜貓子啊！」

「白天媽媽在家，3點是他們兩個一定都在睡覺的時間，所以我都還在這個時候。」

「時間不多，我就有話直說了。怎麼了？妳為什麼要關在房間裡？」

「不要，我不想跟老師說。」

「哎，我想也是。不過，一直關在房間裡，很不方便吧？我可以幫妳送食物。要我每天深夜都爬到屋簷上送餐也行。」

「老師，我有事想拜託你。如果你答應，我就出房間。」

梨子突然說道。

「真的？是什麼事？」

「三年前，小學六年級的時候，我參加過聯合田徑大賽。」

在我接任家教之前，就已經知道這件事了。從全校學生中脫穎而出的小孩可以代表學校參加各地區舉辦的田徑大賽。

「我想請你幫我找當時參加長距離項目的男生，拜託你。」

「好。妳當然有線索吧？」

「唔，我只記得制服的顏色和款式。」

線索只有這些，老實說，相當困難；不過，聯合田徑大賽是官方比賽，只要洽詢中體聯，或許能夠找到三年前的資料。更重要的是，如果這件事能夠成為梨子的希望，如果她真的願意走出房間，爸媽不知道會多開心。

「好吧，我試試看。」

「其實我很討厭老師，不過這件事只能拜託老師幫忙。」

我是什麼時候惹她討厭的？爬上屋簷的那一刻嗎？

她這麼坦白，讓我很傷心。

是一起吃飯的時候，我說了什麼令她不愉快的話嗎？雖然震驚，但我並未表現出來，因為我是大人。

「趁著爸媽還沒起床，我要快點回去了。如果老師沒有好好幫我調查，我會變成痛恨老師的。」

經她這麼一說，我可就不能混水摸魚了。就算蹺掉大學的課，也得好好調查才行。

梨子回到了自己的家。

距離首班車還有段時間，因此我在站前超商的內用區讀了片刻的書，等待首班車發車。我在6點回到了家，昏昏欲睡，立刻就鑽進了被窩。

*

隔天，我開始著手處理梨子的委託。

我先打電話給中體聯，查詢三年前的澀谷區小學聯合田徑大賽的紀錄，對方表示：

「基於個人資訊保護法，不便透露……」

我想也是。計畫一開始就遭遇了挫折。沒辦法，這時候只能依賴網路了。我搜尋澀谷區聯合田徑大賽、2015年，各項目參賽者的資料馬上就跑出來了。這是非官方資料嗎？如果是官方資料，剛才的電話就白打了。原來只要上網搜尋就能夠輕易獲得資訊，打從一開始我就該上網的。窗口保護個資，網路上卻完全公開，現在就是這種時代。

說歸說，如果是非官方名單，或許會有遺漏的選手。這一點讓我感到不安。

不過，不付諸行動，是不會有結果的。

我移到長距離區，小學校名和選手姓名隨即出現了。我把這部分另外存成一個檔案，傳送到自己的智慧型手機。這麼一來，坐車時也能夠進行調查，可說是準備萬全。接著，為了調查各所小學的制服特徵，我以各校校名、田徑、制服為關鍵字進行搜尋。

有的學校出現在搜尋結果，有的沒出現。沒出現的學校只好待會兒再說，先比對出現的學校與線索。

目前尚未找到和梨子提供的特徵一致的學校。正確答案是在沒搜尋到的學校之中嗎？這樣的不安糾纏著我，但我今天還是專心做好文書工作。

明天再開始進行實地考察吧！待調查告一段落時，已經完全入夜了。

我這才發現自己的肚子餓得厲害。幸好星期三大學沒有課。昨天徹夜未歸，我的身體亟需休息。如此這般，我決定去站前填飽肚皮。

今天要去阿兆拉麵？赤島食堂？還是其他地方？

拿不定主意的時候，連鎖店是最佳選擇。去SUKIYA吧！SUKIYA的沙拉套餐，應該沒有人點了這個以後會覺得吃虧。我要補充說明一下，沒有人點了SUKIYA的沙拉套餐以後會覺得吃虧，也沒有人點了松屋的沙拉套餐以後會覺得吃虧，兩者相去不遠。米其林指南說過，東京就連500日圓一碗的牛丼味道都保有一定的水準。

這話說得一點也沒錯。

我將沙拉套餐扒入口中。這是獨居人士的最佳良伴。如果單點牛丼，只要300日圓。萬歲！這就是日本品質，日本實在太酷了。為了2020年東京奧運訪日的外國人一定會徹底體認到東京的飲食水準的。

就在我胡思亂想之際，庄村媽媽打了電話來。

「喂？」

『老師，梨子出來了！所以我立刻打電話通知您！』

什麼？太好了，看來我多少也幫上了一點忙。

也許是昨晚的事讓她改變主意的。不過這件事絕不能跟她的父母說。

『可是她說她不想去上學……只願意給家教上課。』

從繭居族變成了軟性繭居族啊？比起足不出戶的繭居族要來得好多了。願意離開房間，至少心情會舒爽一些。

「這是一大進步，太好了。我會設法勸她去上學的。」

『老師，給您添了麻煩。接下來也要繼續拜託您了。』

從媽媽的語氣，可以感受到她的喜悅，我也很開心。這固然是個好消息，但是我必須在下個禮拜前做出足以讓我可愛的客戶滿意的資料。要在兼顧大學課業的狀態之下充分運用這六天的時間，似乎有點辛苦。

＊

隔週，我照常去當家教。

透過制服，我將範圍縮小到幾個男孩之上。在小學代表學校參加聯合田徑大賽的人，上了國中以後加入田徑社的可能性很高。

老實說，我從前也以跳高選手的身分參加過聯合田徑大賽，上了國中以後，為了繼續跳高而加入了田徑社；梨子也一樣。所以，我也調查了國中的田徑社。這一個禮拜間，我抓準社團活動結束的時間偷偷拍照。做這種事，學校鐵定會發通知單警告「有偷拍照片的可疑人物出沒」。

因為這個緣故，拍照時我莫名地緊張。這個禮拜我成功地拍下了三個人的照片。我把照片拿給梨子看。

「不對，這些都不是。」

老實說，我並沒有期待，但還是忍不住失望。警察每天都做這樣的工作，持續二、三十年嗎？實在太厲害了。我不過做了一個禮拜，就快受不了了。隨著我詢問其他特徵、當時是在什麼地方看見的、印象如何等問題，上課時間就這麼結束了。

完全沒有其他的線索。梨子和那個男孩好像連話都沒說過。

下了一樓，我向媽媽打招呼，順便詢問某個問題。

梨子閉門不出兩個禮拜，應該也沒去醫院做復健吧？

我一直惦記著這件事。

「媽媽，幸好梨子肯出房間了。我一直想問，這兩個禮拜她有去醫院嗎？」

只見媽媽的臉色突然變得一片鐵青。

咦？怎麼了？我問了什麼不該問的事嗎？

「老師，可以占用您一點時間嗎……？」

我和媽媽一起離開家門，來到站前的老舊咖啡館。

兩人都點了咖啡。過了十分鐘左右，咖啡送上來了，我先喝了一口。在這段期間，媽媽只是低頭不語。這裡的咖啡味道相當濃厚，不知是不是媽媽的氛圍給了我這種感覺。

她一定是有重要的事要說，這種時候不能妄加催促，該耐心等候。雖然這麼想，但我似乎還不夠穩重。

咖啡館店長花了十分鐘沖泡的咖啡，我才用三分鐘就喝完了。

「老師，要再來一杯嗎？」

媽媽體貼地問道。

「抱歉，那我就恭敬不如從命了。」

我點了第二杯。不過，這成了媽媽開口說話的引線。

「老實說，我有事瞞著老師，今天得跟老師坦白。不，一開始我就該坦白說出來的，對不起。」

「是什麼事？」

媽媽吞了口口水以後，回答：

「是梨子的事……」

她清了清喉嚨，又吞了口口水。

「嗯。」

媽媽連珠炮似地對我說道：

「那孩子得了惡性骨肉瘤，簡單地說，就是骨癌。已經是末期了。」

第二杯咖啡送來了。

說歸說，這種時候，根本沒有心情喝咖啡。

然而，手卻與心情背道而馳，伸向了杯子。

媽媽娓娓道來。

每週去醫院一次，其實並非單純為了復健，治療才是主要目的；那是瞞著本人進行化療之後的復健時間。年輕人的癌細胞擴散得很快，幾乎沒有存活的希望。父母一直對本人隱瞞事實，生活在不知幾時會曝光的恐懼之下。

他們把希望寄託在現今醫療技術的進步之上，進行延命治療。之所以雇用家教，是因為看到梨子為了不能跑步而沮喪，但是做父母的卻無能為力之故。

要延長生命，必須在兩個禮拜之內動手術，全面進行化療。我無言以對，想起了祖父罹癌時的事。化療的嚴酷深深地烙印在記憶之中。

那種痛苦將侵襲15歲的梨子，我連想都不願去想。

據說末期癌症的治療成敗取決於當事人的求生意志。雖然治療帶來的痛苦相當大，但也有人靠著意志力克服了痛苦，成功延命。反過來說，除非醫療技術有了劇烈的進步，否則只能依靠本人的意志力。以梨子現在的情況，絕無生機。

我的祖父在癌症進入末期以後，面臨了要繼續待在醫院，或是放棄治療，回到自己長年居住的家中迎接死期的選擇。

他不再勉強延命，選擇了居家療養。當然，他每天都有服用抑制癌細胞擴散的藥物。我不是回家等死，是因為醫院的治療已經沒有意義，所以才回家的——他總是這麼說。而某一天，癌細胞突然消失了；之後他又活了九年，才因為衰老而死。

世上也有這樣的案例。

梨子的父母是怕她萎靡不振，才一直隱瞞事實，實在怪不得他們。

「原來是這樣啊！」

我說不出第二句話來。由於我一直默默聆聽，媽媽的話不到三分鐘就說完了。

當我回過神來時，第二杯咖啡已經喝光了。從胃部到脖子下方都沉甸甸的，是咖啡因攝取過量嗎？大概不是吧！八成是心情問題，或是兩者兼有。

「謝謝您向我坦承您的難言之隱。手術已經安排好了嗎？」

「對，手術日期已經決定了。動完手術以後還得住院一陣子，請老師來上課的日子所剩不多了。受到您諸多關照，我真的、真的非常感謝。」

「不，我還會來的。等她出院以後，請讓我繼續當家教。我也會去病房探病的！」

我的語氣比自己所想的更加強烈。

「老師，謝謝您這麼替我們設想。這件事請您千萬別告訴梨子。」

媽媽一面流淚，一面說道。

「當然。反倒讓您費心顧慮我，真的很抱歉。下禮拜也請您多多關照。」

我搭乘電車回家，完全沒心情吃晚餐。

事到如今，說什麼也要找到梨子託我找的人。

種種跡象讓我懷疑梨子是否知道自己的病情。找到心儀的男孩，八成是她的死前心願。

想見心上人一面——我下定決心，一定要替她完成這個理所當然的心願。

＊

我到處奔走，這個禮拜拍到了四個男孩的照片。

我懷著五味雜陳的心情前往庄村家，把照片拿給梨子看。

「都不是。」

還是沒找到嗎？

距離手術只剩下一個禮拜了。我暗自抱頭苦惱，焦急不已。不過，我不能讓梨子察覺我的焦急。

「欸，老師，如果我死了，你會有什麼感覺？」

「咦？」

面對這個突然的問題，我只能這麼回答：

「嗯，當然會很難過。」

「為什麼？有什麼好難過的？」

「這個嘛，人都是這樣，一旦認識，就算不熟，還是會難過，對吧？」

「哼！算了，這個話題到此結束。」

剛才我的回答是正確答案嗎？在人生之中，絕大多數的對話都是無關緊要的傳接球，但偶爾也有答錯就會改變結局的問題。

和梨子相識雖然只有短短三個月，可是現在回想起來，這樣的場面似乎很多。老實說，從她冷淡的反應判斷，剛才我的回答或許是錯誤答案。

之後，我們聊著無關緊要的話題，結束了上課時間。最後——

「老師，下個禮拜之前你一定要找到他喔！」

她對我如此說道。我不敢反問為什麼。為何她會強調下個禮拜之前？

「從今天開始，每天都要聯絡我，向我報告調查狀況。這是我的ＬＩＮＥ。」

我從擔任補習班講師時就有個原則，那就是絕不和學生交換聯絡方式。

我從未違反過這個原則。

和羽田同學去迪士尼樂園時，用的是家長的手機，所以不算違反原則。對吧？

可是，這次的情況呢？雖然就個人的情感而言，我很想滿足她的要求……

「抱歉，我不能和學生交換ＬＩＮＥ。找人我絕對不會偷懶，相信我。」

「哇，原來老師是這麼無聊的人！立刻回家去給我調查！快！」

我被她趕出房間，只能照她說的立刻回家。

就在我走出玄關之際，我發現梨子在三樓的窗邊窺看著我。

我正要向她揮手致意，她卻對我豎起中指。窗戶隨即關閉，窗簾也唰一聲拉上了。

*

隔天起，我更加努力找人。

之前我當然也很認真，現在更是連大學都不去了，成天埋首於找人之中。梨子應該知道自己面臨的是什麼處境吧！

這一點絕對錯不了，從她的那番話也看得出來。她是什麼時候發現的？我賭上一口氣，在一星期間將剩下的人全數清查完畢，並拍下了五個人的照片。所有循線找到的長距離選手都調查過了。拜託，一定要是其中之一！

隔週，我抱著祈禱的心情前往庄村家。一踏入梨子的房間，我就立刻拿出照片給她看。梨子默默地凝視我的智慧型手機。

不行嗎？我還是沒找到？

不久後——

「老師，夠了。」

聽見她這麼說，我領悟到自己的無力。果然失敗了？

「對不起，我沒找到人。」

我忍不住嘆氣。

「不，不是的。」

隔了一會兒，她緩緩地開口說道：

「其實全都是假的。老師，對不起，我騙了你。」

什麼意思？她說這些話是為了安慰沒找到人的我嗎？我一頭霧水。

「什麼意思？」

「嗯，我在聯合田徑大賽上看到的長距離選手根本不存在，制服特徵也是我亂掰的。我騙了老師。還有，明天我要動手術，很可能會死掉。醫生、爸爸和媽媽都不敢跟我說，其實我早就知道了。我就快死了。對不起，一直瞞著你。」

早在我來當家教之前，梨子就知道自己的病情了。

「媽媽和爸爸都太嫩了。家裡的文件和病歷又不是鎖在保險箱裡，當然有可能被我發現，對吧？」

梨子雖然勤做復健，卻只能恢復到某種程度，沒有更大的進展；非但如此，有天她還咳出了帶有血絲的痰。

她每天都在家裡尋找線索，想知道自己究竟罹患了什麼疾病。

某一天，她在家中的置物櫃裡發現了一個紙箱。唯獨這個紙箱放在不顯眼的地方，引起了她的懷疑；她拆開來看。只見裡頭裝著診斷說明書。

庄村梨子　惡性骨肉瘤，已擴散到肺部鱗狀上皮

惡性、擴散。就算只有15歲的知識，看到這些字眼，也知道事態的嚴重性。

即使如此，她還是懷抱著或許可以痊癒的希望。

每週去醫院一次，每次置物櫃裡的紙箱都會追加新文件。

顯示病情並未好轉的病歷表。

而我陪她復健的那一天追加的病歷表上是這麼寫的。

九月第三個星期三預定動手術。之後住院進行化療

從那一天起，她便關進房間裡。原本模糊的「死亡」景象突然變得清晰，朝她席捲而來。

「我不恨爸媽。我們家不是有錢人，從那些病歷，看得出他們已經盡力了。那麼好的醫院，一定很貴。」

的確，那間醫院的復健室看起來活像健身房。

「可是，我討厭他們不跟我說實話。我不唸書，有一半是為了氣他們，另一半是因為都要死了，唸書也沒用。」

「原來如此。」

爸媽大概也沒料到梨子知道這些事吧！

包含我在內，大家都以為她是因為不能跑步而意志消沉。

實際上，她是在更深沉、更嚴酷的層面獨自奮戰。

只有當事人才能明白那種孤軍奮戰時的心理掙扎。我當真有幫上任何忙嗎？

「抱歉，其實上星期妳媽媽就跟我說了，可是我瞞著妳繼續上課。」

「怎麼，原來是這樣？太好了。我本來還在想，假如我媽在第一堂課的時候就已經告訴老師了，該怎麼辦？我這麼掏心掏肺，要是老師從一開始就知情，可就有點遺憾了。」

說著，梨子笑了。

「不，我完全沒察覺。對不起。」

我的臉色想必很凝重吧！

「沒關係，這代表在上星期以外，老師都是把我當成普通人看待吧？這樣更好。我不希望老師也把我當成快要死了的可憐人。太好了，老師爬到三樓來，並不是因為覺得我可憐。」

「那時候我不知道自己能夠幫上什麼忙，只是希望妳能往好的方向前進而已。」

「老師為我付出這麼多，我很開心。在我死前，除了家人以外，還有人真心替我著想，我真的很開心，所以忍不住得寸進尺起來了。」

說著，梨子用雙手摀住臉龐，嚎啕大哭。

「對不起，老師，我希望死前有人一直惦記著我，所以才說謊的。我亂掰出來的人物絕對找不到，這是個無解的問題，正因為無法輕易解決，老師就會為了我絞盡腦汁、使盡渾身解數，對吧？最後一個禮拜，我本來想傳一堆ＬＩＮＥ給老師，可是被老師拒絕了。」

「抱歉。」

「不，是我太任性了。老師有惦記著我嗎？」

「嗯，尤其是這個禮拜，滿腦子都是妳的事，連大學的課都蹺掉了。」

「太好了，真的太好了……」

之後，她哭個不停，我只能坐在一旁望著她。

我坐在書桌的左邊，梨子坐在右邊，中間是闔上的參考書。

就讓她哭個痛快吧！生與死，兩者之間有多少差別？

是有沒有呼吸的差別嗎？我要談的不是生物學上的定義。

人在什麼時候會有「活著」的感覺？先不說別人，我是「活著」的嗎？何謂「活著」？

「我很喜歡跑步。」

我將身子轉向她。

我有種感覺，我必須用心理解她所說的話語，並將一字一句全數牢記在心。

「我真的好怕我會死掉，因為死掉以後，就再也不能做我喜歡的事了。不只跑步，連我現在還不知道、以後或許會喜歡的事都不能做了。我還沒有和心上人牽過手、接過吻、讓他看過身體。頭一次看見我身體的外人，是明天替我動手術的醫生。這樣結束的人生未免太慘了吧？就算我活下來，我的身體在給心上人看之前就已經有了傷痕。這就是死亡吧？不過，我大概會死，帶著傷痕死去。現在喜歡的事，和未來我會喜歡的事，全都會跟我一起死去。老師，這就是死亡吧？」

生與死，我無法明確說出這兩者之間的差異。

雖然她才15歲，但是這幾個月來，她每天都和我無法想像的孤獨與恐懼奮戰，面對死亡。

聽了她這番話，我只能點頭。

21點到了，今天的課程結束了。不過，時間已經不重要了。

「老師，求求你，看看我的身體，摸摸我。今天是我還能漂漂亮亮的最後一天了。」

我該拒絕嗎？我有種感覺，若是答應梨子的要求，她就會接受死亡。

不過，若是拒絕，她或許會在心願無一達成的狀態之下，帶著失意與絕望死去。

「生」是何物？死為何物？為什麼偏偏是她！

當我回過神來時，發現自己已經輕輕地觸摸了她的手。

這麼做的不是「我的意志」，而是「生命的意志」。

我的生命和如此渴望活下去的生命共鳴，產生了反應。這是本能嗎？渴望活下去的生命十分耀眼，在這道光芒的照耀之下，我確實地感受到自己還「活著」。

終於明白生存意義的我，想必到死都不會忘了今天吧！我又豈能忘記？

＊

隔天早上，我在自己的家裡從淺眠中醒來。

昨天晚上，究竟該不該實現她的心願？至今我仍然不明白。我確認自己的智慧型手機。

梨子傳來了訊息。

我終究還是和學生交換了聯絡方式嗎？不，不對。過了21點，上課時間已經結束，而下次的課完全沒有著落。

在那一刻，家教與學生的關係就結束了。

所以不算違反原則——我如此告訴自己。

好狡猾，真的。原則依解釋方式不同，要怎麼扭曲都行。

我似乎又長大了些。長大成人是件複雜的事，而唯有一點我敢肯定，就是大人很狡猾。狡猾並不是壞事。不狡猾，無法在這個社會生存，這一點千真萬確，絕對錯不了。

受到傷害以後，正直的部分就會扭曲。這就是長大成人。雖然光是狡猾成不了大人，但是不狡猾，是無法變成大人的。

我查看訊息。

〈手術從上午開始，好像會持續到晚上。我可能會死在手術台上。〉

〈我還想再當一次妳的家教。我會祈禱手術順利成功的。〉

訊息顯示已讀。

〈謝謝！那你出個作業吧！這樣就有還有下次的感覺，我也比較有鬥志。〉

〈好。老實說，我接這份工作的時候，介紹人問過我能不能教田徑，我說可以，可是我連一次都沒教，一直難以釋懷。下次上課之前，妳要跑完十次百米衝刺。〉

訊息顯示已讀。

〈就算動完手術，也不可能馬上就能跑步啊！〉

〈我會扶著妳，妳盡力而為，用當下最快的速度跑就行了。〉

訊息顯示已讀。

〈我整個幹勁都來了。我要去動手術了，到時候老師一定要跟我一起跑步喔！〉

〈動完手術、情況穩定下來以後，記得聯絡我。祝妳成功。〉

訊息並未顯示已讀。

後來，時光流逝，大約過了半年，春天來了。

我突然想看看梨子的ＬＩＮＥ。她的ＬＩＮＥ已經掉到了下方。

訊息顯示已讀。

她應該已經出院，上了某所高中吧！鐵定錯不了。她過得很好，一定是的。

有時候，我會不經意地想起那一天和梨子的談話，以及代表了求生欲望的體溫。不過，終有一天，這些回憶也會淡去吧！這樣也無妨。

等到我遺忘的時候，應該就會收到訊息了。

第4章——每週三17點

始於右鉤拳

羽田爸爸再次聯絡我，是在殘暑炙人的八月底。

他說他想了解介紹給我的兩個學生的近況，我立刻答應了。

話說回來，大學生的暑假真夠長的。若要補充說明，春假也很長，加上考試停課，一年有一半是在放假。這樣一看，真是教人不敢置信啊！

這又讓我想起了一件事。關於日本這個國家的氣候，我有話要說。

除了沖繩以外，一～五月、十～十二月都是涼颼颼的。換句話說，一年有八個月都頗為寒冷。東京尚且如此，換作東北和北海道，搞不好連六月都會冷。這麼算下來，不冷的月份只有三個月？

如此這般，經過上次的教訓，如果交給羽田爸爸決定，搞不好他又會帶我去什麼奇奇怪怪的地方。今天我打算請客，相對地，必須請他移駕到我家附近來。

我指定的是站前的某家醬油拉麵店。

我愛吃拉麵，這裡的拉麵是我的最愛。醬油拉麵是拉麵的基本款，調味卻最為困難。

以極簡風穿搭為例。極簡風格的服飾誰都會穿，可是要穿得帥氣，可就很困難了。

了解自己的體型，選擇剪裁與尺寸合宜的衣物，是絕對條件。如果能夠更進一步確認質料，穿得有型，就可以穿搭出極簡卻瀟灑的風格。

若是缺少其中一樣，就只是「安全穿搭法」。

好了，回到正題。位於站前的「昭和軒」——全國的拉麵愛好者之中，將這家店評為第一的人不在少數。這裡白天通常大排長龍，但平日的晚上只需要等上幾組人即可入店。我喜歡在平日的20點左右來這裡，既不需要排太久的隊，又可以悠閒地用餐。

羽田爸爸一定也會滿意這家店的。

如此這般，現在我正在站前的派出所等人。

20點。到了約定時間，他從車站地下街搭乘電扶梯來到了地上。

拉麵店離車站只有一分鐘路程，一下子就到了。店門外有兩組人在排隊，大概十五分鐘就進得去了吧！

店內是以吧檯座為中心，不過深處也有桌位。

兩人以上來店，通常會被帶到深處的桌位。

幾個先來的客人走出店門，我們被帶往店內。店內極為普通，平凡無奇，就是一般的醬油拉麵店。

我們被帶到了桌位。

「今天勞煩您大老遠跑來，真對不起。」

「平時都是要灰原先生配合我。謝謝您介紹這家好店給我。」

「這裡的醬油拉麵很好吃，希望您會喜歡。」

菜單也很簡單。有些拉麵店提供鹽味、醬油、豚骨等各種口味的拉麵，但這裡的口味只有醬油一種，可以感受到老闆的自豪。

拉麵立刻送來了，真的很簡單。

我先喝了口湯。雞骨和海鮮熬成的湯頭香味在口中擴散開來。在醬油的味道擴散之前，這種湯頭的風味給人留下了深刻的印象。味道如此濃郁的湯頭是怎麼熬成的？鐵定費了不少工夫。浮在表面上的油並不油膩，反正帶有一股甘甜味，與醬油一起化為第二波滋味擴散開來。

真的很好吃。說到天天吃也吃不膩的味道，通常只是味道很淡而已，但這裡的拉麵卻能在心頭和舌頭留下扎實的滋味，而且百吃不膩。

麵條吃完以後，留有明確的餘韻，卻不膩口，不管吃幾次都覺得美味。若要勉強在雞蛋裡挑骨頭，缺點只有一個，就是價格。

就算不加料，也要850日圓，以拉麵而言，價格偏高。如果點大碗的，就超過1000日圓了。

不過，即使不點大碗的，分量也很充足，女性應該吃得飽。

「真好吃！」

我們倆都沉浸於拉麵的美味之中，沒說上幾句話，就這麼吃完了拉麵。

我甚至連湯都喝得一乾二淨。

真糟，這樣羽田爸爸跑這一趟就沒有任何意義了。

「對不起，我們換家店說話吧！」

我結了帳，前往平時常去的咖啡館。

那家咖啡館位於商店街裡，氣氛很好，開到22點。

每條常去的街道，都有一家我突然有空時會去的咖啡店。

這裡是想離開家換個地方讀書時，或是想用筆電打學校的報告時，我常來的地方。

這家店有許多與現代風格迥異的家飾，用家飾這個字眼來形容可說是相當貼切。留聲機、骨董鏡子、壁掛式擺鐘、用精緻木框裱裝的繪畫。

或許是照明的緣故，店內就像是施了溫暖的光魔法一樣。我不知道這種氣氛算是昭和、大正還是明治，總之能夠帶給人安詳的時光。

我對於咖啡的味道沒有研究，不過盛放的容器很美，附上的湯匙也是骨董湯匙，可以感受到老闆有多麼注重店內的調和感，連細節都十分講究。

咖啡送來了。我喝了一口以後，說道：

「對不起，害您多跑一家店。」

「不不不，剛才多謝您的招待。真的很好吃。」

「您是要問我現在這兩個學生的情況？」

「對，還順利嗎？」

「哎，還算順利。松田同學還是一樣讓人操心，庄村同學沒有想像中的那麼難相處，是個活潑的女孩。不過他們兩個幾乎都不唸書就是了。」

「是嗎？那就好，我也安心了。和補習班講師相比，有沒有什麼不自由的地方？」

「不，那倒是沒有。很有成就感，也很快樂。」

「看老師如此活躍，星期三17點能不能再多教一個學生？」

「星期三大學沒課，時間上沒問題，只要科目和內容是我能力所及的範圍就行。」

羽田爸爸給了我一份資料。

木田泰明　13歲　國中二年級生

目前處於拒學狀態，希望加強他的學力，好讓他復學以後跟得上

「原來如此，拒學啊！」

「拒學的學生不是任何人都能勝任的，希望您務必幫忙……」

「好，我會盡力試試看。從什麼時候開始？」

「這個嘛……」

羽田爸爸思考片刻過後，說道：

「從十月開始如何？」

「當然沒問題。」

如此這般，不久後，我又會多出一個學生了。

我目送羽田爸爸進車站以後，步行回家。

這麼一提，不知道羽田勇氣過得還好嗎？他因為爸媽太忙，不能去迪士尼樂園，是我陪他去的。

他的爸媽究竟是做什麼工作的？這麼一提，我從來沒問過。

羽田爸爸應該很忙碌，可是最近幾次見面，他都會配合我的時間。

下次乾脆問問他的職業吧！不，可是，詢問職業算不算失禮的行為？

最近，我有個女同學在在學中結婚了，對象是比她年長的編劇。

我去參加她的婚禮和婚宴，之後的續攤我也去了，而當時聽到的插曲讓我很震撼。

「之前我去找高中的朋友，向她報告結婚的好消息，結果她劈頭就問我老公是什麼職業。我跟她是好朋友，覺得說了也沒差，就告訴她是編劇。結果你知道她說什麼嗎？她居然說：『我這麼問或許很失禮，他年收是多少？』太扯了吧！」

「這樣真的很失禮耶！先打預防針，然後還真的問了個失禮的問題。」

「對吧？所以這次我推說我老公有很多工作夥伴要來，只邀她參加婚宴以後的行程。」

「這麼說來，她也有參加現在的續攤囉？是誰？」

「你猜猜看。」

我想起當時的對話。雖然有些難以置信，對於發問的她而言，幸福的指標大概是地位或財富吧！這固然是種容易比較的幸福指標，但我個人認為這是種難以幸福的基準。以相互比較為基準，難以獲得幸福。

幸福在於能否實現自己想要的生活方式，如此而已。

我有個朋友的爸爸在經營公司，畢業後到公司當高階主管，待父親退休之後接管公司，可說是既定路線，但我那個朋友卻邁向了演員之路。

因為這個緣故，他被老家斷了金援，過著非常簡樸的生活。不過，他一點也不覺得自己不幸，總是快快樂樂的。當然，如果他成為成功的演員，賺了大錢，應該會更加幸福，我也會替他開心。

幸福的基準不是只有金錢一項。雖然在其他人看來毫無價值，對於本人卻非常重要——我相信擁有這樣的事物就是幸福。如果不是，人生未免太難熬了。

離題了。現在大家應該知道我為何猶豫該不該詢問羽田爸爸的職業了吧！是我想太多了嗎？我一直想過簡單的生活，卻老是如此多慮。

這種時候，一邊泡澡，一邊閱讀喜歡的小說，接著再睡一覺，是最好的方法。

*

到了入秋的季節。

氣候變得涼爽宜人，讓人好想出遊。在這般秋高氣爽的星期三，我前往木田泰明家。在我目前任教的家庭之中，就屬這裡最遠。我搭乘電車來到新宿，轉乘到橫濱，之後又轉搭相鐵線，坐了十分鐘左右的車。星川這個車站立地幽靜，充滿了橫濱郊外住宅區的氣息。

從最近站步行，大約十分鐘的距離。以戶到戶計算，我大概花了一個半小時，足可說是一趟小旅行了。以後每個禮拜都要來，我得隨身攜帶兩本小說才夠。

我已經養成了搭乘電車時讀書消磨時間的習慣，若是忘了帶書，便會坐立難安。

啊，要是手上有本書多好！懷著這樣的念頭，在車站的商店裡隨便買本書來看，可是九成以上都不好看，往往讓我有種吃了小虧的感覺。

假設在這段長達一個半小時的交通時間裡，手上有本讀到一半的書，而我看了半小時就看完了，剩下一小時對於我而言就是煩惱地獄。如果看完一本書，還有另一本書可看，就不至於墜入地獄了。

很多人認為交通時間是種浪費。

人們往往會設法說服身邊的人遷就自己，其實交通時間究竟浪不浪費，是取決於當事人度過時間的方法與心態。

我一面思索這個問題，來到了疑似木田家的住宅。

那是棟兩層獨棟樓房，和這一帶的恬靜氣氛相比，顯得相當時髦。說歸說，並沒有格格不入的感覺，而是恰到好處。我按下了門鈴。

「晚安，我是今天開始任教的灰原。」

『好，我這就開門，請您直接從庭院走到門口來。』

以住宅區的獨棟樓房而言，庭院可說是相當寬敞。

庭院修葺有加。真羨慕，我小學的時候一直很嚮往有庭院的房子。要是我住在這種有庭院的房子裡，一定會養狗。這裡的庭院大到讓我忍不住打起這種算盤來了。

房子還很新，裸露的混凝土外牆充滿時尚感，換句話說，就是所謂的設計住宅。大門也烘托了無機質的質感。

屋內走出一位儀容整潔的女性，應該是泰明的媽媽吧！淡粉紅色的針織衫很適合她。設計住宅連室內裝潢都很講究，好漂亮。我一面在玄關脫鞋，一面如此暗想。

媽媽帶我來到一樓的客廳，只見客廳裡已經備好了香氣四溢的紅茶。

我不客氣地享用了。

「您好，重新自我介紹，我是從今天開始任教的灰原巧。」

「您好。泰明現在在二樓。很抱歉，這孩子比較棘手，要勞煩您多費心了。」

說著，媽媽低下頭來。

我不知道該怎麼形容才正確，有教養？還是有氣質？有些人就是能夠給人這種感覺。是因為特定理由而讓周遭的人有這種感覺？還是血統所致？泰明的媽媽正是這樣的人，看起來端莊優雅。

媽媽敘述兒子拒學的經過。

國中一年級的時候，泰明是正常上學，並沒有任何問題。他讀的是私立明星學校。我還在當補習班講師的時候，有幾個人考進了這所國中；每個禮拜替報考這所學校的學生上課之前，我都得花費許多心力備課。國中入學考的考題有時候比高中課程更難，而泰明就讀的學校可說是私立大學附屬中學裡最難考的一所。

這所學校並非學業至上，對於學校活動也投注了許多資源，素以校風多元而聞名，是所各種類型的學生並存的學校。

泰明滿懷希望進入了第一志願，頭一年正常上學，為何升上二年級以後卻突然拒學？身為家長的媽媽完全不明白。

非但如此，他現在也不願意和父母交流了。

「以前他有事都會跟您分享嗎？」

「對……放學回來以後和晚餐時間都會跟我聊天。外子因為工作的關係，單身赴任外地，每個月會回來一、兩次，他回來的時候，泰明也會和他聊天。我實在想不出原因，不知道到底是怎麼回事……真的是毫無頭緒。」

莫非泰明的心境在父母不知情的狀態之下有了什麼變化？

「不知道泰明什麼時候能回去上學，希望老師幫他補習，讓他回學校以後跟得上課業。」

「是啊，這所學校的水準很高。我會盡我所能，讓他維持復學以後跟得上課業的學力。」

我立刻上了二樓，敲了敲門。沒有回應。我又敲了一次門，依然沒有回應。

繼續等下去不是辦法，我直接轉動門把，走進房間。

泰明坐在書桌前，背對著房門口。

我走上前去，往應該是為我準備的椅子坐了下來，呈現與泰明並肩而坐的姿勢。這是當家教最常見的位置關係。

「你好，幸會，我是灰原。」

「你好。」

他回打招呼。

是害羞？是淡漠？還是兩者皆有？看不出他有和我交流的意願。他的個子雖然高，但畢竟是國中生，體格瘦弱，看起來是個比起太陽底下，更適合待在房間裡的男孩。

「可以開始上課了嗎？」

沒有反應。哎，不意外。如果不是懷有某種問題，是不會走到拒學這一步的。

到底發生了什麼事？如果他願意告訴我當然最好，至少也要激發他的學習意願，才能滿足家長的期望。

由於他毫無反應，我便自顧自地說下去了。

「話說回來，你讀這麼好的學校，教起來應該不容易。你先把這本參考書的這裡到這裡的習題解完吧！時間二十分鐘，開始。」

我今天帶來的是其他家教學生也在使用的參考書，難易度最高的版本。不過，泰明上的是頂尖學校，小學的時候用的參考書應該更難。

好了，他會做何反應？第一堂課時，我向來致力於掌握學生的特質之上，而非教書。現在要他做的習題也一樣，答對率高低不是重點，主要的用意是觀察他的學習態度。初次見面就要求學生解題，怎麼知道這些科目和內容對於學生是否真的必要？所以第一堂課該致力於掌握學生的特質之上，從第二堂課起，再就掌握的內容判斷怎麼做對學生最好。

好了，情況如何？看泰明的模樣，似乎完全沒有解題的打算；他的手根本沒動，答案欄一片空白，連筆都沒碰一下。不過，我知道他若是有心解題，一定解得出來。

我必須先打開他的心房才行。既然他不動手，繼續盯著他也沒有意義。我環顧房間，試圖多了解他。

以兒童房而言，這個房間可說是非常寬敞。配合室內裝潢，使用的是金屬架等調合氣氛的家具，感覺還不賴。我從前對這種風格的房間毫無興趣，沒想到待起來其實頗為舒適。若要舉例說明，就像是ＩＫＥＡ家具擺設樣本裡的房間。

雜誌井然有序地擺放在架子上。那是圖書館裡常見的那種平放式的雜誌架，放眼望去，有什麼雜誌一目了然。

要說以國中二年級生而言較為與眾不同之處……就是汽車雜誌很多。還有ＰＳ４。擺在一旁的是賽車遊戲。原來如此，泰明喜歡車子啊？

他解不解我指定的參考書習題已經不重要了。現在最重要的是交流。我不是想陪泰明唸書，而是想和他說話。

我並未提及參考書，而是對他說道：

「欸，泰明，你喜歡車子嗎？」

「嗯。」

怎麼，原來他還是會回話的啊！

「從前很喜歡。」

「咦？現在沒那麼喜歡了嗎？」

「嗯，沒那麼喜歡了。」

「你對車子滿有研究的吧？」

「我沒有和別人比較過，不過在同齡的人之中，應該算是有研究的吧！」

「是嗎？我沒有駕照，對車子沒什麼研究，不過我不太喜歡跑車。高速公路上，不是會有呼嘯而過的跑車嗎？看起來活像自我顯示欲的結晶。我比較喜歡房車那種簡單的外觀。你喜歡跑車嗎？」

「我也這麼覺得。外國的跑車一點也不帥，德國車只是比較堅固而已，美國車很耗油，義大利車的形狀很奇怪。」

「哦，說得好直接。」

泰明比想像中的更為健談，讓我很開心，很好，再多說一些。

「所以日本車是最好的，不但堅固，而且沒有多餘的配備。因為沒有多餘的配備，才能把價格壓在大家都買得起的價位，而且很省油。還有另一個重點，就是排放的廢氣也很少。為了地球著想，開日本車最好。」

泰明完全沒有正視我的眼睛，身體也沒轉向我，但是現在他肯跟我說話，已經讓我心滿意足了。

「你對車子有興趣嗎？還是想開開看？」

「這個嘛……應該都有吧！」

「如果你打算考駕照，建議你在高三滿18歲的時候去考。你是要直升大學吧？」

「嗯……沒問題的話應該會直升吧！還不知道就是了。」

「如果確定可以直升，之後的第三學期就沒事可做了，到時候再去上駕訓班就行了。這一帶應該是二俣川吧？很近啊！」

「哎，那是以後的事。」

和他說話，可以感覺出他的腦袋很靈光。

擠進頂尖學校以後拒學的案例不少。小學時就擁有足以考上頂尖學校的學力的人，成績大多是名列前茅。

然而，入學以後，就被扔進了這類人聚集的環境之中。想當然耳，能像從前那樣依然名列前茅的人只有極少數。

因此感到挫敗，拒絕上學。

泰明拒學前的成績雖然不到名列前茅的程度，但還算不錯，應該不是因為這個因素。這麼一來，頭一個該懷疑的就是霸凌，第二則是單純嫌麻煩，第三是與教師合不來，第四是找到了別的生活目標，第五是對父母不滿。大概就是這些吧！

這些可能性都只是臆測，重點是持續發掘原因。

今天光是聊車子，就用掉了兩個小時。以拒學學生的首堂課而言，成果算是不錯了，交流比想像中更為順暢。

「再見，我下個禮拜還會再來的。」

說完，我下了樓，向媽媽報告今天的狀況之後，踏上了歸途。回家的路上，我順道去了商店街的書店一趟，買了幾本汽車相關書籍。隔天，我開始針對車子做功課。

*

到了隔週，我轉乘電車，前往木田家。

我事前收到聯絡，得知今天媽媽工作，17點前趕不回來；時間到了以後，我進了屋裡，敲過二樓的門以後才入內。

今天我沒有上課的打算，只想和泰明交流。為此，這個禮拜間，我吸收了許多車子的相關知識。

全球最有名的日本人之一——本田宗一郎的傳記很好看。閱讀汽車相關書籍，有不懂的單字或專業術語，就上網查詢。網路上什麼資訊都有，只需要分辨是真是假即可。

我靠著學到的知識向泰明攀談。他還是老樣子，不肯正視我的眼睛，身體也沒轉過來，但是對話比預期中的更加有來有往。

「老師，你是不是為了迎合我才特地做功課的？」

「是啊！我學到了不少知識。實際了解過後，才知道車子很有趣。」

喜歡車子的男性很多。透過這一星期間得到的知識，我終於理解這種浪漫了。

說穿了，車子就像是自己的祕密基地。搭乘祕密基地漫遊各地，在保有個人空間的狀態之下移動，鐵定很快樂。可以走喜歡的路線前往喜歡的地方，這是其他交通工具無法品嘗的醍醐味。

「老師是來教我功課的，結果反而是老師在做功課。」

說著，泰明笑了。

今天的上課時間全用在請泰明教我更多汽車相關知識之上，兩個小時轉眼間就過去了。要教書，必須先和學生建立信賴關係；一個不信任的人要自己唸書，是不可能提得起勁來的。我必須慢慢地累積泰明的信賴。

下樓一看，媽媽已經回到家了。

「老師，謝謝您今天也上到這麼晚。今天我打算開車送您到橫濱，您覺得呢？」

我很感謝她的提議，便恭敬不如從命了。

「求之不得，謝謝。」

「到了車上，請跟我說說泰明的情況。」

轉乘次數變少，心情居然可以變得如此輕鬆。讓媽媽開車送我到橫濱以後再搭電車，就不必搭乘相鐵線。搭乘相鐵線從星川站前往橫濱需要十分鐘左右，開車則是十五分鐘，考量等電車所需的時間，花費的時間其實差不多；然而，即使不計算省下的電車錢，希望有人接送的心情還是壓倒性地獲勝。

冷靜想想，差別其實並不大。我大概是被車子的特性之一——可以保有個人空間進行移動所吸引吧！

我和媽媽一起走出家門。木田家的車庫鐵捲門是自動開啟式的。吸收了關於車子的新知識以後，就會注意到從前不曾注意的事物。泰明家的車子是國產大廠製造的。隨著知識增加，我也開始關注起標誌與製造商來了。

我利用在車上的十五分鐘向媽媽報告今天的情況。

「泰明很喜歡車子，跟我說了許多關於車子的事，我學到不少東西。他說話的時候看起來很開心。」

「哎呀，泰明開心就好。不瞞您說，外子就是在汽車製造商工作。」

「這樣啊！就是我們現在坐的這輛車的製造商嗎？」

「對，沒有錯。」

原來如此。這輛車是由日本人皆知的廠商製造的，放眼全球也是超一流的公司。

原來泰明的爸爸是在那裡工作啊！在這樣的大企業裡單身赴任，代表他應該是某個層級的主管。爸爸任職的公司是確立了世界級優質品牌地位的汽車製造商，泰明會喜歡車子，也是合情合理。或許他一直以父親為榮。

媽媽給了我更進一步了解泰明人格特質的鑰匙。我帶著開朗的心情在橫濱站下了車，搭乘電車，踏上歸途。

＊

到了隔週的星期三。

今天勸泰明多少唸點書吧！我懷著這樣的心情去上課。

「今天再不唸書，我怕會挨你媽媽的罵，要不要做一點習題？」

我拿出國文參考書，如此說道。

「咦？唸書好麻煩喔！」

「別這麼說，就當作是為了老師吧！從這裡寫到這裡。寫完了以後，今天就不必唸書了，我也不會出作業。從這一頁開始，寫完這兩面就夠了。給你十五分鐘。」

泰明不情不願地拿出鉛筆袋。從拿出鉛筆袋到拉開拉鍊，足足花了三分鐘。

我發現自己在泰明的課堂上還沒有拿出愛筆過。這麼一提，已經是第三週了，我們卻完全沒有唸書。

我原本還擔心他不肯寫，不過至少筆有在動。

第一堂課時他一點幹勁也沒有。思及當初他的手連動也沒動，這可說是莫大的進步，讓我感到很欣慰。泰明花了整整十五分鐘填完了所有答案欄，很好。

得分是85分。

「不錯嘛！」

「馬馬虎虎啦！」

之後，我講解答錯的題目，授課就此告一段落。我遵守約定，今天不再上課，而是開始閒聊。

「對了，上個禮拜你媽媽開車送我到橫濱站，你們家的車是好車耶！坐起來很舒服。那是油電混合動力車吧？油耗也很低吧！」

「嗯，是啊！」

「好厲害喔！那輛車的製造商就是你爸爸上班的公司？」

「嗯，對。」

「以後就是氫能車的時代了，你不覺得嗎？」

「應該錯不了。雖然現在市價還高達700萬左右，等到普及化，產線確立以後，價格就可以壓到一半。地球上的車子全都該改成氫能車，這樣就不會產生二氧化碳了。」

「你懂的真多，是爸爸教你的嗎？」

「嗯，是啊！」

之後，泰明替我解說全世界的氫能車歷史，度過了對我而言相當有意義的時光。

談論充滿夢想的話題，真的很快樂。科技逐漸改變了世界。假如全世界的車子都變成氫能車，車子排放的就不是二氧化碳，而是水了。如果是水，在路上排放再多也無妨。

氫氣可有像石油那樣採掘殆盡的風險？據說石油再過五十年就會枯竭，必須開發替代能源才行。

氫氣給人的印象就是充斥於周遭的空氣之中。去查查看好了。其實這才是學習的本質，想了解某件事，所以學習。今天的課就上到這裡為止吧！

我遵守約定，沒有出作業就下了一樓。在媽媽開車送我到橫濱站的路上，我向她報告今天的情況。

「今天他肯唸書了。雖然只有兩頁，下個禮拜我會乘勝追擊。」

「哎呀，太好了！泰明已經好幾個月沒唸過書了。」

「這麼一提，他是從什麼時候不去上學的？」

「從一年級結束的那個春假以後就沒去學校了。真不知道發生了什麼事。」

透過授課報告而緩和的車內氣氛蒙上了些微的陰霾。擋風玻璃也有點霧氣，所以我善盡副駕駛的職責，按下了除霧鍵。

順道一提，我是這幾天才知道除霧鍵這個名稱的。原本還奇怪車窗為何會起霧，一看時間已經過了19點，不知不覺間周圍多了幾分涼意。秋意越來越濃，已經稱不上初秋了。

「這麼一提，我和泰明也談到了爸爸。」

「是嗎？關於外子，他說了什麼？」

「呃……」

咦？我確實和泰明談到了爸爸，不過我們說了什麼？說來不可思議，我的腦中幾乎沒有留下印象。

「泰明從以前就和外子比較親。」

「這樣啊！」

是嗎？從泰明身上感受不到這種印象。

老實說，媽媽這句話讓我大為意外。為什麼？

「外子是在開發部門工作，單身赴任前一起吃飯的時候，常提起當時開發的車子。」

「今天泰明談到氫能車，想必也是爸爸跟他說的吧？」

終於能夠把媽媽說的話和今天上課時的印象連結起來了。原來如此，泰明對爸爸懷有尊敬和崇拜之情啊！

「當時我聽了也覺得很有趣，很興奮。外子單身赴任不在家，泰明或許很寂寞吧……我無法代替外子。他們男人之間大概是有某種紐帶吧！」

說著，媽媽呵呵笑了起來，車內的陰鬱氛圍一掃而空。

不光是泰明，媽媽也很尊敬並深愛她的伴侶，讓我覺得爸爸一定是個很棒的人。我在橫濱站下了車，搭乘電車回家。

抵達荻窪站時，已經過了晚上8點30分。肚子好餓，今天也去赤島食堂吧！走進店裡一看，上完晚班的附近超商店員正在邊喝啤酒邊發牢騷。

哇，運氣真背。這個偶爾會出現的集團只會說別人的壞話。不知道是針對新進店員，還是針對店長，他們來這裡的時候總是在大聲批評某人。

那家超商離我家最近，所以我也常去。這些人在傍晚值班的時候，總是像捨棄了自我似地拚命工作，讓我看了忍不住暗想：用不著把自己搞得像機器人一樣吧！

所以在赤島食堂看到他們的人性陰暗面，反而讓我鬆了口氣。日班的那個愛裝熟的歐巴桑，和大夜班那個喜歡和客人閒聊，導致收銀台前大排長龍的中國人在上班時都能讓我感受到他們的人性。

或許就工作面而言，現在在這裡大發牢騷的晚班員工才是優秀的員工。他們結帳時手腳俐落，只要收銀台前一開始出現人龍，就會迅速地開啟第二、第三收銀台。他們的合作無間應該要歸功於長年的職務歷練和在赤島食堂的交流吧！

原來工作中像機器人一樣完美的人，在離開工作崗位以後也會露出背後的另一面。不成熟的我還無法判斷該用什麼樣的態度工作才是正確的。

總而言之，無論是什麼樣的人，都有人性化的一面。這個世上沒有完美無缺的人。

就在我暗自思索之際，老闆親自端著薑燒豬肉套餐走過來了。

「久等了！今天幫你多加了些薑。」

老闆生性豪邁，即使有其他客人在場，依然毫不避諱地大聲說話。還是他替所有客人都加了薑？

我立刻開始享用薑燒豬肉。好吃，太好吃了，沒想到豬肉能夠好吃到這種地步。把薑燒豬肉的醬汁加進大碗高麗菜以後吃，也很美味。味道好吃，分量充足，價格便宜。料理完美無缺，但是店裡髒兮兮的，老闆又是個大嗓門（很吵）的赤島食堂。我深愛這家店的一切，包含這些優缺點在內。填飽肚皮以後，我便回家了。

*

隔週的星期三。

我在預定時間抵達了星川站，前往木田家。

按下門鈴，從玄關走到客廳一看，風聞已久的爸爸就在眼前。

「幸會，我是泰明的爸爸。」

「幸會，我聽泰明提過您。」

我沒有心理準備，有些錯愕，心境就像是終於見到傳說中的人物。不知道是不是工作上的習慣所致，爸爸立刻遞了張名片給我。

「木田秀敏　開發組第一課長」。

我常看警察小說，所以抱有第一課盡是英才的印象。說到警視廳搜查一課，在為了制裁社會之惡而從全國各地召集傑出警察組成的刑事部中，可謂是王牌部門，匯集了專門偵辦重大犯罪的精英分子。

泰明的爸爸任職的公司如何排序不得而知，但是在我心中，開發組第一課已經貼上了王牌部門的標籤。他在這樣的部門擔任課長？單身赴任果然是升官路線的證明。

他相貌精悍，留著一頭短髮，聲音宏亮有力，看起來很年輕，是個充滿自信、爽朗帥氣的人物。不知道這麼說能否充分表達我的感覺，用個不怕被人誤解的比喻，他看起來像是大學時代參加網球社的人。

比起開發組這種研究職務，他給人的印象更像是個頂尖業務員。

「對不起，我沒有名片。」

「我因為工作上的習慣，順手就遞了名片，反倒讓您費心了。您平時這麼照顧泰明，真的很感謝您。」

「不，我自己上起課來也很開心。」

雖然上了三堂課進度只有兩頁，不過這一點不說出來也無妨吧！

「他一直待在家裡，應該悶壞了。希望老師在上課之餘，也能陪他聊聊天。」

爸爸，請放心，這一點我完全做到了——我在心中如此回答。

如此這般，我走上二樓。敲門還是一樣沒有回應，所以我擅自進了房間。泰明一如平時，背對著我，坐在書桌前。

仔細想想，知道家教要來，乖乖坐在書桌前等候，已經很了不起了。換作真的無心唸書的學生，說不定會坐在床上，更糟的甚至躺著。

「你好。今天你爸爸在家啊！」

「你好。」

總之，今天也多少唸點書吧！

我從閒聊順勢引導，打開了數學參考書，指定頁數。時間限制是十五分鐘。

泰明和上週一樣不情不願地解題。說歸說，他的筆動得比上週快。我觀察了一會兒，還不到十五分鐘，他就把習題寫完了。

似乎不是因為有幹勁。上個禮拜和這個禮拜，他都是一副心不甘、情不願的模樣。這麼說來，代表數學是泰明的拿手科目囉？

「這麼快就寫完了？來，我來檢查。」

我用紅筆批改。數學對錯分明，基本上就是列出算式，導出唯一的正確答案。國文就得從各種觀點審視對錯。尤其是問答題，還會有滿分十分得四分這種只拿到部分分數的情況。

對錯分明的數學，和對錯界線模糊的國文，完完全全表現出文組人與理組人的差異。理組人重視結果與效率，文組人則是重視過程與心情。

活到20歲，我明白了一件事，就是在這個社會上，理組人的工作需求比較大。當然，也有棄理從文、兼具雙方面能力的人。

「泰明是理科比較強嗎？」

「考國中的時候，我的數學偏差值是65以上，國語大概是60左右。」

「看來你比較偏向數理型。」

「我鐵定是理組的。我不太喜歡文組的科目。」

「以後應該跟爸爸一樣，很適合從事開發車子的工作吧？」

「哎，誰曉得？」

我想起上個禮拜感受到的不對勁。這股異樣感從何而來？

「今天爸爸在樓下。你們平時難得見面吧？」

「嗯。」

今天我本來打算跟他聊聊爸爸的事，但他似乎興趣缺缺。我試著回想上週的對話。

上一堂課的氣氛很熱絡，卻有某個地方不太對勁，就是爸爸的話題。唯獨對於這個話題，泰明表現得興趣缺缺。我不記得細節了，但就是有這種感覺。記得談起氫能車的時候，泰明明明還很健談。

對，我漸漸想起來了。後來媽媽送我到橫濱站時說的話，放大了這股微小的異樣感。透過和媽媽的談話，我得知泰明很崇拜父親；那麼為何談到爸爸時，他的反應卻是那麼冷淡？

原來一直梗在我心頭的就是這個疑惑啊！當然，或許青春期的男孩原本就是這樣，但我還是無法拂去這股異樣感。

總之，若是繼續談論爸爸的話題，好不容易打開的心房鐵捲門搞不好又會關起來，因此我不再談論爸爸的話題了。如此這般，過了兩小時，課程結束了。

有別於上次，這次的課程是在不完全燃燒的狀態之下結束的。雖然遺憾，今天還是先回家吧！我離開了泰明的房間。

下了一樓，今天居然是爸爸要送我一程，雖然惶恐，我還是接受了他的好意。車上的十五分鐘，是報告泰明上課狀況的寶貴時間。

爸爸動作俐落地做好準備，打開了車庫的鐵捲門。接著，我們坐上了車子。

「今天我叫泰明解數學題，他都答對了。泰明比較偏向數理型吧？」

「他考國中的時候，最拿手的科目是數學和自然。如果繼續保持，或許以後真的會朝數理方面發展。」

「爸爸也是理組吧？開發汽車感覺上就是理組的領域。」

「是啊，我是理組的。內人是文組，泰明大概是遺傳到我吧！」

爸爸一臉開心地回答。他應該很愛家人吧！對於單身赴任的他而言，偶爾回家的短暫時光定然十分寶貴。

「爸爸回家，泰明一定很開心，可是您卻撥出寶貴的時間送我到橫濱，真的很謝謝您。」

「不，今天我突然回家，內人和小犬應該都很頭大吧！原本是預定下週回家的，明天我又得回去工作了。」

「您真的很忙呢！我知道了。下次見面之前，我會把名片做好的。」

「不不不，不必勉強做名片！」

我在橫濱站下車，搭乘電車回家。

肚子餓了，但我現在沒有心情慢慢用餐，便在站前商店街的牛丼店裡草草解決了事。

泰明對爸爸的話題表現出的反應令我耿耿於懷。

回到家以後，我依然滿腦子都是這件事。

當然，我知道青春期的男孩不會輕易地稱讚父母與表露好感。還不到21點，這個時間應該不算失禮吧！

我這麼告訴自己，打電話給泰明的媽媽。

『喂？』

「這麼晚打電話給您，很抱歉。有件事我想請教一下。」

『哎呀，是什麼事？泰明做了什麼嗎……？』

「不，不是的。泰明和爸爸之間最近有發生什麼事嗎？」

『最近嗎……？外子不常回家，我沒注意到……不過，就我所知，應該沒發生任何問題……』

「今天泰明應該是跟爸爸一起吃飯的，他的情況如何？」

『和平常一樣，乖乖地吃飯……』

「和尊敬的爸爸同桌吃飯，他看起來沒有比平時開心嗎？」

『不，他話本來就不多，所以我也說不準。』

「那他小學的時候呢？」

『這個嘛……好像比現在更喜歡和我們說話……』

「每天一起生活，或許不容易分辨是從什麼開始的；您有感受到當時的泰明和現在的分界線，或該說改變，是出現在什麼時期嗎？」

媽媽雖然不明白我的意圖，還是有問必答。

人類大多是漸進式的，沒有單純到能夠明確區分是從什麼時候開始改變的地步。

『好像是升上二年級的時候……』

「他是從那個時候開始拒學的？」

『對，錯不了。不去上學以後，泰明就變得不愛說話了。』

第一次上課時，媽媽說過她不明白泰明為何拒學。

媽媽自己應該也很想知道吧！

「爸爸是從什麼時候開始單身赴任的？」

『泰明上國中不久後。其實公司早就想派他去外地工作了，但是外子堅持要等泰明考完試以後再去。』

「謝謝。抱歉，在您休息前問東問西的。」

『不，如果有我幫得上忙的地方，歡迎隨時提出來。』

「啊，對了，最後還有一個問題。下次爸爸什麼時候回來？」

『按照預定行程，下個月最後一個星期三會回來，待到星期日。』

「我知道了。這麼說來，我又可以和今天一樣向他致意了。」

『是啊！如果老師方便的話，要不要一起吃個飯？男人應該喜歡吃燒肉吧？泰明和外子都愛吃燒肉。』

「求之不得，就這麼說定了！」

我掛斷了電話。

整理媽媽的一番話，可知爸爸單身赴任和泰明進國中就讀的時期幾乎一致。泰明是在今年四月升上二年級以後才拒學的，就時期而言，大約差了一年左右。

在這段期間裡，泰明都有上學，成績也沒有任何問題。

他對爸爸的話題反應冷淡，果然是我多心嗎？青春期特有的叛逆——可以用這種老套的說詞一語帶過嗎？

以後交流時，我必須更加仔細地觀察木田泰明這號人物。

下個月底和爸爸一起吃飯，或許能有什麼發現。現在線索太少，就算我想破腦袋也想不出結果。無可奈何，這時候最好睡上一覺。

不睡覺，無法下正常的判斷。我鑽進被窩。天氣越來越冷了。

該加件棉被？還是開暖氣？我猶豫不決。

＊

隔週以後的課程並沒有多大的改變，同樣是一天寫幾頁習題，之後閒聊。

不，有個很大的變化。如果科目是數學，泰明願意做的習題頁數增加到了六頁。起初光是寫兩面習題就滿臉不耐煩的泰明居然願意解六頁的習題。身為補習班講師和家教，最大的喜悅莫過於這一瞬間。

沒有改變的，是他依然毫無復學的徵兆。這一點急不得，我只能盡力而為。我和泰明的關係逐漸變好，是無庸置疑的。

除了頁數以外，我也漸漸地能從閒談時的隻字片語之間看出他的感情了。被誇讚時的開心，和被吐槽時的難為情。遠大的目標往往要靠著日積月累的微小成功才能達成。

曾幾何時，讓泰明復學成了我的遠大目標。隨著拜訪木田家的次數增加，天氣也變得越來越冷，已經可以窺見冬天的入口。季節進入晚秋，紅葉美麗無比。

到了十一月的最後一個禮拜三，今天是泰明的爸爸回家的日子。

燒肉對於窮學生而言是奢侈品，但這個事實無法抑制我想吃燒肉的衝動。這種時候，我都會去圓樂亭吃午餐。花１１８０日圓就可以吃到２５０ｇ的燒肉，牛肉與豬肉各半。一個禮拜能夠吃上一次，就很奢侈了。要在晚餐時段吃燒肉，沒有從清水舞台往下跳的氣概，至少也要有沿著繩索爬下去的氣概才做得到。能夠毫不遲疑地在晚餐時段吃燒肉，就是擺脫窮學生身分的證據。這就是境界線。

我為了睽違已久的燒肉晚餐而滿心雀躍，一面在上課前胡思亂想，一面搭上電車，前往星川站。我一如平時地按下門鈴，走進玄關。沒看見皮靴，爸爸似乎還沒回到家。向媽媽打過招呼以後，走上二樓，一如平時地敲門，而房裡也一如平時地沒有回應。我轉動門把，走進房間，只見泰明一如平時地背對著我坐在書桌前。

「你好。」

沒有回應。平時他都會回話，今天大概是心情不好吧！

我沒放在心上，走上前去，發現泰明垂著頭，似乎睡著了。我拍了拍他的肩膀，沒有反應。真稀奇。

那就搖晃他的雙肩好了。我伸手觸摸他的身體，身體是涼的。

我猛省過來，宛若自己的身體也逐漸失溫一般，手心卻冒出了大量的汗水。仔細一看，他的臉上不帶半點血色。

我連忙環顧房間。兩罐500ml的寶特瓶扔在床上。一罐是空的，一罐喝到一半。

垃圾桶呢？垃圾桶在哪裡？有了。我查看裡頭。有五、六個暈車藥「Travelmin」的空盒。我對著一樓大叫：

「叫救護車！」

繼先到病房的我和媽媽之後，提著公事包的爸爸也現身了。

「老公！」

媽媽抱住爸爸，哭成了淚人兒。時間就這麼流逝了片刻。

醫師和護理師走進病房，我們三人都緊張兮兮地等待下一句話。

「我這就說明木田泰明同學現在的狀況。」

送醫之後，醫師立刻替泰明洗胃。

沒有人知道吞藥之後過了多久的時間，而光聽說明，也不知道究竟吸收了多少藥性、阻止了多少吸收。

只要意識恢復，就沒有生命危險；今晚到明天是關鍵期，如果明天意識還是沒有恢復，就得嘗試別的治療法。

在我聽來，這番話的言下之意像是明天若是沒有恢復意識就沒救了。我的解讀應該沒有錯吧！泰明的處境十分危險。

說明完畢之後，醫師他們離開了病房。

據實告知現況，居然是如此殘酷的一件事。這不是醫生的錯。人在絕望的時候，往往會緊抓著渺茫的希望，即使那是謊言，即使並不確實也無所謂。而這種渺茫的希望若是沒有實現，往往會化為更大的絕望，甚至引發糾紛。我知道醫療現場的知情同意本該如此，雖然知道，還是希望醫生能告訴我們泰明一定有救。

求求你，明天結束之前一定要醒來。現在我只能祈禱了。

「老師，謝謝您帶小犬和內人過來。要是晚一步發現，一定更加危險。」

「不，沒什麼。」

這種時候該說什麼話才好？

對於爸爸的話語，我完全不知道該如何回應。

「今天已經很晚了，您可以先回去了。給老師添了這麼多麻煩，真的很過意不去。」

我能幫上什麼忙？現在或許該讓他們一家人獨處。

就算我陪他們一起待到早上，結果也不會因此改變，反而還得讓家長花心思顧慮我。

「對不起，打擾了。」

我只能說這句話。

我想了解泰明的病情，請聯絡我——我連這句話都硬生生地吞了下去。明天泰明如果醒來，他們應該會聯絡我吧！如果沒醒呢？所以，我無法開口要求他們聯絡我。

我離開醫院，走向車站。這裡究竟是哪裡？我一起坐上救護車的時候無暇他顧，完全不知道自己身在何處。

橫濱市立市民醫院。離這裡最近的車站是橫濱站嗎？我搭乘電車回到本地的車站，但完全沒有食欲，就這麼回家了。

應該有徵兆，只是我沒有察覺而已。連家人都沒有發現的事，我這個一週只見一次面的家教能夠察覺嗎？

不，有些事正因為是家人才無法察覺。

雖然一週只見一次面，在兩個小時的課堂上，我們說了許多話，不是嗎？在那些話語之中，難道沒有一句足以讓他打消念頭嗎？

我該說什麼才好？現在的我毫無頭緒。

越是思考，越沒有食欲和睡意。

所以我上網搜尋「Travelmin」這款常見的暈車藥。

這款暈車藥我也吃過。幼稚園的時候，我每次遠足都會暈車。當時我很怕坐巴士。大家應該知道吧？一聞到那種獨特的氣味，我就開始暈車。菸味和「不知什麼」混合而成的臭味。現在我已經完全不會暈車了，但還是不喜歡那種味道。

這種藥在街上隨處可見的藥局裡就買得到，稱之為常備藥物也不為過。如果你家有醫藥箱，請去找找看，說不定裡頭就有。這種藥就是如此隨手可得。沒想到這也是服毒自殺最常用的藥物。雖然藥局不會把藥賣給試圖大量購買的顧客，但只要多跑幾家藥局購買即可。當然，或許也有人在跑藥局的途中打消服毒自殺的念頭，所以這樣的措施還是有一定的效果。

話說回來，世上居然有這麼多彙整自殺方式的網站，令我大吃一驚。每個網站首先列出的都是服用暈車藥、安眠藥尋死的方法。沒想到「自殺」如此近在身邊，只是我一直沒察覺而已。

仔細想想，原本就是這樣。我現在住在公寓的四樓，開窗跳下去，就是不折不扣的自殺。不光是自殺。基本上，只要外出，就有死亡的風險。你不知道開在馬路上的車子什麼時候會衝上步道，搞不好在車站下樓的時候會一腳踩空，撞到頭部。

不光是戶外，在家裡也有各種可能性。如果家電空燒起火呢？瓦斯因為某種原因外洩，導致一氧化碳中毒呢？自己的心臟也有可能突然停止跳動。每年七萬人，一天兩百人。

即使是完全沒有高血壓等因子的十幾歲健康年輕人，也有可能因為不明因素而心跳停止。

換句話說，「活著」可以代換成「僥倖沒死」。我的這些想法一點也不新奇，全是稍微發揮想像力就能察覺的事。

我只是不願正視「死亡」而已，其實死亡一直近在身邊。沉溺於網路汪洋之中，不知不覺間，天亮了。我實在不想去學校上課。

疲於思考的我沉入了夢鄉。

＊

我醒來的時候，已經過了中午。

昨天晚上什麼也沒吃，肚子餓得很厲害。

餓到醒來，想吃東西。沒錯，我確實還活著。不，不對，我只是今天僥倖沒死。

這個世界上最棒的調味料是什麼？胡椒？鹽？這些確實是不可或缺的東西。

松露奶油？你是個美食家。大蒜？這個答案是目前最接近的。

正確答案是「飢餓」。飢餓正是最棒的調味料。

那麼第二棒的調味料是什麼？我就不賣關子，直接揭曉正確答案吧！

那就是「蹺課去吃」。

今天最棒和第二棒的調味料都有了。無論如何，必須先吃點東西。縱使調味料齊全，我還是不想去熱鬧的地方。

去牛丼店速戰速決吧！我如此盤算，走出了家門。

電話突然響了。看到來電者的名字，我的心跳倏然加速。

是泰明的媽媽打來的。我抱著祈禱的心情接起了電話，而媽媽劈頭就說：

『泰明醒了！』

我忍不住做了個勝利手勢，改變目的地，直接去吃燒肉午餐。

在拳擊世界，第1名和第2名之上還有王者。而調味料的王者，當然就是「學生從昏迷狀態醒過來了」。

今天我可以吃到全世界最美味的午餐，這一點無庸置疑。

我回家換了套衣服以後，前往橫濱市立市民醫院。我向櫃檯表達面會之意，對方說明除了家屬以外謝絕面會，無可奈何之下，我只好聯絡媽媽，請她放行。

媽媽到一樓來接我，和我一起前往病房。泰明從加護病房轉到了個人病房，躺在病床上。爸爸也在場。

想必爸媽都是一夜未眠、粒米未進吧！從他們的憔悴面容可以看出他們的疲憊。這也是難免的。不過，從兩人身上，可以感受到昨天沒有的安心氛圍。

在他們之間的泰明則是一臉不悅。我對愛護兒子的父母說道：

「可以請兩位暫時離開一下嗎？」

面對這個突然的要求，爸媽似乎都很困惑。

「為什麼我們必須離開？」

「我想和他單獨談談。拜託了。」

或許是因為情緒不穩定，或許是因為疲累，平時應該不會如此顯露情感的爸爸毫不掩飾焦躁之情，說道：

「我不知道你有什麼打算，但是我覺得很失禮。憑什麼要我們離開剛清醒的兒子？」

「我想，泰明尋死的原因應該出在您身上，爸爸。」

我筆直地凝視著爸爸的眼睛。數秒過後——

「好吧！」

他輕聲說了這句話以後，帶著依然不服氣的媽媽離開了。

泰明仍舊一臉不悅。他的心情我有一半能夠了解。

另一半則是打算現在詢問。

「泰明，我就開門見山地問了。原因是出在爸爸身上吧？」

漫長的沉默。我靜靜地等待答案。不久後——

「你是怎麼知道的？」

他小聲反問。

「說起車子時的你，說起爸爸時的你，爸爸單身赴任的時間點，你不敢去上學，不對，是不去上學的時間點，還有你吞藥的日子是爸爸預定回家的日子。從這些狀況判斷，原因不是爸爸才奇怪。」

「嗯，是啊！真有你的。」

「我知道的只有這些，理由完全不明白。」

泰明沉默片刻以後，說道：

「我爸在搞外遇，爛透了，對吧？」

他說出的理由完全出乎我的意料之外。

「欸，你是怎麼知道的？你有證據嗎？」

他娓娓道來。

泰明的爸爸似乎是會通知妻兒自己何時回家的類型。

季節回溯到今年春天。泰明得知爸爸預定回家的日子就是下個禮拜日，當時還在放春假，他一來等不及和爸爸見面，二來想給爸爸一個驚喜，便在前一天星期六出發前往爸爸單身赴任的縣市，事前沒有聯絡任何人。地址是他向總公司說明原委之後問來的。

泰明見過公司的人，父親的部下也來過家裡，當時和他交談過的人不少，要打聽出父親在赴任地的住址很容易。

不難想像上司和同事們聽了泰明天真無邪的計畫以後，全都十分樂意地開口透露住址。他在打聽到的租賃華廈的集合式信箱上確認了「木田」字樣之後，便守在看得見入口的地方，直到晚上。

過了20點，父親回來了。然而，父親竟和某個比母親年輕許多的女性手牽著手。

泰明震驚不已，無法理解眼前的光景。這也是理所當然的。

那一天，他在接近末班車的時間搭上了新幹線，並在新橫濱下車，回到了家。

從那一天起，泰明開始針對父親進行調查。電子郵件、臉書、ＬＩＮＥ的帳號。

他成功登入的是電子郵件，因為密碼是自己和母親的生日。順利登入信箱的泰明逐一檢視分類資料夾。

最上方的資料夾放的是自己和母親，也就是家人寄來的郵件；第二個資料夾是工作用途，第三個是朋友寄來的郵件，也就是私人資料夾；而泰明在更下方發現了一個資料夾，裡頭的郵件是從平時的父親完全無法想像的。

這是他確定自己尊敬的父親有了外遇的瞬間。

「所以你升上二年級以後，才不去上學？」

「嗯，很蠢吧？就算我不去上學，我爸也不會停止外遇。」

「我不覺得蠢。」

「真的？」

「真的。現在我最慶幸的就是你活下來了，其他事都不重要。」

「嗯。」

「欸，泰明，你是真的想死嗎？」

「都可以。就算死了也沒關係，沒死也無所謂。」

「你是想讓爸爸發現你嗎？」

「不，沒這回事。發現我的是老師吧？」

「該不會是我多管閒事吧？」

現在我有心情開玩笑了。這個笑話並不好笑，但我們都笑了。

「老師，我有事要拜託你……」

「哦，什麼事？大部分的事我都肯做。到了這個關頭，就算是稍微超出能力範圍，我也會努力幫你達成的。」

「我想拜託爸爸讓我和他的外遇對象見面，老師可以陪我一起拜託他嗎？」

這件事稍微超出我的能力範圍了。我如此暗想——

「嗯，當然可以。」

並一口答應。

他一定做好了非比尋常的覺悟。若是問他見了面要做什麼，就太不上道了。

他甚至不惜一死。聽說他吞下的藥物超過了致死量。

「謝謝。這種事我只能拜託老師。我本來還擔心老師會拒絕……」

泰明哭了。每個人都怕死。

而活著同樣可怕。

＊

後來我寄了封信給爸爸。

這封信泰明或許也看得到，所以我格外小心斟酌字句。我告訴爸爸，我和泰明都已經知道了事情的大概。

爸爸既沒有拒絕，也沒有逃避，而是正面回覆了我的信件。我、泰明和爸爸三人約好了見面時間。新宿的黑豬涮涮鍋，我上網查詢，得知這裡有包廂，所以選擇了這家店。談論複雜話題的時候，最好使用包廂。爸爸的公司是大企業，員工眾多，不知道隔牆是否有耳，越慎重越好。

我和泰明在新宿站南口會合，一起走進店裡。

爸爸準時到來，和先進了包廂的我們會合。

我們點了飲料和套餐。蔬菜與肉先送上桌，接著才是飲料。好了，接下來除非我們加點，否則店員是不會來的。現在就看誰先開口了。

先開口的是爸爸。

「泰明，對不起。」

漫長的沉默。這個道歉蘊含了許多意義。

兒子因為自己外遇而自殺未遂，而且他發現這件事以後，沒有告訴妻子，獨自隱忍了數個月。

沉重的沉默。片刻過後，泰明毅然決然地說道：

「錯的是爸爸。不過，我也無法原諒那個叫做晴美的人。我喜歡爸爸，也喜歡媽媽，所以我會繼續瞞著媽媽這件事。我很氣爸爸。可是，只有爸爸道歉不公平。讓我跟那個叫做晴美的人見面。我要當面向她抗議，叫她別搞外遇。」

面對兒子的要求，爸爸顯得非常為難。

「這有點困難……爸爸保證不會再和那個人見面，這樣不行嗎？」

泰明目不轉睛地凝視著爸爸。不久後，他再也忍耐不住，流下了一滴淚水。

爸爸只說了一句：

「對不起。」

便沉默下來了。

「抱歉，請容我冒昧說句話。」

兩人看著我。我望著桌子正中央調節爐火的位置，繼續說道：

「泰明的想法也有他的道理。我也要拜託您答應他。」

如果我低頭拜託可以帶來任何改變，要我拜託幾次都行。這就是我現在的心境。

「話是這麼說……接下來我說的話，你們可別說出去。」

我看著泰明，而泰明也望著我。

「好，這是我們三個男人之間的祕密。」

「老實說，我已經跟她提分手了，她很不高興，我現在聯絡不上她。」

「如您所知，泰明是個聰明的孩子，這是他深思熟慮過後的心願。他是真的賭上了性命來思考。能不能請您安排他們見面？就算得花上一段時間也行。拜託您！」

我低下頭來。

「好吧！雖然不知道什麼時候才能安排好，我會想辦法的。」

他雖然語帶保留，至少是答應了。

涮涮鍋是一人一份，吃完一輪就飽了。下次有機會再來的話，希望能夠好好品嘗。我們離開了餐廳。

爸爸從新宿前往品川，搭乘新幹線返回赴任地。我們一起目送爸爸離去。

「如果那個叫晴美的人拒絕，就不能見面了。聽我爸的說法，這種可能性好像很高？」

「是啊……不過，這是男人之間的約定，你爸爸看起來不像是會出爾反爾的人。」

「嗯，是啊！」

泰明微微一笑，點了點頭。

「哎，如果安排好了，你就勇往直前，把自己的感受全部說出來吧！」

「咦？」

泰明一臉錯愕地看著我。

「咦什麼？老師說了什麼奇怪的話嗎？」

「自己的學生當然要顧到底，你有領錢吧？」

「我姑且問一下，這句話是什麼意思？」

「老師當然也要跟我一起去。搭新幹線，不到兩小時就到爸爸單身赴任的地點了。」

「老師也得去？真的假的？」

見我如此驚訝，泰明也一臉驚訝地點了點頭。

我在湘南新宿線的月台上目送泰明搭上電車以後，便打道回府了。

好人做到底，送佛到西天；一不做，二不休。聽起來雖然相似，含意卻大不相同。我做的不是壞事，所以應該是「好人做到底，送佛到西天」吧？不，「一不做，二不休」好像也行。

＊

又過了一個月，季節已經完全入冬了。

今年的冬天特別寒冷。就我的記憶所及，就屬今年的十二月最冷，令我不禁懷疑到了聖誕節是否連東京都會下雪。

某天上課前，泰明聯絡我，說是爸爸已經把日程安排好了。年底正忙，真虧他撥得出時間來。

我必須先買好新幹線車票才行。今天回家時，順道去新橫濱買車票吧！年底自東京發車的新幹線無論去何地都是人擠人。反方向的上行列車應該比較空就是了。

如此這般，當天上完課後，我前往新橫濱，買了兩張車票以後才回家。

師走（註2）二字用得真是貼切，年底的時間總是一轉眼就過去了。

時間簡直就像是用跑的一樣。約定的日子很快就到了。

我和泰明約在新橫濱會合，我把新幹線車票交給他之後，便一起上了車。我買票的時候，座位幾乎都滿了，無法坐在一起。車程大約是一個半小時。

我事先交代泰明下車以後在BicCamera對面的出口等我，所以一下車就順利會合了。

接著，我們轉搭市營地下鐵，坐了兩站。爸爸指定的是這一帶常見的連鎖咖啡館。

泰明的爸爸已經入座了，對面就是那名女性。

那是個留著褐色長髮的女性，有著一雙又大又圓的垂眼，看起來很有人緣。

我們走向座位，爸爸察覺了，一臉尷尬。坐在對面的女性並未察覺我們，看到我向爸爸攀談，露出了錯愕的表情。

「我帶泰明來了。」

「沒想到連老師都來了。」

爸爸顯得更加尷尬了。疑似晴美小姐的女性看著我，用眼神詢問「你是誰？」；而當她把視線轉向泰明時，那雙下垂的大眼睜得更大了。

「你這是什麼意思！」

女性大聲說道，店內一陣譁然。

爸爸的尷尬之色變得越發強烈了。

「別開玩笑了！我說過我不想見他！你居然騙我？」

這回她顧慮周圍，降低了音量，但依舊是滿臉怒意。

我想，爸爸確實欺騙了她。如果照實說，她一定會拒絕和泰明見面。今天爸爸大概是謊稱要繼續談分手，或是單純想見個面，把她叫到咖啡館來吧！總之，為了遵守和兒子之間的男人約定，爸爸鐵定是使出了渾身解數把人拐來，而我們則是在他指定的時間到場。

他似乎沒料到我會在場。哎，我也沒料到自己會在場就是了。

就在我尋思之際，晴美小姐質問爸爸：「你太卑鄙了，為什麼不考慮一下我的立場！」難得她長得這麼漂亮，但是自我見到她以來，她表現出的都是充滿攻擊性的話語和怒

註 2：日本對於農曆十二月的別稱，源自連法師都忙著四處奔走誦經之意。

氣沖沖的表情。

突然，泰明像是下定了決心一般，開口說道：

「妳就是晴美小姐吧？」

她看著泰明，不發一語。

「呃！爸爸和妳做的事是錯的，所以我是來抗議的！」

加油！泰明！我的神經也跟著緊繃起來。

「我和爸爸、媽媽是一家人。媽媽不知道這件事，我也不打算說，因為她要是知道了，一定很難過！我愛媽媽，所以我不會說！」

她依然不發一語，用一雙大眼凝視著泰明，默默聆聽。

似乎有點怒目而視的味道。

「請妳道歉，然後別再和我爸爸見面了！」

幹得好，泰明，完全說出了你的感受，了不起。我才剛這麼想，一直保持沉默的她便在泰明把話說完的瞬間扯開嗓門，連珠炮似地叫道：

「很難過？別開玩笑了！我也受到了傷害啊！你爸爸也有錯。我一直努力不去破壞你們的家庭，雖然痛苦，只要能跟這個人在一起，我願意忍耐！為什麼？為什麼？為什麼你要拆散我們！」

「結了婚的人喜歡上別人，本來就不對！」

「哪裡不對？你以為這種事情是法律可以輕易決定的嗎？我知道這個人已經有家室的時候也很難過啊！我很傷心，也很煩惱，可是喜歡的感覺是無法抹滅的，我無法克制想和他在一起的心情。在這種看不見未來的情況之下跟他在一起，我也很痛苦！」

「可是，就算這樣，妳還是不該……」

泰明好不容易才擠出這道細若蚊蚋的聲音。

「事到如今，我不再忍耐了。我要去你家跟你媽攤牌。就這樣被騙，我不甘心。」

爸爸看著她，露出了慌張失措的表情。

「我不會再顧忌你們的家庭了。我要去找你媽，叫她離婚。」

泰明的淚水浮上眼眶，沿著臉頰滑落。

「請妳別這麼做，求求妳，別傷害我媽……」

「別開玩笑了！像你這種小鬼，怎麼會懂愛一個人是怎麼回事？你知道愛有多麼沉重嗎？像你這種小鬼，根本不懂別人的心情！」

啪！

一道清脆的聲音響徹店內。

我的右手又麻又痛。店裡突然被寂靜包圍，背景音樂聽得一清二楚，讓我覺得好滑稽。「像你這種小鬼」，這是多麼骯髒的話語啊！

我在她說到「小」字的時候給了她一巴掌。

起先她似乎一頭霧水，漸漸地明白發生了什麼事之後，便開始尖聲大叫。

「別開玩笑了！打女人的男人最差勁了！你到底是誰啊！居然對女人動手動腳，爛透了！真不敢相信！」

「喂，妳給我聽清楚！打女人的男人確實很差勁，不過我打的不是女人。」

「你在說什麼？你的腦袋有問題是不是？」

「我叫妳聽我說話！」

我的聲音很大，響徹了安靜的店內。

「男人和女人都是人，不該跳過這個前提區分是男是女！現在的妳不是女人，在妳區分男女之前，先當好一個人吧！面對一個心痛的人，妳居然說得出『像你這種小鬼』這種話！泰明已經是個懂得思考的大人了！講這種話太沒人性了！」

「囉嗦！你也不懂別人的心情！」

我準備再給她一巴掌，爸爸察覺了我的動靜，擋在我的身前，對我搖了搖頭。下一瞬間，我感覺到右側有陣風竄過。

喀噹！

一道巨大的聲音響起。這回是泰明打了爸爸，用拳頭。

當時，桌上的杯子掉到了地板上。這家咖啡館用的咖啡杯偏厚，或許是掉到地板上的時候摔破了。

店內又是一陣譁然。情況不妙，要是有人報警就糟了。

「喂，泰明，快逃吧！」

「嗯。」

我們衝出店門。

「快跑！」

我們沒有決定方向，能跑多遠就跑多遠。雖然只跑了十分鐘左右，距離並不長，但是當我們停下來的時候，已經身在陌生的街道了。這裡是哪裡？

泰明突然笑了。

「我們太糟糕了，沒結帳，打了人就跑，根本是犯罪嘛！」

我也跟著笑了。

「對啊！一點也沒資格指責別人。」

當天是萬里無雲的大晴天，風和日麗；在這樣的天氣裡，我們在不知名的街道上奔跑，開懷大笑。我原本滿懷不安，現在一看，今天似乎沒那麼糟糕，甚至算得上是個好日子。就這麼回東京，未免太可惜了。

「泰明，要不要順便去科學館逛逛？逛完以後可以去吃味噌煮烏龍麵。」

「好啊！走吧！」

我們玩到傍晚，才買了回程的新幹線車票。

車上和去程時截然不同，空空蕩蕩，所以我們可以坐在一起。

「話說回來，泰明，打爸爸實在太不孝了。」

我如此調侃他，他笑著回答：

「老師不是說要撇開身分，看為人判斷嗎？現在的爸爸不配為人父。我本來很尊敬他的。」

「看得出來。」

「可是，連我那麼尊敬的爸爸都會做出這種事，做出傷害家人的事。先不論他是不是我爸爸，這樣的為人太差勁了，所以我才打他的。」

「你是第一次打人嗎？」

「嗯。」

「我也是第一次。今天是我們的紀念日，一輩子都要記住。」

「老師沒教我多少功課，卻教了許多我不知道的事。」

「比如說？」

「打人的方法。」

「你可別跟你媽媽這樣說喔！」

空空蕩蕩的新幹線自由座車廂裡只有我們兩人。我們放聲大笑。

「欸，泰明，你恨爸爸嗎？」

泰明略微思索。

「不會，只要他清醒了就好。他應該不會再跟晴美小姐見面了。要是我爸還學不乖，我就要和他斷絕關係。我會讓媽媽幸福的。」

「你爸爸只是一時著了魔，現在他一定清醒了，被兒子的拳頭打醒的。他其實是個很棒的爸爸吧？連我都看得出來。」

泰明默默地點了頭。

「你知道著魔的意思嗎？」

「嗯。像老師這樣的人也會打女人，也是因為著了魔吧？」

我看著如此回答的泰明。和剛認識的時候相比，他似乎更加茁壯了。

我有種感覺，今後他應該會以今天發生的事為精神糧食，走出自己的道路吧！

「新幹線在預定時刻通過了小田原。」

一如平時的廣播聲響起，新橫濱就快到了。

泰明會先一步下車，而我則是坐到終點站．東京。

家長是我的客戶，我卻對他出言不遜，還教他的兒子如何打人，鐵定會被炒魷魚。這段時間過得很快樂，看來星期三又要空下來了。

家教這份工作不光是教書而已。我一直是這麼想的，而現在又多了一個意義——不光是教書，有時也能學到許多東西。

今後的人生，我一定會遇上很多困難或傷心事，到時候我應該會想起今天的事吧！

新橫濱到了。如果我被炒魷魚，就再也見不到泰明了。

我送他到車門邊。

「老師！我會跟媽媽說的！如果老師來上課，我就去上學！」

「哦，謝謝！你一定要跟媽媽說喔！那下禮拜三17點，我會去上課的。」

「我等你。」

我獨自回到座位上。今天果然是個好日子。

每個禮拜都有教人難忘的回憶。

雖然也有令人悲傷、令人痛苦的事，但我逐漸在這份打工之中找到了成就感。

學生的這句「我等你」，正是當家教最大的幸福。

第5章——每週四17點

跳上通往銀河的高速公路

冬意越來越濃，季節已經到了十一月。

羽田爸爸又聯絡了我，表示想見我一面。大概又要介紹新學生給我吧！

多虧了他過去介紹給我的學生，我不但付得起房租，而且無須動用存款。

如果他能夠再介紹一個給我就更好了——我暗自打著這樣的如意算盤。

上次和羽田爸爸見面時，是在本地車站前的拉麵店，由我請客；而這次我交給羽田爸爸安排。

十一月某日，22點，在六本木交叉路口前的ALMOND見面。

我看到郵件上的時間時，很擔心時間這麼晚，會趕不上末班車；不過，他選在這個時間，應該有他的理由吧！

話說回來，這個會合地點真老套。東京有好幾個老套的會合地點。

我有個朋友這樣說過：

「東京人才不會約在老套的地點見面。」

那麼，這些老套的會合地點是哪裡？

名列榜首的就是澀谷八公像前。這個無庸置疑，確實很老套，甚至可說是世界級的老套，就和羅馬許願泉一樣老套。

而新宿站東口派出所的老套度雖然略遜一籌，以日本級來說，也是個十二分老套的會合地點。

不久前，「新宿ALTA前」也很老套；不過《笑一笑又何妨！》節目播畢以後，「在新宿ALTA前會合」這句話彷彿從日本消失了一般，所以現在約在「新宿ALTA前」見面反而很瀟灑。

哎，在距離溝口站兩分鐘路程的居酒屋「土間土間」裡借著醉意如此大放厥詞的，是個鳥取人就是了。他的心態已經完全成了東京人，真有意思。

順道一提，在東京都出生長大的我一樣會約在新宿站東口派出所前或是ALTA前等人。

老實說，我並不在乎老不老套，好懂才是最重要的。

22點，我站在老套會合地點之一——六本木ALMOND前。六本木在東京之中真的是個很特殊的空間。

澀谷和新宿也是不夜城，但是動力的本質卻大不相同。在東京之中，猥褻與貪婪的動力最為充斥的，就是這個街區．六本木。

說來令人意外，這裡的交通其實不太方便。無論是從新宿、澀谷或是周邊的住宅區，電車都稱不上便捷。多虧了都營大江戶線，乍看之下似乎四通八達，其實這是個陷阱。

如果你要在東京生活，最好記得一件事：稍不留心，大江戶線便可能化為陷阱。來看看大江戶線的路線圖吧！它彌補了JR無法顧及的東京都要地，主要是港區等方面。換句話說，結合JR和大江戶線，就可以在東京暢行無阻。就某種意義而言，這一點並沒有錯。不過，大江戶線有個大問題，搭過的人應該都知道。

對，沒錯，就是從地上走到地下的乘車處所需的時間太長了。

大江戶線是東京最新的地下鐵，換句話說，由於已經有其他地下鐵在行駛，必須在最下方挖掘隧道，鋪設線路，因此從地上的入口走到地下的月台，通常需要花上七、八分鐘。

當你在網路上看見租屋資訊寫著「步行三分鐘即可抵達大江戶線站！」而感到心動的時候，請想起我的警告。加上搭乘電車之前所需的時間，實質上需要步行十分鐘。當然，搭乘地下鐵，就得返回地上，所以在目的地的車站下車以後，還需要花上七、八分鐘走回地上。

這樣你懂了嗎？這就是都營大江戶線。雖然四通八達，卻有美中不足之處。要搭乘大江戶線，記得提早十分鐘出門，不然來不及。這就是東京的陷阱之一，大江戶線。

東京還有許多陷阱，下次有機會的話再說吧！

基於這樣的理由，在六本木．麻布一帶搭乘電車並不方便。

這裡可說是以汽車為前提的街區，搭計程車，或是開自用車。

說歸說，像東京這種人口密度超高的都市，坐車移動隨時伴隨著塞車的風險；即使如此，人、物、錢還是不斷地往這裡聚集，鐵定是因為背後有某種力量在運作。

我現在就站在讓我不禁這麼想的神奇地點・六本木的交叉路口。

不久後，羽田爸爸出現了。

「抱歉，讓您久等了，老師。」

「不，我完全沒等到。我在想一些有的沒的，轉眼之間您就到了。」

「那就好。從這裡大概要走個十分鐘，沒關係吧？」

「當然。」

對我來說，這是段根本不用特地確認的距離，不過討厭走路的人不少，要他們走這麼點路，他們就會不開心。

之前工作的補習班裡，有個絕對不肯步行五分鐘以上的人。他基本上是騎機車，只有搭計程車的時候才會走路。走路明明有益健康，他卻懶成這副德行。

如此這般，羽田爸爸帶我前往的，又是家「莫名其妙」的店。

「莫名其妙」，老實說，這就是我的第一印象。因為這家店非但沒有招牌，從門外也無法窺探內部。

以成年男性的腳程，走個十分鐘，便足以擺脫站前的喧囂了。這家位於小巷的店周邊盡是些不知道是打烊的商店還是住宅的建築物，以及無人租借的商業大樓。這個時間的六本木小巷總是有一股獨特的氛圍。

如果事先不知情，根本看不出這裡有家店。打開木門一看，昏暗的店內正播放著音量適中的優美古典樂。

雖然不寬敞，卻很有「隱世之家」的味道，彷彿有魔物或惡魔棲息一般。整家店都瀰漫著過著正常生活無法來到這裡的氣息。

我們被帶往桌位。雖然有菜單，我卻完全無法從上頭擷取任何資訊。菜單八成是用法文寫的吧！數字旁邊的記號應該代表歐元。現在一歐元等於多少日幣？我不知道，所以包含價格在內，對於我而言，資訊量是零。

羽田爸爸一面瀏覽菜單，一面問我：

「這家店的葡萄酒很出名。您喝葡萄酒嗎？」

「不，我很少喝酒，不過不是因為討厭喝才不喝的。」

「我很喜歡葡萄酒，所以對這家店情有獨鍾。您對葡萄酒有相關知識嗎？」

「不，完全沒研究。」

「那今天就來享受一下葡萄酒的世界吧！」

首先送上的是個細長的玻璃杯，注入杯中的是淡金黃色的液體。大小均一的可愛氣泡不斷地從底部緩緩上升，周而復始，看起來十分美麗。

這是我有生以來頭一次覺得酒很美。

「餐前酒就喝Champagne吧！」

Champagne，是香檳嗎？

「這是氣泡酒嗎？」

「很可惜，有點不一樣。在法國的香檳地區釀的酒叫Champagne，其他地方釀的叫做氣泡酒。」

我完全不曉得。羽田爸爸傾斜酒杯，聞了聞香氣，接著又凝視液體。

我也有樣學樣，先聞了聞香氣。好優雅的香味。

雖然華麗，卻不搶眼。正因為不搶眼，反而讓人更想追逐。我忍不住湊過鼻子聞了好幾次。越看越覺得色澤和氣泡很美。

葡萄酒是飲料，所以我原以為主要的享受方式是含在嘴裡品嘗味道，這會兒才察覺並非如此。是五感，要五感並用。這就是葡萄酒嗎？

我輕輕地喝了一口，口感相當溫和；隨後，碳酸的刺激感覆蓋了舌頭。這時候我才知道市售碳酸飲料的刺激感有多麼令人不快。這瓶香檳中的碳酸帶給舌頭的是柔和纖細的刺激。

光是一杯香檳，就令我感動不已。

「羽田先生，葡萄酒好厲害。光是一杯，就讓我學到了很多東西。」

「這樣就不枉費我帶老師來了。待會兒來嘗嘗波爾多和勃艮第紅酒有什麼不同吧！」

接著注入酒杯的是紅酒。我看了標籤，上頭似乎是法文，我不知道該怎麼唸。

「這是拉菲。」

說著，羽田爸爸又轉動酒杯聞香。原來如此，唸作拉菲啊！

我如法炮製，這回加上了轉動酒杯的動作。

味道很扎實。葡萄香十分濃郁，帶有質量的果香充滿肺部。光用果香二字，絕對不足以形容如此濃烈的香氣。這不是單純的葡萄香。

這時候，我突然發現杯子正中央出現了一道波浪線，看起來宛若日本刀刀刃上的波紋。這是什麼？就在我仔細端詳之際——

「這就是俗稱的酒淚，受到紅酒的酒精度數與黏度的影響，在杯子內側形成的現象。很漂亮吧？」

正如酒淚這個名稱所示，在我聆聽說明之間，線條從刀紋變成淚水般的形狀，緩緩地往下滑落。確實和淚水一樣，好漂亮。我再次轉動杯子，仔細觀賞淚水滑落的模樣。

接著，我喝了一口，和香氣給我的印象差不多。沉重的澀味扎扎實實地傳到了舌頭上。那是用甜味、苦味、酸味這些字眼無法表達的複雜滋味。

「怎麼樣？」

「這個嘛，味道很複雜。香氣和滋味都很扎實……」

羽田爸爸笑了。

「我該先請老師喝勃艮第的，哈哈哈！不過，請您記住今天的拉菲的味道。老師的感想一語中的，拉菲年代不夠久，就無法發揮真正的價值，不適合太早飲用。我是姑且請您喝喝看的。」

「原來是這樣啊！我會銘記在心的。」

從他的口氣聽來，以後似乎還會帶我來這裡。

能夠再來這麼有意思的店，是種很寶貴的經驗。

「好，接下來嘗嘗勃艮第吧！」

接著注入酒杯的同樣是紅酒，色澤比剛才更加鮮豔；說歸說，並不是單純的酒紅色，而是各種深淺不同的色調交織而成。比起剛才，顏色中多了股太陽的氣息。

「這是樂華。」

我已經適應喝酒前的儀式了。轉動酒杯，聞香。

這種酒的香氣餘韻比剛才更長。拉菲的香氣是聞了之後會有諸多資訊竄過腦海，隨即又沉入黑暗深淵之中，而樂華的香氣則是輪廓分明。

華麗，但不僅止於華麗。聞香的時候，這種酒在木桶中熟成的景像浮現於我的腦海之中，大概是因為還留有木桶的香氣吧！它的神祕感更勝於扎實感，像是個不解之謎，給人留下深刻的印象。

終於到了品嘗味道的時刻了。那種感覺就像是一層層折疊起來的重量慢慢地與舌頭疊合，醞釀出一股滋味。層次分明的滋味十分纖細，讓人不禁猶豫該用大腦感受哪個部分才好。雖然如此，卻又完美調和。

令人想再喝上一口。

「這種酒好好喝。」

「您喜歡嗎？樂華是我情有獨鍾的葡萄酒，我真的很喜歡……好酒！」

羽田爸爸喝了一口以後，隔著酒杯望著深沉的紅色。

不過三杯葡萄酒，就用掉了兩個小時，可是我一點也不覺得無聊。

沒想到好酒的資訊量如此龐大。

「老師，下次談事情的時候，也還在這裡如何？很久沒來，這裡還是一樣迷人。」

「我沒有異議，甚至可說是求之不得。」

「太好了。對了，老師還有空檔嗎？」

「有，一個禮拜有一半的天數都是閒著沒事做。」

「說歸說，替現在任教的學生備課，應該很忙吧？」

「偶爾會比較忙。比如學生拜託我幫忙調查事情，或是為了了解學生而做功課的時候。」

「這些時間沒有薪水可領，關於這一點，老師有什麼看法？」

「這個嘛……我……」

開始當家教至今，還不到四個月。

可是感覺起來卻是這輩子最漫長、最濃密的時光。

大概是因為必須深入別人的人生吧！

「我知道這些時間也會變成我日後的財產。」

「是嗎？聽了這句話，我就安心了。既然老師是這麼想的，我想拜託老師再接一個學生。」

我借著些許醉意順勢問道：

「羽田爸爸是從事家教仲介工作的嗎？」

他笑著回答：

「不，不是。的確，我老是在介紹新學生，難怪老師這麼想。像我現在又要介紹一個學生了。」

說著，他從包包裡拿出資料。

杉原杏瑠　12歲　小學六年級生

想讓她報考私立學校

備註欄上寫了一段引人注目的文字。

「上一個家教只上了一堂課」。

這是怎麼回事？發生了什麼事？

「如同備註欄上寫的，上一個老師只上了一堂課，沒有繼續教下去。所以我才想拜託老師。」

「就您能夠透露的範圍就行了，上一個老師是因為什麼因素而沒有繼續教下去？」

「這個嘛，大概是不適合吧……」

「我能勝任嗎……？」

「如果連老師都不行，我會請對方暫時別找家教了。」

羽田爸爸笑著說道，喝光了杯裡剩下的葡萄酒以後，便把服務生叫來，表達結帳之意，並刷了卡。

當時的氣氛不容許我詢問價格。離開餐廳時，已經是深夜了。時間接近凌晨兩點，涼意襲人。

要搭計程車回家嗎？就在我暗自尋思之際，羽田爸爸從包包裡拿出一疊紙，撕下了其中一張遞給我。

上頭寫著「計程車券」。

這是什麼東西！？我從來沒看過。

「呃，這是……？」

「到了目的地以後，把這個拿給司機就行了。」

「我可以收下嗎？」

「當然。那個學生就麻煩您了。」

說完，羽田爸爸也搭上計程車離去了。

原來計程車券是一次給一整疊的？話說回來，是誰給的？20歲的我不知道的世界還很多，葡萄酒也是其中之一。

我攔了輛計程車，告知我家的地址。搭了三十分鐘左右的車，包含夜間加成的兩成費用在內，車資足足超過了一萬日圓。我拿出剛才收下的紙片，司機請我自行填寫金額，我便照著計費表上顯示的數字填上了金額。收下收據，一下車就是家門前。

計程車雖然貴，卻很方便。

回到家以後，我才發現自己忘了詢問是從哪一天的星期幾、幾點開始上課。大概是因為我們都喝醉了吧！我寄了封信，表達今天的謝意並詢問日程。

使用手機時，我順便用店名查詢今天的餐廳，立刻就找到了。

我點擊網頁，一看到平均價位，醉意頓時全消。

*

十一月的第三個星期四，我搭乘地下鐵銀座線前往上野站。

從我家出發，大概得花上四十分鐘，但是從大學只要搭乘電車就能直達，看來以後的星期四也得乖乖去上課了。我很喜歡上野，常常去玩。

我會去阿美橫商店街買東西，假日則是喜歡去上野的森美術館賞畫。

最推薦的當然是上野動物園。除了這裡以外，我不知道其他只花６００日圓就可以玩很久的地方。去了動物園，就知道白天活動的動物其實很少。白天去看，動物不是在睡覺，就是慢吞吞地迎接遊客。平日的白天人很少，可以在安閒的氣氛之下與動物相處。

一想到以後每個禮拜都可以去我最愛的上野，我的情緒就微微高揚起來。

我在上野站下了車，走向阿美橫的反方向，穿越首都高下方，步行約十分鐘後，抵達了杉原家所在的華廈。不過，第一次上課不是在家中，而是在家庭餐廳。這是對方要求的。杏瑠的媽媽會坐在一旁看我上課。

相對地，我可以任意點餐並附帶飲料吧。賺到了。

到了約定時間，母女倆搭著電梯下來了。

疑似杏瑠的女孩膚色白皙，戴著眼鏡，看起來很文靜。牽著她的手前來的媽媽長得很漂亮，但整體看來略嫌花俏。

說歸說，並沒有俗艷的感覺。她穿著花紋內搭衣，加上品味十足的夾克，看起來一派優雅。

「幸會，我是來當家教的灰原。」

「晚安，今天這孩子就麻煩您多關照了。這是我女兒杏瑠。」

在媽媽的介紹之下，杏瑠低下頭來致意。她一面致意，雙眼從眼鏡底下目不轉睛地打量著我。我們邊聊邊走向餐廳。

「灰原先生是大學生吧？打工只有家教這一項？」

「是，沒錯。」

「有打過其他的工嗎？」

「當然有。我打過很多工，做了最久的是補習班講師。」

「怎麼，原來先前也有教書的經驗啊！這下子可以安心了。太好了，杏瑠。」

杏瑠點了點頭。她真的很文靜。

「啊，就是這裡。不好意思，今天可以請老師照著先前聯絡時說好的，在這裡上課嗎？」

步行數分鐘後，我們抵達了家庭餐廳。位子已經訂好了。

媽媽要我別客氣，我便不客氣地點了份牛排。

「杏瑠和平時一樣吃漢堡排嗎？」

「嗯，好啊！我不想配白飯，想配麵包。」

如此這般，繼我之後，杏瑠點了漢堡排。

沒錯，要是我在這時候客氣，杏瑠一定不好意思點餐。

「餐點在上課中就會送來，先開始上課吧！杏瑠，加油！」

「嗯，我會加油的。」

她帶著靦腆的笑容回答。她和媽媽似乎能夠正常交談。

該如何讓她卸下心防？這是首要之務。

在家備課的時候，我覺得自己好像很久沒教過小學生了。

這是離開補習班以後的第一次。說歸說，其實時間並不算久。

要衡量學生的各方面能力，最好的方法是讓他們解國語和數學題。

首先是國語，接著是數學。兩者她都在指定時間內一題題地解完了。她做了幾個單元，答對率並不差。一個段落結束以後，我們暫且休息片刻。

我和杏瑠一起走向飲料吧。

「杏瑠不考試嗎？」

我問道，杏瑠只是望著我，歪起頭來。

看不出是不考還是要考。這是第一次上課，也難怪她還無法卸下心防。

我不以為意，倒了杯蔬果汁，杏瑠則是倒了杯柳橙汁。

「開始吃飯吧！趁熱吃。」

杏瑠點了點頭，默默地吃起漢堡排來了。

杏瑠的媽媽打開筆記型電腦，不知在做什麼；上課中也是這樣。照常理推斷，應該是在工作，但凡事都有萬一。

假如她是在記錄我上課中的一舉一動，該怎麼辦？

或許她正在輸入的是用來判斷「有」「無」下一堂課的材料——我忍不住胡思亂想起

來。上一個家教才上完一堂課就被炒魷魚，這件事我可不能忘記。到目前為止，我的表現還可以嗎？

吃完飯小憩片刻，剩下的時間用來各做一個單元的國語與數學習題之後，就結束了。

杏瑠在學力上沒有任何問題，但是上課期間，她完全沒對我出過聲。或許她是個極度文靜的孩子。

雖然我交代的事她會努力做完，但是我教起來卻有種對牛彈琴的感覺。再文靜的孩子，教起來也會有反應；就算是和杏瑠一樣沉默寡言的學生，也能感受到自己的教學得到迴響的瞬間。

不過，今天的授課不一樣。我總覺得杏瑠沒把我說的話聽進腦子裡，這兩個小時，我一直有這種感覺。媽媽結了帳，我和杉原母女就地道別了。

上完課以後，我在前往車站的途中確認手機，發現自己收到了一封信。

寄件人是杏瑠的媽媽，收信時間是上課中。

內容是希望我上完課後到上野車站大廳一樓艾妥列商場裡的星巴克和她見面。

原來如此，她就是用那台筆電寄信給我的啊！

如此這般，我沒有前往剪票口，而是前往車站直連商場內的星巴克。我點了小杯的焦糖拿鐵，在空著的兩人座上等候。

過了二十分鐘左右，媽媽來了。

「抱歉，占用你的時間。」

「不，不會。不好意思，我自己先點了杯咖啡來喝。」

「嗯，不必客氣，請用。我是想跟你談杏瑠的事。不知道你下個禮拜能不能繼續來上課？」

聽到下週還可以繼續上課，我鬆了口氣。

「今天上課的時候，她也是心不在焉，對吧？她最近都是那樣。」

「她有學習意願，可是該怎麼說呢？我也覺得她毫無反應，完全沒有吸收新知識時的那種感覺。」

我也老實說出自己的感想。

「是啊！那孩子在學校裡好像也是這樣，之前家長面談的時候，老師跟我說的，說那孩子突然變得死氣沉沉的。」

「死氣沉沉？」

「她本來是很普通的孩子，不算開朗，但是也不會亂發脾氣。運動神經普普，成績也是馬馬虎虎。可是，最近她突然變得很不對勁，完全不說話。」

「她和任何人相處都是那樣嗎？」

「就和上課中一樣。她對我會敞開心房，可是面對其他人就變成那樣了。真的是死氣沉沉的。」

「這樣啊……」

「像上次來的老師，杏瑠完全關上了心房，我覺得這樣彼此都很可憐，所以就請那個老師別再來了。」

「那是男老師嗎？既然杏瑠和媽媽相處起來沒問題，或許她比較能夠接受女性？」

「如老師推測，上次的是男老師，不過在那之前是女老師。她教了很久，杏瑠變成那樣，她也很煩惱。後來她又教了一陣子，畢竟已經相處這麼久，我也希望她繼續教下去，但還是不行。」

「您有想到什麼可能的因素嗎？」

「我也是毫無頭緒。」

媽媽對於我大概也沒有任何明確的要求吧！

而是抱著死馬當活馬醫的心態委託我。

她說杏瑠對上一個家教關上了心房。就杏瑠今天的樣子看來，我覺得她的心房也是完全緊閉的。

「抱歉，今天在家庭餐廳上課，是因為那孩子現在不願意讓外人進家裡。」

「沒關係，我反而要謝謝您的招待。」

「不，這點小事不用放在心上，別客氣。我本來是打算讓杏瑠考私校，才幫她請家教，讓她上補習班；可是她變成那樣以後，我有點猶豫。她現在也不去上補習班了。不過，今天老師問她問題，她不是點了頭嗎？我已經很久沒看到杏瑠對其他人做出反應了。所以下個禮拜也要麻煩老師了。」

「我會盡力而為的。」

如果心房完全關上，連反應都沒有嗎？雖然前程未卜，我就全力以赴吧！至少下個禮拜我還可以繼續上課。

這回我真的坐上了電車，踏上歸途。

*

隔週的同一時間，我同樣在家庭餐廳上課。

而我毫無斬獲。該怎麼辦？

講師的工作是教導新知識和消除學生的罩門，兩者只要達成其一便可喜可賀，若是能夠額外和學生一起找到人生的寶物，就更加完美了。

這次和上次，我都沒有獲得杏瑠的信任，一事無成，所以她沒把我的話聽進去，這一點我很清楚。

人類的心牆是很堅固的，有時候會讓你覺得再怎麼做都無法打壞，但相反地，也有可能在一瞬間崩塌。在媽媽喊停之前，我只能做好眼前的事。

今天我同樣在媽媽的招待之下吃過了飯，坐上電車，一路顛簸回家。

人的性格五花八門，杏瑠不愛跟人說話，也可以用性格二字帶過；不過。她並不是生性如此。她原本是個普通的孩子，卻突然變成這樣；這麼說來，應該有個明確的原因才是。

杏瑠完全不說話，沒有線索供我推測。既然無法從本人身上獲取情報，只能靠媽媽了。杏瑠對媽媽是敞開心房的。

能否找到任何足以推測的蛛絲馬跡？我如此盤算，立刻聯絡了媽媽，請她撥空和我見面。

幾天後，我不好意思占用太多時間，原本打算找間咖啡館簡短地聊聊就好，誰知杏瑠的媽媽卻特地在餐廳訂了位。

那是銀座的某家休閒義大利料理店。

「抱歉，因為我的工作地點在銀座。」

「我才要道歉，勞煩您特地撥出時間。」

「杏瑠上課時的反應如何？」

「和上次一樣，所以今天我才想向您討教。」

餐前酒送來了。我忍不住轉動酒杯，聞過香氣之後才喝。

「哎呀，老師對葡萄酒有研究嗎？」

「不，倒也不是，只是前幾天剛有人教過我喝法。」

喝下的餐前酒像是把火力全都集中在口感之上。

這樣也很好喝。

「我認為杏瑠突然有了180度大轉變，一定有她的理由。我想找出線索，能不能告訴我詳情？」

「這個嘛，好是好，可是之前我也說過，我真的是毫無頭緒。」

「她在生活上有沒有最近才開始做，或是不再做了的事情？」

「我想不出來。」

「她和爸爸感情好嗎？她是女生，或許是開始疏遠爸爸的時期了。」

「不，她從以前就只黏媽媽，老是跟著我，和爸爸幾乎不說話。再說，她爸爸很少回家。」

「爸爸是從事什麼工作？」

「貿易公司。我知道他很忙，可是他也該多少參與一下育兒吧！我也在工作，照樣可以照顧小孩。說穿了就是有沒有心的問題。」

原來如此。既然從以前就是這樣，杏瑠的變化因素應該不是家庭環境。

「媽媽是從事什麼工作？」

這個問題純粹是基於興趣而問的。

「哦，我是從事這一行的。」

說著，她遞出一張名片，上頭印的是知名服飾精品店的「公關」。她在這家服飾精品店的總公司工作，又是擔任公關，難怪對於穿著打扮如此講究。

杏瑠只對媽媽敞開心房，或許有部分是出於崇拜之情。這似乎可以成為新的推測線索。

之後，我開始享用送上的料理。每當吃到美味的義大利麵，我總是忍不住讚嘆義大利這個國家。就像在日本天天吃白飯一樣，在義大利每天都能吃到這麼好吃的東西嗎？從媽媽口中得到了關於杏瑠的些許收穫，因此我得以專心享受美味的餐點與美好的時光，踩著輕快的步伐回家。

如此這般，到了隔週的上課日。這一天同樣不是在家裡，而是在家庭餐廳上課。會有讓我進家裡上課的一天嗎？

在媽媽的陪同之下上課。杏瑠一如平時地寫國語與數學習題，而課程也一如平時地淡然進行。接著，休息時間到了。說來過意不去，今天感覺起來也和上次一樣。現在是倒飲料和用餐的時間。

我突然想到，由於用餐的緣故，兩小時中有三十分鐘是休息時間。這門課我似乎上得格外輕鬆？

我們一起去倒飲料，回到座位上。杏瑠選的是烏龍茶。入座時，她因為手撞到扶手而打翻了烏龍茶；然而，餐廳的地板並未弄溼，因為大部分都被我的牛仔褲吸收了。

「啊！對不起！」

杏瑠忍不住出聲叫道。

「不，沒關係。」

我用桌上的紙巾和溼巾擦拭水分。

杏瑠和媽媽也一起幫忙。

「老師，對不起。」

「不，完全沒問題。烏龍茶不會黏答答的，乾了就好了。」

「可是褲子會弄髒吧……？」

「應該不至於吧！烏龍茶就算打翻，顏色也不明顯。再說，牛仔褲髒一點，看起來比較帥氣。」

雖然我這麼說，杏瑠還是一臉歉疚。在日常生活裡，不帶惡意的過失是很常見的。在這種案例之中，犯下過失的那一方通常會感到歉疚。

我得想個辦法，畢竟她只是個12歲的小女孩。

我大力宣揚牛仔褲髒了比較帥氣的理由。

杏瑠看著我的眼睛，頻頻點頭。

「服飾有兩種，一種是剛買來的時候最帥氣，一種是剛買來的時候最俗氣。對我來說，牛仔褲、布鞋和皮製品都屬於後者，使用時間越長、回憶越多，就越有韻味。就算這條牛仔褲沾上了烏龍茶漬，我還是會繼續穿，甚至會更想穿。這一點絕對錯不了。」

杏瑠一臉嚴肅地聽我說話——

「弄髒比較帥，我懂了。」

並如此喃喃回答。

如果她真的能懂這種男人的浪漫就太棒了，不過，一個12歲的小女孩能夠理解多少，實在令人存疑。

「總之，現在飲料沒了，再去倒一次吧！」

我一口氣喝光了剛才倒的蔬果汁，拿著空杯站了起來。

杏瑠快步跟在我的身後。到了飲料吧，我試著和她交談。

「杏瑠，妳還在猶豫要不要報考私校嗎？還是已經決定不考了？」

第一次上課的時候，這個問題被她以歪頭作結；今天呢？希望她肯回答我。

「我想考。」

她回答了。超乎想像的如釋重負感在我的胸口擴散開來。

我以前養過倉鼠。我每天都會把倉鼠從籠子裡放出來，讓牠散步三十分鐘。放出來時，由於籠子和地面的高度有落差，我怕牠不好走，便伸出手來；而牠嗅了嗅我的手以後，便露骨地避開我的手，跳下地面。

我每天都會伸手，而牠每天都會露骨地避開，讓我每天都小受打擊。然而某一天，我一如平時地伸出了手，倉鼠也一如平時地嗅了嗅我的手。

接著，命運的瞬間降臨了。這一天，倉鼠終於跳到了我的手上，而且之後還在我的手上理毛，在我的手上放鬆！我心中感動不已。

沒錯，杳瑠回答我的問題時，我想起了飼養倉鼠時的那種感覺。

「是嗎？我很高興能夠聽到妳明確地說出自己的意見。之前我聽妳媽媽說過希望讓妳報考私校，可是妳媽媽好像又有點猶豫。這下子可以切換成應考用的課程了。時間所剩不多，以歷年題庫為中心吧！志願校已經決定了吧？」

「對，決定了。我去補習的時候，偏差值還有點不夠……」

「還有兩個月。有兩個月，可以做很多事情。」

杳瑠倒了柳橙汁，我則是倒了綜合蔬果汁。

「老師真的很喜歡這種果汁耶！」

「是啊！感覺上有益健康，不是嗎？」

「光喝果汁就能健康嗎？」

「哎，光靠果汁應該不夠吧！不過有喝總比沒喝好。」

「我看電視上說過，飲料吧裡成本最高的就是蔬菜汁。」

「是嗎？那就是最划算又最健康了。」

回到座位上以後，我們繼續閒聊。

我們居然可以這樣閒話家常，連我都感到驚訝不已，坐在一旁打電腦的媽媽自然更是驚訝。

我並不是能夠透視人心的超能力者，而是因為媽媽一臉驚訝地看著我，所以我才知道。

見了媽媽的表情，我的驚訝程度大概有杏瑠跟我說話時的一半。這個人和女兒不同，表情豐富，心事全寫在臉上。之後，兩個小時經過，課程結束了。

離開家庭餐廳以後，我和杉原母女道別，走向車站。

走到一半，我的手機開始震動。我收到了郵件，寄件人是媽媽。

『你已經回家了嗎？如果有空，可以在艾妥列的星巴克等我嗎？』

我從阿美橫口走向車站，並未前往剪票口，而是右轉來到星巴克。過了二十分鐘左右，媽媽來了。

「好厲害，我還以為你用了什麼魔法呢！我已經好久沒看到杏瑠和我以外的人說話了，尤其是和成年男性說話，從她變成這樣以前就很少見了。」

「我也很開心。和她有了交流以後，上起課來的反應完全不同。我終於有了做好分內工作的感覺了。」

「不知道還趕得上考試嗎？我希望她能夠上好學校。」

「對了，她的志願校是哪裡？」

我用智慧型手機搜尋「東京都、私立、偏差值」，叫出了依偏差值排列的校名清單。

「她還在上補習班的時候，目標是這一帶。」

媽媽指給我看。雖然不是頂尖學校，卻也是確立了品牌形象的學校；換句話說，就是有錢人家的少爺和千金小姐就讀的那種學校。

第二志願是知名的貴族女中，備胎校也是這種類型的學校。

就目前的狀況判斷，雖然不到遙不可及的地步，卻也是一大挑戰。剩下的兩個月時間必須妥善運用才行。

「現在知道志願校是哪裡了，從下次開始，我會把上課內容切換為歷年題庫。時間不多，所以我會出很多作業。平時她在家裡唸書的時候，爸爸媽媽會教她嗎？」

「外子不在家，基本上是我在教。」

「考國中，家庭學習要有家人的協助才有成效。考高中的時候，就是學生自發性唸書居多了。」

「包在我身上。你的意思是那孩子沒有我不行，所以要我盯著她寫作業吧？」

「哎……可以這麼說。」

「要不要再來一杯？看你想點什麼都行。」

我恭敬不如從命，又喝了一杯。從下個禮拜開始努力吧！聊得開心，咖啡的味道似乎也變得更加可口了。平時我鮮少去星巴克，不過真的很好喝。

我從上野站搭乘地下鐵銀座線，轉乘半藏門線，前往神保町，在書店街買了杏瑠的第一至第三志願的歷年題庫。

為了慎重起見，我也買了原本打算推薦的備胎校的歷年題庫。這所學校的品牌形象雖然不明確，但是學校設施十分齊全，換句話說，是「內行人才知道好」的學校。

學費在私立中學之中偏貴，是這所學校的缺點，不過我覺得杉原家應該不會在乎這一點。

我拿著四本歷年題庫回到了家。每一所學校的題庫都有十年份，在下個禮拜之前，我自己也得做完一半才行。講師的工作附帶了一種名叫備課的回家作業。

對於大多數學生而言，國中入學考是人生的第一個分歧點。

當事人與講師同心協力，才能獲得好成績，用兩人三腳來形容，真是再貼切不過了。和學生一起高興，一起懊惱，一起辛苦。我不能只是擺個架子給學生出作業。說來遺憾，這樣的老師很多。

*

到了隔週的星期四。

我從大學直接前往上野。這一個禮拜間，我在大學上課的時候也在做歷年題庫；托杏瑠的福，無聊的課堂變得有意義許多，我相當感謝她。

我大幅超越了做完一半的目標，居然把四所學校的全年份題庫都做完了。這一個禮拜應該是我大學生活中用腦最多的禮拜。

前幾天媽媽傳了封郵件來，上頭寫著：「從這個禮拜開始，不在家庭餐廳上課，改在我家的客廳上課。看來杏瑠的心房已經打開了？（笑）」

今天就要開始準備入學考，在家庭餐廳上課，會被周圍的聲音干擾。在家裡安靜多了，我求之不得。

上完大學的課以後，我搭乘地下鐵銀座線，前往上野站，從車站走到華廈，通過入口大廳，搭乘電梯上了八樓。

我按下門鈴，原本以為會是母女倆一起出來應門，沒想到還多了一個人。

不對，是一隻狗。不，既然是家人，用一個人來算也行吧！

那是隻玩具貴賓狗。我很喜歡動物，家裡有貓狗，讓我很開心。我連招呼都沒打，便說道：「原來你們有養玩具貴賓狗啊！好可愛。」

「不是的，老師，我們家摩卡是茶杯貴賓狗。很小隻吧？」

媽媽回答。我不清楚玩具貴賓狗的體型通常是多大，直到現在才知道世上還有茶杯貴賓狗這種品種。牠比茶杯大多了吧?我雖然這麼想,還是覺得牠好可愛。

我走進玄關時,摩卡微微往後退。

為了和摩卡打招呼,我微微彎下身子,伸出了手背。摩卡聞了聞我的手背,終於鎮定下來了。

人類大多是靠視覺捕捉世界,而狗則是靠嗅覺,所以我得先讓牠聞我的味道。就拿我們人類來說,要是看不到初次見面的人長什麼模樣,也會滿腹狐疑。

如果一個人在說完「你好,幸會!」以後就躲起來,任誰都不會信任他。我向狗打招呼的方式就是建立在這種邏輯之上。先讓牠聞味道。我不知道這麼做對於狗而言,是不是正確的打招呼方式。順道一提,這個方式好像也可以應用在貓身上。

「幸好老師不討厭狗。今天就麻煩你用這張桌子上課了。」

桌上已經備好了文具用品和單面空白的廢紙,也就是計算紙。我在桌邊坐下,為上課進行準備。我拿出歷年題庫和愛筆。好了,可以開始上課了。

這是附帶開放式系統廚房的客廳。基本上,媽媽都是坐在廚房的椅子上工作。

我立刻要杏瑠做歷年題庫。

私立學校的考題通常不會年年大幅變動,就算不實際做完十年份的題庫,只需要瀏覽一遍,大概就知道會出哪些題目。掌握了這一點之後,再去了解學生容易答錯哪些單元。

容易答錯的單元如果是兩、三年出題一次，就視為複習重點，因為今年也有可能會出。如果十年間都沒有出題，那今年應該也不會出了。

較具代表性的數學題目是角度運算題、雞兔同籠問題，以及比值和比例運算題，這些題目大多數學校都會出。反倒是矩陣運算題，鮮少有學校會大量出這類題目。

至於國語，絕大多數的學校都會出記敘文、論說文和漢字題，其他則是取決於各校的特色。出詩題的學校不少，但是出散文詩的學校至今我只看過一所。

志願校可能不會出題的單元，到了二月大考的最後衝刺期十二月，就不需要再加強了。

話說回來，茶杯貴賓狗對於新來乍到的人類似乎興味盎然，一直在腳邊聞我的味道。

太好了，對於牠而言，我的打招呼方式沒有錯。不理睬牠太過冷淡，所以我偶爾會摸摸牠。牠並沒有反抗，不時在客廳裡跑來跑去，又回到我的腳邊聞味道。

而我就摸摸牠，這樣的情況一再重演。見狀——

「老師，狗一直打擾你，害你無法集中精神吧？要我把牠帶開嗎？」

媽媽如此說道。

「不，沒關係。牠好可愛，我希望牠留下來。」

我回答。

「老師，你喜歡狗嗎？」

杏瑠詢問。

「當然。」

我回答。

如此這般，我開始批閱杏瑠的答案。數學滿分100，她得了40分。杏瑠和媽媽對於結果都大失所望，但是對於我而言，卻是在預料之中。就算是偏差值低於自己水準的學校，做歷年題庫時，一下子就能拿到高分的人少之又少，大多是得40～50分，有的人甚至更低。

而國中入學考通常不用考到100或80分也沒問題。大多數的學校只要考到55～65分之間，就算及格了。如果是出難題考驗應用能力的學校，及格分數可能是45分；而如果是考驗基本解題能力的學校，及格分數可能是75分。

換句話說，光靠數字來解讀歷年題庫的分數，會誤判許多事。一開始得了40分，只要擬定對策，再提升20分就沒問題了。

學生的水準會在兩個月間上升，但是考題的水準通常不會有所變動。所以，第一次做歷年題庫得40分，完全在預料範圍之內。我也向杏瑠和媽媽說明了這個道理。不需要為了這個數字而悲觀，反而是大有可為。

我抄下出題頻率高卻答錯的單元，開始講解。今天光是做這些事，就花了整整一百二十分鐘。

老實說，我還想繼續教下去，但若是我這麼做，學生就無法養成老師不在的時候自行唸書的習慣。

「今天的作業很多，記得要寫完。四所學校的歷年題庫各做兩年份，下個禮拜之前做完。記得要測量時間，自己批改，答錯的問題要複習；複習了還是不懂的問題做個記號，下個禮拜我會講解。好好加油吧！」

「是，我會加油的。」

雖然杏瑠如此回答，步調突然變得這麼快，不知道她跟得上嗎？這種時候，需要家人的支持。

不知幾時間，茶杯貴賓狗趴在我的膝蓋上睡著了。雖然依依不捨，今天只能先回家了。

幾天後，媽媽寄了郵件來。

『恭喜！杏瑠說她希望下次可以在自己的房間上課。這或許是她有生以來第一次讓男人進房間喔！（笑）』

信上是這麼說的。我不禁暗想：連爸爸都沒進過房間嗎？在杏瑠的房間上課，摩卡也會在場嗎？

「了解。歷年題庫她做了嗎？」

我如此回覆。

『有我盯著她，沒問題。那孩子沒有我不行。』

而她隨即回了信。

*

隔週的星期四。

我從大學前往上野。上個禮拜把四所學校的十年份歷年題庫都做完了，所以這個禮拜上課時我又閒著沒事幹了。早知道就別急著做完，分成兩個禮拜來做。我一面胡思亂想，一面從車站走向華廈，搭乘電梯上了八樓。

首先，我在玄關向摩卡打招呼。今天我同樣伸出了手背給牠聞。媽媽帶我穿越客廳，前往杏瑠的房間，而摩卡也跟在我的身後，進了房裡。好耶，太棒了。牠在場也無妨。

接著開始上課。杏瑠事先寫完了作業，因此我得以將一百二十分鐘完全用在講解和複習上。然而，由於有國語和數學兩個科目，即使只針對不懂的地方，時間還是很匆促。

而今天的作業變得更多了。除了上次的內容以外，還加上了這次上課中沒有複習到的單元。

「嗚嗚，作業變多了……」

「這個禮拜很吃力嗎？」

她點了點頭。我想也是。

「爸爸和媽媽有教妳功課嗎？」

「爸爸沒回家，媽媽有時候會教我。」

這麼一提，聽說爸爸從以前就鮮少回家。這是不是她突然拒絕與人交流的原因之一？

我如此暗忖，開口詢問：

「杏瑠，妳有討厭的人嗎？」

她沉吟了片刻。

「我有很多討厭的人。」

她回答。

「是啊！我也有很多討厭的人。最討厭的就是，唔……」

我也略微沉吟。

「在推特上推文宣稱『我去居酒屋，店員居然要確認我的年齡』或『被搭訕害我遲到，有夠煩的』的女性。」

杏瑠笑了。

「什麼跟什麼！不過這種人真的很討厭。」

「對吧？不知怎麼地，看了就討厭。」

「我討厭男人。」

「是嗎？我呢？」

「老師沒關係，不過我特別討厭成年男人。」

「是嗎？我呢？」

「我說過，老師沒關係啦！」

當我回過神來時，發現摩卡今天也一樣趴在我盤起的腿上休息。牠或許是認為杏瑠腿上的空間太小，不足以趴著休息吧！現在已經是冬天了，就算開著暖氣，地板還是涼颼颼的。

只要摩卡開心，要我出借溫暖的膝蓋幾個小時都沒問題。我帶著疼愛之情撫摸牠。

「老師喜歡狗？」

「嗯，超喜歡。」

「為什麼？」

這麼一提，我為何喜歡狗？不光是狗，動物我都喜歡，喜歡到可以在上野動物園耗上一整天的地步。

我從沒思考過這個問題，緩緩地揀選言詞，回答：

「這個嘛，應該是因為動物不會背叛我吧！」

「什麼意思？」

「我覺得動物不像人類那麼容易背叛，只要我別對牠們做出殘酷的事。」

「這樣啊……」

杏瑠陷入沉思。我說了什麼讓她不開心的話嗎？

片刻過後，杏瑠突然問道：

「老師，你有在玩推特嗎？」

她到底怎麼了？

「嗯，有啊！我偶爾會推文，通常都是用來看朋友的推文。」

杏瑠突然在紙條上寫了些文字遞給我。

那段文字以@為首，再加上幾個英文字母，應該是推特帳號吧！

「老師，絕對別跟其他人說，也別告訴媽媽！拜託！」

總之，我對折過後，放進了手機保護套的口袋裡。

上完課後我們又聊了一陣子，時間過了三十分鐘。

我和摩卡回到客廳。

「哎呀，怎麼這麼久？你們在做什麼？」

媽媽淘氣地問道。這種時候該怎麼回答？我想不出風趣的答覆——

「對不起，時間超過這麼久。」

只能這麼回答。

「要在上課時間教完歷年題庫太難了。下個禮拜也麻煩你用這股衝勁繼續上課囉！」

「我會全力以赴的。作業變得更多了，麻煩您幫忙盯著。」

說完，這個禮拜我也同樣抱著對摩卡的依依不捨之情，離開了杉原家。

我搭乘電車回到荻窪站。

在站前商店街吃完飯後，我回到家，從手機保護套的口袋中拿出杏瑠給我的紙條。這是她的推特帳號嗎？我在推特的搜尋欄位中鍵入了紙條上的帳號。

出現的是「粉領族一年級！股票投資女孩」的帳號。這不可能是杏瑠。我打錯了嗎？

我重新檢視紙條，逐字確認，小心翼翼地輸入，並按下搜尋鍵。

「粉領族一年級！股票投資女孩」。出現的依然是這個帳號。會不會是杏瑠寫錯了？

我又搜尋了一次，出現的仍舊是同一個帳號。

下個禮拜見面時，再問她正確的帳號吧！機會難得，我來看看這個帳號的推文好了。

「粉領族一年級！股票投資女孩」的跟隨者人數超過四萬人。

推文內容正如帳號名稱所示，股票投資占了七成，偶爾還有去丸之內大樓的餐廳吃飯的照片。這個人是在丸之內工作嗎？既然自稱是粉領族一年級，那就是接近二十歲或二十出頭的女性。她也貼了部落格的網址。點進去一看，部落格裡寫的也是股票投資的事。

我閱讀部落格最上方的文章，從日期判斷，應該是最新的文章。上頭刊登了照片，是顯示股票買賣紀錄的電腦畫面。內文宣稱在這一年間她的資產已經翻了倍。

文章寫得淺顯易懂又風趣，連我這種對股票一無所知的新手也看得懂。我又重新瀏覽了關於股票投資的推文一次，內容是如何運用股票，以及配合當下股價的買賣技巧。

對於不久前還得動用存款生活的我而言，投資是完全無緣的世界；不過，從大二開始多了門叫做「公司法」的必修課，從歷年題庫可知這門課的考試每年都會出關於股票的問答題。要拿到大學學分，歷年題庫同樣掌握了致勝關鍵。

順道一提，大學的考試比國中入學考寬鬆多了，三年前的題目連數字都沒改就再次登上考卷的情況時而可見。換句話說，就算不唸書，只要把答案背起來，就能通過考試。無論在任何時候，師法先人的精神都是很重要的。

如此這般，為了取得公司法的學分，我跟隨了「粉領族一年級！股票投資女孩」。有空的時候，也把部落格看完吧！應該可以學到有趣又實用的股票相關知識。我暫且告一段落，去打開浴室的水溫加熱器。

我的洗澡時間頗長。泡在浴缸裡讀書，是我結束一天的習慣，或許就跟工作完後來杯啤酒的意思差不多吧！順道一提，啤酒很苦，我不愛喝。

今天也一樣，在一天即將結束之際，我拿著看到一半的書，走向浴室。我使用浴缸的半邊蓋子當書桌，說來意外，這樣書本完全不會被弄溼。在冬天，即使身體泡暖了，手往往還是冰的；不過，沉浸於書本之中，過了片刻以後，就會連指尖也在不知不覺間變得暖呼呼的。這大概就是俗稱的半身浴吧！

這一天，我同樣沉浸於書中兩小時之久。

推理小說往往教人欲罷不能，一看就看到最後。

據說半身浴有益健康，這代表我每天都在做有益健康的事。我用蓮蓬頭沖掉汗水，走出浴缸，擦乾身體，換上了家居服。

我察覺手機的通知欄顯示了推特的訊息，便開啟應用程式，點閱私訊。傳訊給我的竟然是「粉領族一年級！股票投資女孩」。

不會吧！我連忙點開訊息觀看，顯示的是〈**老師，我是杏瑠**〉。

我不敢置信。這個帳號是杏瑠的？

〈妳是杉原杏瑠本人？〉我回覆。

對方隨即回覆了。〈對，這個帳號是我的。我不是23歲的粉領族！〉

〈部落格的內容很有趣，我忍不住就跟隨了。現在是什麼情形，我有點搞不清楚。〉

〈是啊，我謊報年齡。我想跟老師商量這件事，星期六1點，您能來我家一趟嗎？〉

〈好啊！反正我也沒有其他行程。要瞞著妳媽媽嗎？〉

〈謝謝！請您別跟媽媽說。〉

〈了解。〉

〈那後天我就在家等老師了。〉

〈了解。〉

我還是搞不清楚狀況。杏瑠在投資股票嗎？

如果是，小學生在法律上可以投資股票嗎？還是有人在幫她？種種疑惑浮上腦海，後天星期六見面的時候，再向她問個清楚吧！我重新體認到人不可貌相的道理。

＊

我在大學只有星期一、二、四、五有課。

星期三和六日都放假。從高中升上大學以後，我的頭一個感想就是假日真多。

然而，一堂課變成九十分鐘，所以上課時的疲勞感也非同小可。基本上，課都是學生自行選的，所以也有學生在星期三排課；不過，既然學校好心不在星期三排必修課，我也就從善如流了。

這讓我發現一件事。如果星期三放假，世界應該會和平許多吧！一個禮拜的正中間放假，精神上就會變得很輕鬆。六日放假，努力撐過星期一。假日前夕總是比平時有幹勁，就像星期五那樣；所以星期三放假，人們在星期二就會提起幹勁，而星期三放假，撐過星期四，就是星期五了。

如果我成了政治家，一定會把絕大多數的國定假日都移到星期三。

大學生的時間真的很多，多到可以讓我在星期六的午後胡思亂想。

我搭乘中央線來到神田，轉乘地下鐵銀座線前往上野。

我在1點準時抵達杉原家，按下門鈴，杏瑠和摩卡一起出來應門。杏瑠帶我前往房間，而摩卡從一開始就理所當然地趴到了我的膝蓋上。

光是如此，讓我覺得花費寶貴的星期六是值得的。我緊緊地關上了房門。

「老師，趁著媽媽還沒回家的時候談吧？」

「是啊！媽媽什麼時候回來？」

「星期六早的話是傍晚，晚的話可能不回來。」

「那就不用急了。」

杏瑠拿了筆記型電腦過來。

「老師，你看這個。」

那是先前在部落格上刊登的交易畫面。

「啊，我在部落格上也有看到！真的是妳啊！」

「其實我從一年級的時候就開始買賣股票了。」

「太驚人了。這麼說來，妳的投資資歷已經有六年了？這麼小就可以投資嗎？」

「只要家長同意就行。爸爸在我一年級的時候，為了讓我學習如何運用金錢，替我開了投資用的帳戶。不過我也不是六年間都在投資就是了……」

「妳媽媽知道嗎？」

「不曉得。我沒說，但是爸爸或許有跟她說。不過爸爸和媽媽感情不好，爸爸幾乎不回家，所以媽媽大概不知道吧！」

杏瑠小學一年級時在爸爸的鼓勵之下開設了投資用帳戶，爸爸還存了一萬日圓進戶頭裡，當作給她的紅包。當時她什麼也不懂，放著沒動，後來把二年級和三年級時的壓歲錢全數存進自己的戶頭裡，餘額便超過了十萬日圓。

此時，她突然想起這是可以投資股票的帳戶，便自行做功課，嘗試投資。一股的價格雖然便宜，但一次至少得買一百股，所以並不是任何一檔股票她都買得起。她一面投資，一面摸索，慢慢學會了規則。

她在部落格上也說過，如果只是單純買賣，規則並不複雜。放眼整個股市，十萬日圓買得起的股票並不多，而她從其中挑選了一家新創食品公司投資。她將十萬日圓全數投資在這家公司之上。

「妳為什麼選擇那家企業？」

「因為我看了它的公司概要以後，覺得很有意思。居然想到要把綠蟲藻做成食品，增進健康。」

「綠蟲藻？」

「上頭說研究結果顯示綠蟲藻有多種增進健康的效果，將來地球因為人口增加而產生糧食危機時，綠蟲藻有望成為克服危機的關鍵，所以我才投資那家公司的。」

投資從事有用研究的公司，這是正確且理性的投資動機。

後來她把股票擱置了一陣子，隔了半年一看，股票居然漲了五倍。

她大吃一驚，查詢過後才知道那家公司是世界第一家成功培養綠蟲藻的公司。目前成功培養綠蟲藻的公司依然只有這一家，因此股票仍在持續微幅上漲中。杏瑠的過人之處是她並沒有在股價漲了五倍的時候把股票全數賣掉；她認為這家公司還會繼續成長，所以只賣了一半，將二十五萬日圓分成五等分，又買了其他五檔股票。

如果看到十萬在短短半年間變成了五十萬，我應該會全數脫手吧！有這種想法的我或許不適合投資股票。之後，她又有好一陣子沒去關注股價，升上四年級以後，她確認各檔股票的價格，發現全數漲價了。

當時的合計金額大約是一百五十萬日圓。杏瑠從中賣掉五十萬日圓的股票，又去購買別檔股票。如此這般，她現在成了持有二十家公司股票的小六生。在部落格裡，她一再苦口婆心地提倡「分散投資」。

將所有資金全數投資在同一檔股票，如果股價大漲倒還好，大幅下跌時，可就損失慘重了。用同樣的金額投資，分散到多檔股票上，虧損的風險就會變小。她完美地實踐了分散投資。

之後，她發現了股票的樂趣，自行購買書籍學習，直到今天。

尤其今年全球股價高漲，經濟新聞甚至說這是「難以虧損的一年」。的確，這一年股價上漲的新聞好像特別多。新聞常說「日本的景氣復甦了」，但老實說，我完全感受不到。

杏瑠是從今年四月開始在推特上發表自己學到的投資技巧的。創設帳號至今約八個月，轉眼間就成了話題，跟隨者人數超過了四萬人。她還附上交易紀錄與金額的照片，證明自己運用部落格上的技巧獲得的成果。

有了這些證明，說服力可就大不相同了。就算自己不投資，看著她成功也很痛快。推特和部落格的文章淺顯易懂又有趣，連小學生都看得懂。

實際上真的是小學生寫的，難怪才幾個月就博得這麼多人氣。

「好厲害，妳還這麼小，根本是天才投資客啊！」

「不，只是運氣好而已……」

杏瑠露出了靦腆之色。帳戶上顯示的金額遠遠超過我今年當家教能夠賺取的總額，連位數都不一樣。

「話說回來，妳為什麼要自稱為23歲的粉領族？」

「要是被人知道我是小學生，我怕會發生問題……可是，自稱23歲也不行……今天我要給老師看的就是這個。」

說著，她用電腦開啟推特，點閱訊息。

她出示的是幾個男性寄給她的訊息和照片。

從想約她見面開始，接著是「妳有男朋友嗎？」、「在哪裡工作？」等一連串的問題攻勢。

當然，杏瑠並未理會他們，但這些訊息反而變本加厲了。

訊息之中開始出現猥褻字眼，最後甚至附上了照片，全是些連我都不想看的東西。我啞然無語。實在太過分了。

杏瑠依然沒有理會，而言語暴力就此展開了。醜八怪、去死、消失吧等字眼是基本款，除此之外，還寄了一堆讓我不禁感嘆他們真有閒工夫的訊息。

「大人在推特之類的檯面上都把話說得很好聽，背地裡卻這麼骯髒，我覺得人類真的好恐怖。」

我彷彿窺見了杏瑠心中的陰暗面。她一定受到了傷害吧！在公開場合說好聽話，背地裡卻做出如此過分的行為，難怪杏瑠的心頭會蒙上一層陰影。

推特、留言板、ＬＩＮＥ、ＩＧ，這些都是交流的工具。像這樣直接傳送給本人的言語是種暴力，背著本人所說的壞話也是種暴力。就算是在本人看不見的地方推文或留言，還是會有其他人看見，惡評便會在本人不知情的狀態之下擴散開來，無憑無據的說詞反而顯得可信。

以杏瑠的狀況而言，光是本人就收到了這麼多的惡意，不知道在其他地方還有多少惡意圍繞著她打轉？

光是想像，我就毛骨悚然，即使我並非當事人。

「欸，這就是妳討厭大人的原因嗎？」

「嗯，對啊！我不敢跟其他人說。大人自私自利地傷害別人，完全不覺得自己有錯。他們會說謊，毫不在乎地背叛別人。當然，小孩也會這樣，可是大人嚴重多了。」

沒想到杏瑠一直把如此重大的問題藏在心裡。

不知不覺間，窗外的天色已經黑了，媽媽隨時可能回家。

「欸，要是遇上了什麼事，不要藏在心裡，傳訊跟我說。反正我們已經互相跟隨了。」

「嗯，謝謝。」

摩卡，給杏瑠力量吧！你是動物，不會背叛她。

我在心中如此訴說之後，快步離開了杉原家。

我在阿美橫閒逛了一陣子，走進了廣受好評的立食壽司店。雖然是星期六，但是離晚餐時段還有一段時間，所以一下子就輪到我了。這裡的鮭魚很好吃。

我邊吃邊想。杏瑠不希望我把今天的事告訴媽媽。

杏瑠和媽媽的關係究竟如何？

杏瑠是怎麼看待媽媽，而媽媽又是怎麼看待杏瑠的？

我能為杏瑠的人生做什麼？

我一面思考，一面用可口的壽司填飽肚皮，結完帳之後，走向車站。

突然有人從身後拍我的肩膀。回頭一看，是杏瑠的媽媽。糟了，我該回家以後再吃飯的。現在後悔已經來不及了。

我們換了家店，來到上野的居酒屋。

糟了。早知道要在這裡吃晚餐，剛才就別吃那麼多立食壽司了。

現在不是悠悠哉哉地想這種事的時候。

「老師，真巧啊！怎麼會來這裡？」

「呃，假日我常來上野。」

這不是謊言。

「你和杏瑠見了面？」

「不，沒有啊！」

這是謊言。

「你說謊。」

穿幫了。

「我不會責備老師的。老師看起來也不像是個會染指12歲小孩的人。」

我的直覺告訴我，最好別跟媽媽說杏瑠要我瞞著她的事。

「是討論課業方面的事嗎？」

「這個嘛，她找我商量事情。」

「商量什麼？」

「抱歉，我不能說。」

「為什麼？」

「我覺得最好別跟媽媽說。」

媽媽一臉訝異地看著我。但願我沒有引起不必要的誤會。

如果要在不撒謊的前提之下說明原委，只怕會加深誤會。

媽媽，請您支持杏瑠——換作幾天前，我應該會對眼前的她這麼說吧！

不過，不知何故，現在我不認為這句話是最佳選擇。

「哎，算了。不過，以後你要和杏瑠見面的時候，一定要聯絡我，知道嗎？」

「知道了。」

傷腦筋，這個承諾我能守住多久？

見我幾乎沒動料理，媽媽便早早結帳離店了。

這回我總算是走向了車站，搭上電車，一路顛簸回家。

我在玄關確認手機，發現杏瑠透過推特傳私訊給我。

「老師，明天能見面嗎？我有話要跟你說。大概約17點，只要一小時就好。如果不行，就改約星期一。」

「沒問題。」

「那17點在上野吉池的入口見。」

對媽媽的承諾這麼快就守不住了。

隔天，我在上野知名的鮮魚店吉池前等候，不久後，杏瑠便現身了。

「星期日是我負責採買，為了不讓媽媽起疑，可以邊買邊談嗎？」

星期日媽媽應該放假吧！這種時候，杏瑠沒事外出，確實顯得太過可疑了。

「昨天你和媽媽見過面了吧？」

「抱歉，我想吃完飯再回去，沒想到就遇見了妳媽媽。」

「不要緊，這也沒辦法。老師，你跟她透露了多少？」

「不，我什麼也沒說。」

「真的？真的什麼也沒說？」

「真的，真的什麼也沒說。」

「媽媽昨天回家以後，問我有沒有什麼事瞞著她，我還以為是老師說了什麼……」

她邊說邊挑魚。

「欸，老師，媽媽沒有我不行。」

真有意思。媽媽曾說「杏瑠沒有我不行」，而現在杏瑠則是說了完全相反的話。

「媽媽沒有爸爸在身邊支持她，所以就拿我當精神支柱，這也沒辦法。其實我好想過無所事事的生活。我想搬出去一個人住，不想去上學。」

她具備在這個資本主義社會．日本活下去的技能，只要別揮霍，她已經擁有足以讓自己生活到成年的金錢；所以她的這番話聽起來極具分量，完全不像小學生的戲言。

「媽媽和爸爸明明是相愛才結婚的，現在卻跟陌生人一樣。大人都是這樣嗎？學校的朋友老愛說別人的壞話，我信不過。可是不去上學，媽媽會傷心，我只好乖乖去上學，也不敢跟她說我想搬出去自己住。」

她一面採買，一面滔滔不絕地說道。

有沒有什麼辦法能夠減輕她現在的負擔？我突然想起一個疑問，開口問道：

「欸，杏瑠，妳是真的想報考私立學校嗎？」

「嗯，不考不行。」

「不是因為妳想考，而是不考不行？」

「公立學校水準太低，所以必須考私立學校。」

「什麼意思？公立有公立的優缺點，私立也有私立的優缺點。妳為什麼這麼想？」

「讀好的私立學校，上好的大學，才會認識很多高水準的人吧？沒和這種人認識、結婚，就會變得不幸。女人要和條件好的男人結婚才會幸福，對吧？會傳那種訊息和照片的，鐵定是讀公立國中，連高中也沒上的人！」

我從未聽過如此直接的學歷歧視。

從杏瑠的口中聽到這番話，讓我產生了輕微的暈眩感。

「欸，杏瑠，這些話是別人跟妳說的嗎？還是妳自己得出的結論？」

杏瑠默默地採買，她的眼神很認真。拜託，千萬別說是妳自己得出的結論。

「是媽媽說的。」

結果如我所料，讓我鬆了口氣。

我們聊了很久，籃子裡也多了許多食品。右臂開始微微發痛。

「籃子變得好重，該去結帳了。」

「嗯。」

結完帳以後，我送杏瑠回到華廈的樓下。當然，是在極力留心，以免被媽媽發現的狀態之下。

接著，我便回家了。智慧型手機收到了一封郵件。

是媽媽寄來的。

〈明天晚上你能撥出時間來嗎？〉

〈星期一我可以在20點到都內，有點晚就是了。〉

〈沒問題。請在20點30分到新宿站東口的圓環來。〉

這個禮拜好像每天都有人找我，真忙。

隔天，傍晚的家教課結束以後，我搭乘小田急線前往新宿。

來到東口的地面層一看，明明是星期一，卻是人潮洶湧。說歸說，比起週末的新宿還是好上一點就是了。

媽媽把車停在新宿的圓環等我，我坐上了她的車。

「我已經在惠比壽訂好21點的位子了。」

說著，她發動車子。平日的這個時間路上車很多。

我們在21點出頭抵達餐廳，媽媽已經預訂了全餐。店裡的裝潢充滿民族風氣息，既舒適又恬靜。

她居然知道這麼有格調的店。我開始享用送上的料理，前菜和湯都很可口。

「最近杏瑠漸漸改變了。」

「是往好的方向嗎？」

「當然。老師來了以後，那孩子變得開朗多了。我覺得她應該可以變回原來那個乖孩子。」

「這不是我的功勞，應該是她正視自己的心，領悟了什麼吧！」

「那孩子還是個適合背護脊書包的小學生，沒有我看著她不行。」

沙拉、魚料理依序上桌。杏瑠背著的可不是護脊書包足以容納的東西。

我不發一語，朝著料理伸出手來。

「欸，最近都在上什麼課？」

「如同我報告過的，是以歷年題庫的練習、講解和複習為主。」

「你們都聊些什麼？應該有我不知道的事吧？那孩子有了變化，是因為跟你說了什麼心事，或是你說了什麼話打動了她吧？」

「沒什麼特別的。」

「你說謊。」

為何女性總是這麼快斷定別人說謊？不過她說中了，我確實是在說謊。這就是女人的直覺嗎？

「不，真的沒什麼。」

這樣的說詞雖然牽強，但我實在不願意違背對杏瑠的承諾。

肉類料理上桌了，是香草烤雞，香菜風味頗為強烈。

胸口漸漸有塊沉甸甸的大石頭壓了上來，害得我無心享受料理。我盡可能說些無關緊要的話題。接著，甜點上桌了。

媽媽看出我在避重就輕，變得有些焦躁。

「那孩子對你敞開心房，我很開心。因為她對我而言，是無可取代的存在。」

說著，她一口氣喝光了自己點的薑汁汽水。

由於開動時間較晚，夜已經相當深沉了。我也將自己點的芭樂汁一口氣喝光。

「我送你回去，你要搭便車吧？」

「可以嗎？謝謝。」

時間已經過了23點30分。越接近末班車，JR就越擁擠。

我決定恭敬不如從命，走到停車場，坐進了副駕駛座。

「杏瑠的房間乾淨嗎？」

「嗯，整理得很乾淨。」

「是嗎？那就好。她平時很少整理房間。」

我回想起昨天杏瑠的房間，一點也不凌亂，東西很少，看起來乾乾淨淨的。

「欸，我會送你回去，陪我喝一杯吧！」

坐在副駕駛座上還能拒絕這種要求的，大概只有美國的生意人吧！說來遺憾，我是土生土長的日本人。我就這麼任車子載著我，不久後，六本木的景色映入了眼簾。我們將車子停在停車場裡，走下通往大樓地下的樓梯。

打開掛著「ＯＰＥＮ」牌子的木門一看，裡頭是個氣氛幽靜的吧檯式酒吧。

店內並不寬敞，吧檯共有十個座位，沒有桌位。

光看構造，活像新宿黃金街那種充滿親近感的骯髒酒吧。當然，這家店的氣氛完全不一樣。

吧檯內側是個西裝筆挺的酒保。他雙眼低垂地招呼我們：「歡迎光臨。」是位很迷人的男性。

店內最深處有個中年男性正在獨自凝視著酒杯。

店裡很安靜，背景音樂是鋼琴、小喇叭和鼓合奏而成的純音樂。

我們在正中央的吧檯座坐了下來。

「來兩杯平時的飲料。」

媽媽點了飲料，酒保立刻開始調製。

我平時完全不去酒吧，這樣的步驟讓我感到很新鮮。

至於酒保調酒的動作，應該不需要我說明了吧！當他真的開始在我眼前搖酒時，我有種大開眼界的感覺。

液體從雪克杯倒入酒杯之中。

「乾杯。」

酒杯互相碰撞之後，我喝了一口。

咦？這個真的有酒味。坐在右邊的媽媽也喝了。或許六本木的法律是規定喝酒也能開車，一定是這樣準沒錯。

「你當然會陪我一起喝吧？」

她用比我稍快的步調喝酒。不知道是不是醉意所致，她變得比在餐廳時更加多話。

「你現在是一個人住嗎？」

「對。」

「那你得陪我喝到底才行。喝吧！」

我想，社會人士應該都有想要喝上一整夜的時候，我就稍微奉陪一下吧！

喝到第三杯，她變得相當健談。

「做這一行，常有機會認識模特兒和藝人。別看我這樣，其實我很搶手的。」

「看得出來。」

確實如此。她雖然已經有個12歲的女兒，看起來還是很年輕，服裝也因為工作關係，總是光鮮亮麗又充滿品味。

「在服飾業工作是我的夢想，為了實現夢想，我拚命唸書。別看我這樣，我很會唸書，考試從來沒有落榜過，考大學的時候也是考上了國立大學，讓爸媽很開心。後來有不少條件好的男人自己黏上來，我從裡頭選了一個，就是現在的老公，只是現在完全沒有當時那種感覺了。不過不要緊，因為我有了杏瑠。」

「她真的是個聰明又乖巧的孩子。」

「對吧？我的人生過得很快樂，我希望我的女兒也能這麼快樂。我希望她上好學校，就算沒有我，一個人也能過得很好。要是沒嫁錯人，我的人生就堪稱完美無缺了。我希望那孩子能過上真正完美無缺的人生。」

原來如此，我似乎了解媽媽對杏瑠抱著什麼樣的心態了。她是將自己的人生投射在女兒身上。

她邊說邊喝，喝的酒約有我的兩倍多。我看著間接照明照耀眼前的酒杯，靜靜地聽她說話。

基本上，我都是一面望著在吧檯內側閃閃發亮的酒杯，一面點頭附和；而當我不經意地望向身旁時，我發現椅子的位置似乎變近了。她是什麼時候靠過來的？

不知是香水的味道，還是洗髮精的味道？她的身上帶有一股好聞的人工香氣。

「你是那種千杯不醉的人？」

「不，我已經醉了。」

「你又沒喝多少！我還以為你喝醉了就會透露口風。」

「不，我真的醉了。」

我自知酒量不好，所以一直維持著固定的步調喝酒，而我現在確實有了些許醉意，所以完全不是謊言。

「真有你的。我沒想到杏瑠會對你敞開心房。」

她的整個身子都轉向了我。我察覺她的動靜，將視線從酒杯移開，把頭轉向右邊。

她從近距離仰望著我。

「要不要試試我？」

我沒想到事情會這樣發展。我聽見了略帶醉意的腦袋全力運轉的聲音。

吧檯後的酒保正在全神貫注地擦拭酒杯。

顯然不會替我解圍。思考，快思考，灰原巧，一定有突破僵局的方法，只要你不放棄。

她有她身為女性的自尊心，而且很強。記得從前看過的書上有說過，這種時候能夠巧妙拒絕的人不但不會與人結怨，而且前途不可限量。

好，聽天由命吧！我努力裝出樂意上鉤的聲音。

「原來如此……這個提議不壞。」

這時候要盡量擺出笑臉。

「酒還沒喝夠，再喝一會兒，我們就離開這裡吧！」

我拍了拍她的肩膀，離開了座位。

「正合我意。陪大人喝酒是種禮貌。」

我去了趟廁所，在男廁裡思考接下來的戰略。我酒量不好，不能多喝，只剩速戰速決這條活路。從一開始就火力全開吧！我洗了把臉，用雙手輕拍雙頰。好，灰原巧，上陣吧！

回到座位上以後，我一開口就是點酒。

「店長，來兩杯龍舌蘭。」

這家店也有可能不提供龍舌蘭，這就是所謂的聽天由命。只見店長從身後並排的酒瓶中拿出了其中一瓶，代表有龍舌蘭。雖然知道六本木的酒吧裡沒有龍舌蘭才稀奇，但我還是有點忐忑不安。

「龍舌蘭，好久沒喝了！」

她有點亢奮。

送上來的是一口杯。我們互相乾杯，一飲而盡，鏗一聲把酒杯放回桌上。這是喝龍舌蘭一口杯的整套流程。

「別看我這樣，其實我喜歡喝烈酒。」

這是天大的謊言。

「我也愛喝。還要喝嗎？」

「再來一杯。」

原來她酒量很好嗎？哎，看得出來。局勢對我不利，但我還有其他策略。

店長立刻備好了第二杯。

我又是一飲而盡，喉嚨就像燒傷一樣滾燙。非但如此，味道很苦，一股反胃感從舌根湧上。我的身體大概沒把龍舌蘭當成飲料，而是當成了異物或毒物。酒精這種物質就跟毒物差不多，就生物學而言，我的身體反應是正確的。

「當然還要繼續喝吧？」

「好啊！」

店長開始準備第三杯。

酒杯上桌，乾杯，喝酒，放下酒杯。

這時候，我轉換了方向。

「光喝烈酒沒意思，要不要來點葡萄酒？」
「你喜歡葡萄酒嗎？」
「哎，淺嘗而已。這家店有什麼葡萄酒？」
「請看。」
酒保將酒單遞給我。
價格是日幣，法文寫成的品牌上方也有用片假名標註讀音。
這樣我也看得懂。
我拚命回想羽田爸爸說過的話。
「這家店有二軍樂華，也就是普及價位的葡萄酒，就點這個吧！」
「你對葡萄酒有研究？」
「哎，一點皮毛而已。」
不知我是否成功扮演了對葡萄酒有研究的男人？
龍舌蘭的酒力發揮得比想像中的更快。照這樣看來，或許不需要喝葡萄酒。
我像個行家一樣慢慢品嘗送上的葡萄酒。
轉動酒杯的方式，聞香的方式，欣賞色澤的方式，酒淚。
接著，我一面暢談勃艮第與波爾多的不同，一面啜飲葡萄酒。

「葡萄酒真有意思。你還這麼年輕，就懂這麼多，讓我很驚訝。你學過？」

「哎，一點皮毛而已。」

酒保全神貫注地擦拭酒杯。

「我去上個廁所。聊得這麼開心，就算只有片刻，也教人難分難捨啊！」

一開始扮演慣遊花叢的男人，語氣就變得怪怪的。不，我只是喝醉了而已。

我一進廁所，就用最快的速度把胃裡的東西全部吐出來。我必須在不至於引起懷疑的時間內吐個一乾二淨。只要在酒精被身體吸收之前吐出來，就是我贏了。

急遽喝下三杯龍舌蘭以後，慢慢飲用葡萄酒，等待反胃感襲來，忍耐到最後一秒，一口氣吐完，立刻回座。

戰略大致成功，腦袋變得清晰許多。每個人體質不同，我是那種吐了以後就能恢復原狀的類型。如果繼續喝龍舌蘭，我一定會醉得不省人事。我必須爭取時間，而幾天前和羽田爸爸共進晚餐時的經驗發揮了作用。

我若無其事地回到吧檯。噁心感全數重置，剛才那股讓大腦判斷力變得遲鈍的醉意也幾乎全消了。我找回了來店前的自己。臉色或許變得有些蒼白，多虧了間接照明，應該看不出來。

「來，再喝幾杯吧！」

「酒量很好嘛！我已經醉了。」

酒保立刻端出了龍舌蘭一口杯。哦，真機靈。就是這樣，不留間隙，進行波狀攻擊。

酒杯上桌，乾杯，喝酒，放下酒杯。

這套流程又重複了三次。不妙，視野開始模糊了。醉得果然比剛才更快。雖然重置了一遍，但是酒精正一點一滴地侵蝕著我的身體。

我已經沒有餘力了。這場勝負是我輸了嗎？我拖著搖搖晃晃的身子，又去了一次廁所，吐個乾淨。有別於剛才，我無法迅速吐完，只覺得噁心不已。第二次催吐帶給身體相當大的負擔。我不知道花了多久的時間才離開廁所。吐是吐光了，可是老實說，我已經不想再喝了。

我踩著沉重的腳步走出廁所一看，發現她趴在吧檯上。

我的老天爺啊！這一夜我以些微之差獲勝了。

我回到座位上觀察情況。她已經完全睡著了。待會兒我就悄悄離開這家店吧！

此時——

「目的達成了嗎？」

酒保緩緩問道。

「對，差不多了。只要在事後寄封信給她，說〈您醉倒了，所以我先回去了〉，目的就達成了。

「原來如此。手段很強硬，但是成功拒絕了，是吧？」

我點了點頭。

「老實說，我有察覺您的意圖，起先還考慮過要不要把您的酒換成開水。」

「真敏銳。如果您真的換成開水，我可就輕鬆多了。」

「哎，後來我改變主意了，想給不吃到口肥肉的男人一點試煉。」

「真狠心。我暫時不想再喝任何酒了。話說回來，您是怎麼察覺我的意圖的？我以為您沒在聽我們說話。」

「我的師父跟我說過，懂得裝聾作啞的酒保才是一流的酒保。」

原來他一面擦拭酒杯，一面偷聽啊？

「這個人常來嗎？」

我看著呼呼大睡的媽媽問道。

「對，週末常來光顧。」

「和男性一起來？」

「這我就無可奉告了。」

「這句話就等於是答案了。」

我們都笑了。

「大家似乎都會接受她的誘惑，所以我很感興趣。我經營這家店已經快十年了，還是頭一次碰到這種情況。世上的男人都是把女人灌醉好占便宜，您卻是把女人灌醉好不占便宜。還有關於葡萄酒的話題，真的很有趣。」

「不，其實我完全沒研究。有家很棒的店，應該就在這附近……」

「您說的是不是這裡？」

酒保用智慧型手機搜尋，顯示出某個畫面。

「對，就是這裡。我只是不久前在這裡聽了某個很有研究的人說了些相關知識而已。」

「我每個月都會去這裡一次，對於喜歡葡萄酒的人而言，這是家很有名的店。下次一起去吧？」

「好啊，一起去吧！在那之前，我會針對葡萄酒多做一些功課的。」

我和酒保交換聯絡方式以後，便搭乘計程車回家了。

在計程車裡——

〈看您好像休息了，雖然遺憾，我只好先回去了。謝謝您的招待！〉我寄出了這封郵件。

目的達成了。

隔天星期二的課我本來打算去上的，但是迫於無奈，上午只好自行放假了。沒辦法，我實在抗拒不了睡魔。

*

隔天。星期三一整天都沒課，我把時間拿來做勞作。

我列印出各種字型，買了好幾家報紙剪貼文字。

小道具完成了。

接著，我打電話給朋友。

「喂？明後兩天你有空嗎？嗯，嗯，對。」

好，人手也找到了。

再來就是……嗯，氣氛還不夠。我前往站前的唐吉訶德。

隔天星期四，我來到了杏瑠家。包包很輕。

平時包包裡總是裝著四本題庫，今天卻只有一張紙。

我按下門鈴，出來應門的只有杏瑠。

「哎呀？今天媽媽不在啊？」

「嗯，還沒回來。」

太好了。我面露賊笑，用右手打了個「上吧」的手勢。

一個戴著頭套的男人從我的背後跳出來，抓走了杏瑠。

「咦，幹嘛？咦？等等！」

他抱著手忙腳亂的杏瑠下了一樓。

我則是走進屋裡，把昨天印好的紙張放在客廳的桌子上，戴上頭套，走下一樓。

被兩個戴著頭套的男人硬塞進車子裡的小六生，會有什麼下場？

車子暢行無阻地沿著東北道北上中。我和杏瑠一起坐在第二排的座位上。

「哇！我是綁匪！」

我攤開雙手，但是杏瑠一點也不害怕。虧我為了營造氣氛，還特地買了頭套。

「老師，你在幹嘛？」

我拿下頭套。

「妳居然知道犯人是我。」

「當然啊！你要帶我去哪裡？」

我沒有回答這個問題，而是對開車的朋友說道：

「小心開車，注意安全。」

「OK！」

他是日義混血兒，但是看起來完全是個義大利人，是從國中到大學都和我玩在一塊的朋友；他雖然是個好人，但是情緒一高昂，開起車來就會變得橫衝直撞。

果然是拉丁血統所致嗎？

他的名字叫做馬可，取自聖經的「馬可福音」。他是基督徒，總是戴著十字架項鍊。會陪我這樣胡鬧的向來都是馬可。

「杏瑠，很遺憾，明天要請妳蹺課了。」

「啊？真的假的？怎麼辦……」

她突然變得悶悶不樂。

「妳在擔心什麼？」

「因為這樣媽媽會擔心，學校的老師也會生氣……」

「妳有蹺過課嗎？」

「當然沒有啊……」

我也一樣，在高中之前從來沒有想過要蹺課，但是升上大學以後，蹺課就成了家常便飯。至於小學的時候更是不用說，蹺課對我而言就和世界末日一樣嚴重。

不過，學校之外也有許多重要的事物。

或許上了大學以後，不知不覺間，我也在學校之外找到了某些重要的事物。

「杏瑠，我可以對天發誓，蹺一天課不會死人，世界也不會改變。在學校之外，還有許多數不清的重要事物。」

就在車內的氣氛變得略顯沉重之際，正在開車的馬可說道：

「欸，我想把頭套拿下來了，可以嗎？」

「你在說什麼？試著想像看看。現在是晚上20點，又是冬天，東北道一片漆黑，對向車只能依靠自己的車燈照路，對吧？」

「對啊！」

「如果對方看到在車燈的照耀之下，迎面而來的車子上坐著一個戴著頭套的義大利人，會怎麼想？」

「應該會嚇一大跳吧！」

「對吧？」

「那我還是維持這樣就好。」

我們倆哈哈大笑，杏瑠也笑了。

不知不覺間，肚子開始餓起來了。我們到休息區簡單地吃了些東西以後，重新出發。

行駛了一陣子，杏瑠突然開口問道：

「老師，前天晚上你有和媽媽見面嗎？」

「嗯，有，一起吃飯。」

「老師，後來你和媽媽上賓館了嗎？」

叭！喇叭突然作響，馬可吹了聲口哨：吁！

「並沒有！」

我扯開嗓門，好讓兩人聽見。

「真的？」

杏瑠對我投以懷疑的視線。

「妳不相信我？」

「我不相信大人。」

她鬧起脾氣來了。

「欸，妳怎麼知道前天我和妳媽媽見過面？」

「唔，應該是直覺吧……」

好厲害，原來小學六年級就具備女人的直覺了？男人果然一輩子都敵不過女人。

「你說過自己喜歡動物吧？你看起來是真的很喜歡動物。你說只要不做出殘酷的事，動物就不會背叛自己，我覺得也是真的。牛仔褲弄髒比較帥氣，聽起來也像是真話。」

「那就好。我是真的那麼想，才那樣跟妳說的。」

「所以我才想試著相信老師。我發現媽媽和爸爸鬧翻了以後，變得漂亮多了。這應該是因為她和其他男人戀愛了吧！」

我想起酒保所說的話，默默點頭，繼續聆聽。

「媽媽已經不愛爸爸了，所以才說我很重要。可是，光靠我一個人，無法支持媽媽；媽媽去找爸爸以外的男人，也是無可奈何……」

雖然時間不長，我對於杉原家的觀察．考察結果幾乎和她說的一致。

「我喜歡媽媽，可是我真的很討厭她這一點。」

「杏瑠，妳怎麼不跟媽媽說？」

「我怎麼說得出口！要是我說了，媽媽會瘋掉。」

車子在栃木縣一路暢行無阻，不久後就會離開關東地方。

杏瑠的媽媽應該看到我的「恐嚇信」了吧！

地點轉換為上野的杉原家。

由報紙和雜誌剪下的各種字型、大小不一的文字貼在同一張紙上。

杏 瑠 在 我 手 上

想 要 她 平 安 回 家 就 學 會 放 手

杏瑠的媽媽下班回家以後，拿起這張紙，一字一句地緩緩唸出來。

「什麼跟什麼？有夠蠢的……」

她露出了苦笑。

地點回到東北道。

首都高燈火通明，路燈宛若永不熄滅的火把照耀著我們，直到天明。

離開東京，來到東北道以後，則是變得一片漆黑，反而讓人覺得路燈太少了。

平日的這個時段，無論是正向車道或對向車道都沒有車。

「這輛車要開到什麼地方？」

「停車場。」

「我不是在問這個！」

「抱歉、抱歉。不過，先賣個關子，到了以後就知道了。」

「哼！對了，老師有女朋友嗎？」

「沒有。」

「欸，就算喜歡上一個人，最後感情還是會變淡嗎？」

「這我就不明白了。」

我打從心底這麼想。我是真的不明白。

「爸爸和媽媽的感情就變淡了。媽媽是不是喜歡老師啊？」

「唔，我覺得應該不是。」

「為什麼？不喜歡你，就不會邀你去酒吧了吧？」

「不，她不是因為喜歡我，而是因為很愛妳，所以才邀我去的。應該是這樣吧！我不知道這麼說妳懂不懂。」

「我不懂。」

杏瑠一臉訝異。她果然聽不懂。

「男女之間的情愛我不明白，不過妳媽媽是真的很愛妳。這種感情以後也不會變的，絕對不會。」

杏瑠默默地點頭。

時間已經接近22點，我們應該可以在預定時間抵達目的地。

我和馬可盡量延續話題，好讓杏瑠不去注意窗外。

「喂，巧！我現在要玩那招了！」

說著，馬可在行駛中關掉了所有車燈。

「嗚哇啊啊啊啊啊啊！」

杏瑠大聲尖叫，我和馬可也放聲尖叫。

在烏漆抹黑的山間高速道路上突然關掉車燈，便會出現超乎想像的黑暗。只有試過的人才知道突然襲來的黑暗帶來的那種恐怖與刺激的滋味。

雖然只關掉一、兩秒就會開燈，恢復原狀；不對，是如果超過一、兩秒，就很危險。

車內氣氛熱絡。車子下了高速道路，開進一般道路，穿過幾個像RPG那樣散布四周的小鎮，朝著山路邁進。

好，目的地就快到了。我的心臟開始撲通亂跳。

車子在蜿蜒曲折的道路上跑了好一陣子，終於抵達了。這裡是藏王高原刈田停車場，除了我們以外，還有好幾輛車。

「喂，馬可！打開吧！」

「Oh，yeah！」

馬可按下按鈕，車頂漸漸地折疊起來。

拓展於上方的是「滿天」的「滿分」星斗。

「哇！」

「這是什麼！」

「Ｙｏｏ－ｈｏｏ!!」

目睹如此美麗的景色，豈能不放聲大叫？

冬天的山上空氣很緊繃，每吸一口氣，就會有銳利的寒意侵襲身子。

穿越這種刺骨的空氣映入我們眼簾的星光，是經過千錘百鍊的。

用寶石這種廉價的字眼不足以形容。數不盡的星光。為何我有種淚水即將奪眶而出的感覺？

原來銀河是真的存在。你說這是當然的？

在東京，搞不好有人活了一輩子都沒看過銀河。真的。

杏瑠和馬可也都是興奮不已。

「欸，巧，你看！那顆星星在動！那是什麼！」

有道光緩緩移動，描繪出一條軌道。

「該不會是幽浮吧！？」

「馬可，那不是幽浮，是人造衛星。」

「騙人！人造衛星怎麼可能看得這麼清楚！」

「我第一次看到的時候也這麼想，不過在漂亮的星空裡，真的可以看得這麼清楚。」

這麼一提，我在都會裡看到蝙蝠的時候也覺得不敢置信。跟朋友說，朋友起先也不肯相信。

哪顆星星是哪個星座的一部分。時光就在我們吵吵鬧鬧地指手畫腳之間流逝了。

雖然寒意刺骨，這也是一種回憶。要說冬天的敞篷車正確使用方式，毫無疑問地就是觀測星象，這一點無庸置疑。

地球之外有數不清的星星。身在都會，往往會忘了這個理所當然的事實。只要看過一次，就會想再次回味，百看不厭。

寶貴的回憶就是這樣製造出來的。

我們三人都已經冷得受不了，便關上了敞篷車的頂篷。

「杏瑠，很遺憾，如果中途不停車，現在回去還趕得上上學的時間。之後我們兩個男人要一起去看日出，妳呢？」

「我要蹺課！」

「就這麼說定了！馬可，走吧！」

「要去哪裡看日出？」

「嗯，小田原的海邊吧？」

「這樣趕不上日出時間啦！」

車子熱熱鬧鬧地行進。

回到高速道路時，馬可胡鬧地打開了頂篷。

「好冷！快關上啦！」

不知道是不是拉丁血液在沸騰，他顯得莫名亢奮。風聲好大。

「老師，下個禮拜也麻煩你了！」

大到得在耳邊扯開嗓門說話才勉強聽得見的地步。

「妳在胡說什麼！前天和妳媽媽發生那麼尷尬的事，而且我還綁架了她的女兒！我鐵定會被炒魷魚！」

我們載著寶貴的回憶疾馳於烏漆抹黑的東北道上。

朝著黎明前進。

第6章 每週五17點

大考戰爭

羽田爸爸已經很久沒有聯絡我了。

寒冬過去，季節進入了春天。櫻花一如往年，在三月下旬綻放。雖然還稱不上盛開，根據天氣預報，氣象廳似乎已經發布了開花宣言。

回顧過去介紹給我的學生，大概有一半我都沒能好好上課，盡是惹事生非。或許是因為這個緣故，距離他上次介紹學生給我，已經過了半年左右。他不想再介紹學生給我了嗎？就在我開始有這種感覺的時候，我收到了他的來信。

〈這個禮拜晚上22點到深夜之間，有哪天是您比較方便的嗎？上次喝的是紅酒，這次想跟您一起品嘗白酒。〉

是要去上次那家六本木的店嗎？樂意之至。我指定了星期五或星期二晚上。

隔天大學沒課，可以放心熬夜。如此這般，我們約在下星期五見面。

22點在上次那家店集合。

我提早抵達了車站，沿著大路走向中城一帶。我重新體認到自己果然不喜歡這個街區。

同樣是東京，每個地區的樣態各有不同。

關東地方的登山新手一定會爬的山，高尾山。標高約600m，可以讓人置身於大自然之中輕鬆享受登山之樂的這座山其實也是屬於東京都。

我不想去大學上課的日子，總是會猶豫該去箱根湯本還是高尾山。爬到高尾山頂大約需要一個半小時，沿途景色秀麗，委身於自然之中，總是令我不禁忘記自己身在東京。

不知是不是幾年前的「山女」風潮所致，女性登山客意外地多。有時候爬到山頂一看，女性甚至比男性還要多。

我是在蹺課的日子去的，或許是因為從平日的上午到傍晚都待在山上的緣故，看到的外國女性比例相當高。就我的感覺，約有四成登山客是女性，其中一半是外國人，而且都是歐美人。有些亞洲女性乍看之下和日本人沒兩樣，所以實際上的外國女性也許更多。

而日本男人就去向這些在山頂野餐的淑女們搭訕。

說來不可思議，只有看上去四、五十歲的紳士們會這麼做。果然是窈窕淑女，紳士好逑。目睹這種情景，往往讓我感受到些許的東京風情。

還有一件事不能忘記。從東京灣南下，即是包含八丈島在內的伊豆群島與小笠原群島。小笠原群島的最南端就是比起日本或許更靠近關島的沖之鳥島。

沖之鳥島是無人島，基本上禁止閒雜人等進入，就地圖上的橫線，也就是緯度而言，是位於台灣與菲律賓之間。請用手機的地圖應用程式確認位置，看了你一定會大吃一驚的。

沒錯，「請回答日本位於最南邊的都道府縣」這個問題的正確答案並不是「沖繩」，而是

「東京都」。這是超級有名的大考陷阱題，但是就我兩年的講師經驗看來，只有一所學校出過這個題目。沖之鳥島的地址正是位於東京都。

人們提及東京的特徵時，往往只會談到它身為大都會的一面，其實東京也有這樣的地方。

而每個地區的風貌都不盡相同。澀谷、原宿、新宿、池袋、銀座、淺草、北千住、品川、秋葉原。把我想到的所有站名列出一看，真的是每條街都各有特色。

回到正題。東京的代表性鬧區之一，六本木。

毫無疑問地，這裡不是人住的地方。這是東京都中「欲望」和「金錢」最為顯在化的街區。我曾經讀過某個富豪的傳記，白手起家的他在書中是這麼說的：

「人類想賺大錢，必須擁有才能。這裡所說的才能只有四種，藝術的才能、發明的才能、投資的才能和騙人的才能。」

記得我讀到這部分的時候，心裡覺得很不舒服。當然，是針對「騙人的才能」這句話。

然而，走在六本木，便可深切體認到這句話的真實性。擁有騙人才能的人，即使行騙，也不會被對方察覺，更不會招人怨恨，周遭反而認為他是個誠實的好人。把人當成墊腳石，卻不讓墊腳石發現自己被拿來墊腳的才能。每次來到這條街，我就會忍不住思考這個問題。

人生的成功是什麼？只活了二十年的我完全不明白，而目前這條街和我的人生態度似乎完全合不來。在街上逛了一圈以後，我便前往餐廳了。

走過五光十色的喧囂街頭，進入狹窄的巷弄之後，我來到了鐵捲門緊閉的安靜角落。這家店還是一樣難找，明明已經來過一次，還是差點錯過了。

我找到了深處的木門，走進裡頭，只見羽田爸爸已經先到了。店裡還有另一組男女。昏暗的店內播放著富有情調的音樂。

「好久不見了，這陣子都沒聯絡。」

說著，我坐到椅子上。

「看到您如此容光煥發，我就安心了。多謝您平時的關照。」

「我才是被關照的人。有沒有給您添了什麼麻煩？」

我試探性地詢問，想知道過去介紹的學生有沒有發生任何問題。

最新的委託還不到兩個月，就因為我綁架學生而落幕了。之後整整四個月，羽田爸爸都沒有聯絡我。

手頭依然拮据，但至少還沒有動用到存款。

委託增加，我就可以過上比較有文化的生活，因此我求之不得。

「不，哪有什麼麻煩可言？以後我也會繼續委託老師的。我介紹的都是困難的個案，而老師到目前為止的表現都很完美。」

完美？這是恭維嗎？就我的記憶所及，我幾乎沒在教書。

「如果符合您的期待當然很好，可是我有點擔心……我覺得我好像沒做到家教該做的事。」

「不不不，教育不光是教書而已，對吧？我是這麼想的。」

羽田爸爸替我介紹學生，應該是基於工作上的立場，但他似乎不是單純的家教仲介業者。

我和目前任教過的家庭從未談過價碼，打工薪水也都是直接拿給我的。不，我並不是明確地受雇於某人，用打工薪水這個字眼似乎不太正確。而在這個過程中，完全沒有金錢流向羽田爸爸；換句話說，羽田爸爸並沒有賺到半毛錢。

然而，每次和我討論工作事宜，他都是選在高檔餐廳。

不久前，我和剛認識的酒保來過這家店一次。網站上有寫參考價位，所以我帶了自認綽綽有餘的現金前往。

我們吃了八分飽，喝了三杯葡萄酒；想當然耳，結帳時是各付各的。此時，悲劇發生了。我帶的現金完全不夠，只好刷卡付錢。我忘了網站上的參考價位是用最便宜的餐點來計算的。

那是荷包和氣溫都變得冷颼颼的某個冬日。自那天以來，我和那個酒保就沒有再見過面了。

一想到今天羽田爸爸也會花上那麼多錢，我就不禁暗想：介紹工作給我，到底有什麼好處？

最近我心中最大的疑惑，就是「羽田爸爸到底是什麼來頭」，說是唯一的疑惑也不為過。

這是他的正職？還是興趣？認識這麼久，應該可以問了吧！

「我一直很疑惑，爸爸是從事什麼工作的？」

他露出淘氣的表情，回答：

「哦？您對我有興趣啊？為什麼？」

「哎，您介紹家教學生給我，我卻完全沒有給您任何回饋；照這樣看來，這應該不是您的工作吧？」

他依然帶著溫和的笑容，回答：

「老實回答您的問題，這對我而言是不折不扣的工作。您剛才說沒有給我任何回饋，才沒這回事呢！多虧了您，我吃了不少甜頭。」

「這果然是工作啊！那我有沒有給您添麻煩？上個家教不到兩個月就結束了……」

爸爸爽朗地笑道：

「是嗎？原來也可以這樣解讀啊！立場不同，看到的面向也不同，是我失敬了。在我看來，是不到兩個月就能拿出成果，很了不起。托老師的福，我才能升任更重要的職務，所以這幾個月變得忙碌許多。灰原先生，謝謝您。」

虧我鼓起勇氣開口詢問，結果不但沒有解開疑惑，反而更摸不著頭緒了。

就在我正要繼續追問之際，服務生前來倒酒。

確認標籤，就像是喝葡萄酒時的儀式。我看了一眼，姑且點了點頭。羽田爸爸應該一看就知道標籤上寫什麼，但我是有看沒有懂，只是形式上點個頭而已。

白色液體注入了酒杯之中。不過，看起來有點不對勁。

那不像是白酒，感覺上黑抹抹的。是間接照明造成的嗎？

「今天原本要喝白酒，不過店裡進了很稀有的紅酒，所以先來一點紅酒吧！」

先轉動酒杯，再端到鼻子前聞香。當我轉動酒杯時，我又察覺了異狀。

杯中的液體看起來黏度很高。我繼續將酒杯端到鼻子前聞香，但比起香氣，有一點更加吸引了我視覺上的注意。

我忍不住問道：

「這看起來怎麼黏糊糊的？好像還有結塊……」

「沒關係，就算看起來那樣，還是可以喝。香氣如何？」

我無懼於外觀，聞了聞香氣。用一個字形容，就是土。有股泥土味，幾乎聞不到葡萄和酒精的味道。前調是泥土味，中調是霉味，後調是木頭味，或該說木桶的氣味。

這種外觀和氣味應該讓不少人卻步吧！

像我顯然就卻步了。我老實對羽田爸爸說出感想，他卻一臉滿意地說道：

「沒錯！老師的感性很正確。來，喝吧！」

老實說，要我喝這種液體，我實在很遲疑，可是他都說沒關係了，我也只能相信他。

我把酒含在嘴裡，轉動舌尖品嘗。瞬間，我大吃一驚。這是多麼直接純淨的味道啊！剛才用鼻子感覺不到的另一種芳香從嘴巴竄進鼻腔。

有股五月新綠季節的香氣，這股香氣在腦中與微風吹拂草原的景象連結起來。口感既纖細又直接，與那黏糊糊的外觀正好相反，純淨無垢，沒有雜味，只感受得到濃縮於葡萄中心的滋味，幾乎沒有酒精的刺激感。可以感覺出雜味是在漫長的歲月裡逐漸消失的。

「這有點超乎了我的想像……」

「人不可貌相。雖然外表垂垂老矣，內在卻像是坦率純淨的孩子。」

「這就是俗稱的年份酒嗎？」

「正確答案。這是DRC的拉塔希，1980年份的，算起來是三十八年前。」

三十八年前釀的酒？當時日本還沒進入泡沫期吧？這瓶酒的年齡幾乎是我的兩倍。

「這種酒不知道什麼時候才會進貨，有的話就要趕快喝。」

「是嗎？」

「1980年不是豐年，價格比其他年份酒低，請放心吧！」

就算他這麼說，我還是完全無法放心。

接著，服務生連同料理送來了一瓶酒。

「來，還沒結束呢！這才是今天真正的目的，貴腐酒的最高峰，伊更堡。」

注入酒杯中的是白酒。雖說是白酒，卻是種難以言喻的顏色；而料理則是散發出香噴噴的氣味。

「這是鵝肝。伊更堡白酒配鵝肝最搭。」

沒想到是鵝肝……光是聽到名字和聞到濃郁的油脂香，我就飽了。

先從白酒開始品嘗吧！我轉動酒杯，欣賞酒淚。

酒淚的垂落方式相當滑順。剛才的年份酒是黏稠，兩者之間差異很大。

接著，我開始聞香，又是一股難以形容的味道撲鼻而來。很像香水，但香水是人工製造的香氣，聞起來有股刺鼻感。

這種白酒是怎麼回事？要我聞多久都沒問題。葡萄香中的甘甜格外突出，令人陶醉。還有色澤。這應該是琥珀色吧！不，這個字眼似乎不足以形容全貌。那是種美麗的漸層色，每個部位顏色看起來都不盡相同，令人百看不厭。

無論是香氣或色澤，都不像是光靠天然物能夠釀造出來的。真可謂是地球的恩賜。

在入口之前就有如此大量的資訊，反而讓我無法輕易飲用。葡萄酒的品味方式真的是奧妙無窮。

我望著酒杯，決定先嘗料理。

雖然不是有生以來頭一遭，到目前為止，我吃過鵝肝的次數寥寥可數。

我用刀叉切成適合入口的大小，送到嘴邊。真是美味。如此鮮甜的食物應該不多吧！不，在各種食材之中，最為鮮甜的或許就是鵝肝。

說到和牛的美味之處，當然就是霜降，也就是豐富的油脂；而鵝肝就像是用霜降的霜製成的一樣，當然美味了。此外，由於鵝肝味道濃郁，餘韻持久，就算慢慢吃，也能感到滿足。

待餘韻消退以後，我將意識移回葡萄酒之上，含了口伊更堡白酒。

甜味直接在舌頭上擴散開來。好甘甜，沒想到居然這麼甘甜，這麼好喝。

「好甜，好好喝，簡直難以相信。」

「對吧？這叫做貴腐酒，釀造方法有點特殊。簡單地說，葡萄發霉，水分流失，就會結成高糖分的果實；這種果實叫做貴腐果，有一股獨特的芳香。用這種葡萄釀造而成的酒，就是貴腐酒。」

「原來是逆向思考啊……真虧從前的人能從發霉的葡萄裡發現這種魔法……」

我讚嘆不已。這種不膩口卻濃郁無比的甘甜滋味原來是光靠葡萄就能釀造出來的？地球果然擁有無窮的潛力。沒想到區區一杯酒，能讓我如此欽佩地球。

葡萄酒真是奧妙無窮。我在這家店喝到的僅是一小部分的葡萄酒，卻在我心中留下了許許多多的感覺與感想。

「不知道您還滿意嗎？」

「嗯，滿意極了。貴腐酒真的很好喝。」

「那就好！客人滿意，我也很開心！」

待我們酒足飯飽之後，已經過了兩小時。

現在總算能夠專心談正事了。羽田爸爸從包包裡拿出資料。

「我有另一個學生想委託老師。」

他遞給我的資料上寫著：

菅原滿博　12歲　小學六年級生
希望提升他國中入學考的國語偏差值　與補習班雙管齊下
註記事項：父親是外務省職員

我將內文也瀏覽了一遍。
「原來如此，這次的目標很明確，是國中入學考。看來這下子可吃力了。」
看到滿博上的補習班名字，我不得不卯足幹勁。
SHARP補習班。包含個人補習班在內，市面上的補習班可說是多如繁星，而SHARP毫無疑問地是箇中翹楚。有某所私立中學在男校中排名第一，素來被稱為東京大學登龍門；每年大約有四百人考進這所學校，而其中超過兩百五十人都是這家補習班的學生，占了半數以上。
補習班的實績取決於有多少人考上了頂尖學校，而這是個令人驚異的數字。
說白了，若是單論國中入學考，SHARP可說是在現在的補教業界中獨領風騷。
「對，老師指導考生的經驗很豐富，一定能夠勝任的。對方希望在星期五17點上課。不過，家長很忙，無法親自和您接洽，要請您聯絡負責打理家務的人。這是聯絡方式。」

「了解，我會全力以赴的。」

六本木的夜變得更深了。今天我同樣拿著羽田爸爸給我的計程車券踏上了歸途。搭乘計程車時，我突然想起他的職業話題才說到一半。

只好日後找機會再問了。

*

接著，對方指定的星期五到了。

俗話說春天是三寒四暖，真是一點也沒錯。一個禮拜間，有些天還帶有涼意，有些天卻很暖和，而且風大多很強。我沒有花粉症，不過有花粉症的人應該很辛苦吧！

每年都得像感冒那樣鼻水直流，會不會不想賞花啊？對於越過寒冬到來的這個季節，應該有許多人都是感慨良多吧！理由因人而異就是了。

櫻花已經盛開了。相識與別離的季節。每年日本人都會將這個季節發生的事烙印在心頭，不時回憶。

此時，我正搭乘地下鐵有樂町線前往月島站。

滿博家距離月島站約有五分鐘的路程。我回家以後，重新把資料瀏覽了一遍。

滿博上的是鄰站的ＳＨＡＲＰ豐洲分校，這所分校每年級各有十五班。

這些班級又按照水準細分，每年會在星期日舉辦三次分班測驗，依成績決定分到哪一班。到了六年級，補四個科目的學生基本上每週都要上兩天課，每天四小時，再加上星期六還有為時五小時的特訓課程，幾乎每個學生都會參加，所以實質上是每週要上三天課。

而這家補習班的特徵之一，就是徹底的複習主義。他們並不鼓勵預習，而是透過家庭學習，也就是回家作業讓學生熟習課堂上教授的單元。我自己當考生的時候，也從來沒有預習過，所以覺得這個方法頗為合理；而作業量極為龐大，或許正是ＳＨＡＲＰ最大的特徵。

授課內容的水準也很高，如果是排名前三的班級，就會教連大學生也解不出來的「數學」，和讓人懷疑大學中心考試的現代文搞不好還比較簡單的「國語」。

滿博就讀的是從上頭算來的第五班。十五班中的第五班，聽起來或許會給人馬馬虎虎的感覺，但是以這家補習班而言，就算是第五班的學生，也比絕大多數的大人聰明。相對地，這裡也製造了許多跟不上的學生。由於這家補習班是基於自學複習的精神在經營，跟不上的學生會被毫不容情地捨棄。在每年亮眼的榜單背後，「平均水準」的學生只能把眼淚往肚子裡吞。

考試原本就是種競爭，或許怨不得人就是了。總之，這是家持續締造佳績、獨霸國中入學考業界的補習班，這一點無庸置疑。

滿博在這樣的補習班裡分到了第五班，要替他上課，必須做好準備才行。SHARP用的全都是自製教材，書店裡買不到，所以我前往神保町的三省堂書店，買了本最難的國語科國中入學考參考書。

對方指定的地址是位於中央區月島的摩天大樓區。光看地名和門牌號碼，我就知道了。

老實說，我小時候是住在隅田川對岸的江東區。我很喜歡隅田川，這個度過敏感時期的場所與回憶一同成了我人生中非常重要的一部分。

中央區和江東區，隔著隅田川相鄰的兩個地區。

中央區因為地價高，定居人口很少，但由於坐擁銀座、日本橋等大商業地帶，白天的人口非常多。

換句話說，是足以在都內黃金地段營業的一流企業林立的地區，也是位於日本中央的地區。

河川對岸則是江東區，宛若東京下町代表選手的地區。在古老的江戶時代，港區和千代田區一帶建設了許多城池與武家宅院，而這裡則是商人、工匠等江戶庶民的居住區。那股活力至今仍然生生不息。

至於現代性的特徵，則是坐擁豐洲這類因東京都重新開發而迅速發展的新生地。現在這裡摩天大樓林立，逐漸成為江東區中的高級住宅區和辦公街。

這兩個地區在歷史上雖然互成對比，卻又相互連結。

而夾在這兩區之間的隅田川沿岸地帶即是月島，這次的學生滿博就是住在這裡。河岸的大樓每棟都是高層又高級，入口大廳甚至有門房。內廊看起來也不像大樓，倒像是飯店。

然而，只要從那裡步行五分鐘，就是以佃煮的發祥地——佃島為中心的住宅區，至今仍然留有江戶時代的氣氛。往上看就是新興的摩天大樓，這樣的對比令人興味盎然。

近年外國觀光客日益增加的東京熱門景點「月島文字燒街」也在這裡。文字燒是類似大阪、廣島御好燒的「麵粉類食物」，和御好燒最大的不同之處，就在於麵糊的水分含量。御好燒的麵粉比例比較高，煎著煎著就會變硬，但是文字燒的麵粉較少，加熱過後依然呈現液態。

有人說御好燒其實是源自於文字燒，但若是高聲宣揚這種論調，會被關西人圍剿，奉勸大家最好小心一點。

對於近年因為外國觀光客湧入而變得熱鬧非凡的月島文字燒街，也有日本人不以為然。

月島文字燒街是條美味文字燒店林立的商店街，我也去過好幾次，點一份文字燒，至少要花上1000日圓，視加的料而定，搞不好得花上1700日圓。由於麵糊的感覺如前所述，只吃一份絕對吃不飽。說穿了，就是觀光地價格。我小學時的班導曾經如此感嘆：

「我小時候去柑仔店花個80日圓就可以買到文字燒，為什麼現在買這種零嘴要花上一千多？」

據說在過去的時代，只要在都內，不只這一帶，到處都可以吃到文字燒，就連柑仔店都行。現在柑仔店已經消失無蹤，而文字燒則以高級品之姿存活下來。對於知道那個時代的人而言，現在這種價格確實是難以容忍。

談到月島，還有另一個不可或缺的話題。暢銷漫畫《三月的獅子》的舞台正是這裡。在主角高中生棋士的身邊支持著他的三姊妹就是住在這裡，這個地方與作品的創作背景也有很大的關聯。

我在國中畢業之前也是住在江東區那一側的附近，晚上常隔著河川欣賞月島的夜景。都廳和六本木之丘的夜景絢爛無比，而月島的夜景則是像畫框中的繪畫一樣美麗。個人比較喜歡後者。

在月島的家庭當家教，每次回家的時候，都可以一路欣賞我最愛的夜景。光是想到這一點，就令我雀躍不已。

我在約定的17點準時按下門鈴。說歸說，這類摩天大樓在進入入口大廳之前，必須先透過面板輸入房號，請屋主開門才行。

自動門開啟以後，便可以進入大廳。

我向門房大叔打了個招呼，走了過去；電梯間又有一個面板，我再次輸入房號，電梯間前的自動門便打開了。

摩天大樓的陷阱，就是當你想去較高的樓層時，會坐到根本沒到那一樓的電梯。

第一次來，我完全中了這個陷阱。

走進電梯間，左側和右側各有三台電梯；我按下左側的按鈕，只有左側的電梯產生反應，因此我順便按下右側的按鈕，讓右側的三台電梯也一起反應。左側的電梯先到了，我便坐上了左側的電梯。菅原滿博住在38樓，可是我坐上的電梯按鈕只到30樓。

原來如此。我暫且出了電梯。後來，右側最底端的電梯開了。這次總行了吧？我如此暗想，走入電梯，結果居然只有最上層的40樓按鈕。

摩天大樓的最上層戶數通常較少，有的甚至只有一戶。最上層是天選之人才能居住的特權空間，為了保障這些人的安全，電梯之中通常有一台是最上層專用的。住在這裡的到底是什麼樣的人？

如此這般，事不過三，我總算坐上了抵達38樓的電梯。經過這番折騰，我稍微遲到了。

抵達38樓以後，我走到門前，再次按下門鈴。

在抵達菅原家之前，我總共按了三次門鈴。雖然在安全方面令人安心，卻很麻煩。

門開了，出來應門的是位高齡女性，要說她有個小學六年級的小孩，年紀似乎太大了。

應該是奶奶吧！奶奶的應對周到有禮，直教我感到惶恐。

話說回來，多麼豪華的裝潢啊！簡直像是一幅畫。

翻修公司的網站就是這種感覺。穿過客廳時看到的陽台景觀十分美麗。38樓的視野比我想像中的更加遼闊。我最高只住過11樓，為此雀躍不已。

「請跟我來。」

她帶我來到兒童房的房門前，敲了敲門；房裡隨即傳來了精神奕奕的回應聲。

我打開門，還沒打招呼，少年便從椅子上起身，向我低頭致意。

真有教養。我暗自讚嘆。

「你好，你就是菅原滿博吧？」

「幸會，請多指教！」

他看起來是個很好溝通的孩子。

「老師，我已經整理好少爺的成績了，就在這裡。」

等等，剛才這名女性稱呼滿博為「少爺」？

她該不會是……倘若有「大家都知道真的存在，但實際上沒見過的職業」排行榜，應該可以排進前三名的「女傭」。用西洋化的說法，就是「女僕」。

如果是假女僕，秋葉原到處都有。站在電氣街發傳單的她們主要是穿著女僕裝，在咖啡店裡服務客人。

換句話說，只是「假扮成女僕的店員」。

可是，現在在眼前的是真正的女僕。女僕稱呼雇主的兒子為「少爺」。實際上聽到這句話，居然能帶來這麼大的震撼。

這麼一提，羽田爸爸事前提醒過我，家長非常忙碌，要我聯絡負責打理家務的人；我沒想到那就是眼前的女僕。和秋葉原的她們相比，兩者大相逕庭，最大的差異就是服裝。原來真正的女僕不穿女僕裝啊？既然真正的女僕不穿，女僕裝這個名稱似乎不太正確。眼前的她穿的也不是家居服，而是即使外出也沒有任何異樣感的服裝，真的非常普通。

她不用魔法，聲音也不是卡通聲，而是極為普通的女聲。由於用字遣詞溫文有禮，聽起來清晰易懂。

我滿懷新鮮感，打開了她準備的檔案夾。

上頭有條有理地彙整了滿博從四年級至今的補習班成績。

甚至還有四個科目與偏差值的折線圖。

要從考試分數解讀學生的學力，有幾個訣竅。分數大大地受到考試難易度的左右，如果出題者出的題目很簡單，平均分數就會上升；反過來說，如果出了許多小學生難以解答的題目，平均分數就會下降。

比方說，滿分150分，上次得了120分，而這次得了75分，乍看之下，成績似乎大幅下滑；然而，上次的考試很簡單，平均分數是130分，而這次很難，平均分數是25分。在大家都拿到130分的考試中得了120分，和在大家只拿到25分的考試中得了75分。加上這個數據，便可以解讀出這次的分數雖然低，但成績卻很高。

這樣大家應該知道成績不能光靠分數衡量了吧？只要掌握交叉比對平均分數的訣竅，就很容易了。

正因為如此，才存在著另一種方便了解成績推移的指標「偏差值」。偏差值是以50為基準。

假設現在舉辦了一個滿分150分的考試，而這個考試的平均分數是100分。這代表大多應考者都得到了100分左右的分數。

A君得到100分，正好和平均分數一樣；這種情況，A君的偏差值就是「50」。而B君在這個考試中獲得98分，B君的偏差值就是「49」，略微低於50。這個數字代表的意義，就是比平均分數略低的事實。C君得到120分，偏差值是「58」，這代表他的得分比平均分數更高。

如果偏差值超過70，假設那場考試有一萬人應考，那就必須擠進前230名，才能得到這個數字。一萬人之中的前230名，這是相當傑出的學力。透過偏離基準數字「50」多少，可以輕易地衡量該學生的學力。

偏差值雖然是種淺顯易懂的成績指標，但數字卻容易因為考試的內情而出現大幅的變動。

比方說，關東的大多國小考生都會參加的首都圈模擬考偏差值，和SHARP內部舉辦的模擬考偏差值在數字上就有很大的差異。

參加首都圈模擬考的學生水準參差不齊，相較之下，SHARP內部模擬考正如他們的榜單所示，參加的盡是學力優秀的學生。偏差值是顯示個人分數與平均分數相差多少的數值，因此後者很難出現高偏差值。

在這裡以某私立中學的80％錄取線偏差值為例，給大家參考。首都圈模擬考是「62」，但SHARP居然是「41」。這個差距代表什麼意義？

即使在整個關東圈學力屬於前段班的學生，到了SHARP就淪為平均以下了。這也意外顯示了SHARP這家補習班的水準有多麼高。判斷學生的成績時，必須考量「分數」、

「偏差值」與「考試分母」三點。

現在我手邊的資料顯示了滿博的ＳＨＡＲＰ內部模擬考結果。最新的考試偏差值依序是數學54、國語44、社會62、自然51。四科合計的偏差值是52。

他的第一志願是私立大學兩大巨頭之一的附屬中學。一旦進了這所中學，只要別惹出問題或選擇其他大學，就可篤定進入私立大學霸主就讀。這所學校的ＳＨＡＲＰ內偏差值80%錄取線是55，時間還有一年，要金榜題名綽綽有餘。

滿博的社會科格外突出。在這個補習班的偏差值是62，代表在日本全國也是名列前茅。他自從四年級進補習班以來，一直維持在第４名的水準，但是升上六年級以後卻掉到了第５名。

從成績判斷，應該是因為國語成績大起大落的緣故吧！其他科目用不著擔心，所以只針對不擅長的科目雇用家教。

「老師，從今天起，少爺就拜託您了。」

「是，我會全力以赴的。」

打完招呼以後，女僕便離去了。好，開始上課。我打開事先準備的國語參考書，先請他實際解題給我看。

我帶來的參考書難度很高，他卻寫得很順手，時間還沒到，就把兩面的習題都寫完了。接著，我替他批改，講解答錯的部分。

對答如流，一點就通，是他給我的印象。我們進入下個單元，繼續解題，並進行講解。節奏比我預料的更快，課程進行得很順利。

時間只過了一個半小時，但今天準備的進度全都上完了。講師大多會事先設下底限，規定自己至少要在上課時間內上到哪個部分。

為了避免時間沒用完，還會再多準備一些課程。

而滿博連多準備的部分都上完了，時間還剩下三十分鐘。

如此這般，這是第一次上課，機會難得，我決定改變方針，和他進行交流。

「哎呀，老實說，我剛才嚇了一跳。這是我有生以來頭一次看到真正的女僕。」

「我爸媽不常在家，大多時候是小百合太太在家。」

原來女僕的名字是小百合啊！

「剛才的成績檔案夾是她整理的嗎？」

「應該是。」

「好厲害，資料整理得條理分明，一看就懂。」

「小百合太太以前是幫我爸爸工作的，大概本來就很拿手吧！」

「原來是和你爸爸一起工作的人啊！那就可以放心把兒子交給她照顧了。」

此時，我突然想起羽田爸爸給我的資料。註記事項上好像有寫父親是外務省職員。

擅長整理資料的小百合太太。這麼說來——

「小百合太太以前是你爸爸的祕書嗎？」

「沒錯，她退休以後就來我們家了。」

「記得你爸爸是外務省職員？應該很忙吧！」

「對，每個月能回家一次就算好的了。我在電視上看到我爸爸的次數還比較多。」

說著，滿博露出靦腆的笑容。對於難得見上一面的父親，他似乎沒有寂寞之情，反而感到驕傲。家人的話題同樣給人正面的印象。

滿博的爸爸因為工作關係常到各個國家，每次回來，就會跟滿博說外國的趣事。他的社會成績之所以特別好，應該是因為從小耳濡目染，自發性學習之故吧！

「順道一提，我媽媽也不常在家。」

「媽媽也很忙嗎？」

「她是墨田醫院的醫生，現在主要是上夜班，所以傍晚到早上通常不在家。」

「墨田醫院的醫生嗎？我以前在那裡住過院。」

「是嗎？老師以前住在這附近？」

「我住在河岸對面的華廈，是江東區。我那時候就常常看到這棟大樓了。」

我們聊得很開心，上課時間一轉眼就結束了。

離去的時候，小百合太太一路送我到一樓的入口大廳。真是個禮數周到的人。

「這是第一次上課，為了慎重起見，我想聯絡一下家長。」

「謝謝您的細心，我會跟長官他們說的。今天請您先回去休息吧！下個禮拜再麻煩您了。」

對於已經退休的小百合太太而言，爸爸依然是「長官」啊？

既然如此，恭敬不如從命，我就不花這些多餘的心思了。一面欣賞月島的夜景，一面踏上歸途吧！

我在電車上用智慧型手機搜尋「外務省職員、菅原」，只找到一個人。「菅原真」，是刊登在幹部名簿裡、有官銜的人物。這個人應該就是滿博的爸爸吧！滿博說他在電視上看到爸爸的次數還比較多，似乎不是單純在說笑。

＊

之後，每個禮拜我都替滿博上課，就這麼過了兩個月。

時值六月上旬，雨天應該會變得越來越多吧！

他還是一樣一點就通，所以我以時間用不完為前提，製作了補充講義。難讀漢字、文學史作品解說、世界名著文學。製作補充講義的祕訣，在於增加雜學和謎題要素，激發學生的興趣，而不是只注重強化課業。

「聖林」。你知道這個詞該怎麼唸嗎？

這是我準備漢字一級檢定時實際上遇過的難讀問題。好奇的人可以去查查看，查完一定會覺得：「這是什麼鬼？」（註3）

如此這般，當天連補充講義都上完了，還是剩下了十五分鐘。

我向他提議：

「今天已經沒事可做了，不如由你來教我社會吧？」

「咦？這麼突然？怎麼辦？我要教什麼？」

「這個嘛，那就從你爸爸跟你說過的外國趣事裡挑個最有趣的，簡單扼要地說給我聽吧！」

「這樣根本不像是我在教老師嘛！」

他一臉開心地娓娓道來。

那是前年爸爸去菲律賓工作時發生的事。爸爸走在首都馬尼拉的市場裡時，突然有人叫住了他。

「你的脖子上有顆瘤。」

聲音的主人是個席地而坐的老年男子。

說歸說，爸爸完全沒有自覺症狀；他每天早上都會照鏡子，今天也沒看到脖子有什麼異狀。是老人搞錯了？還是想乞討？他如此暗想，沒做反應，打算直接走過去，但老人又說：

「再這樣下去，你會死掉。我不會跟你收錢，也不會偷拿你任何東西。你也看到了，我這雙腿根本動不了。只要讓我碰一下就行了。」

爸爸大可以不理會他，可是聽到他這麼說，又無法置之不理。

爸爸走近他，蹲了下來。老人問道：「可以碰你嗎？」

爸爸回答可以，他便用食指觸摸爸爸耳後的凹陷處。

瞬間，有股微小的抽痛感，而老人已經放開了手。

「瞧，我沒說錯吧？我幫你把瘤拿下來了。」

註3：其意為美國地名HOLLYWOOD。

說著，他伸出食指，指頭上有種黏答答的物體。

後來爸爸回國以後，跟其他職員聊起這件事，才知道菲律賓偶爾會出現這種奇人。

那個職員認為爸爸身上可能真的有什麼病灶，爸爸在好奇之下去做了檢查，發現脖子內部有摘除腫瘤的痕跡。那是必須切開其他地方才能接觸到的部位，想當然耳，爸爸並沒有這樣的經驗。

腫瘤的意義依良性或惡性而大不相同，如果是惡性，就是癌症；就算是良性，也有可能癌化。

或許那個菲律賓老人救了爸爸一命。

「天下間居然有這種事，真不可思議。」

剩下的十五分鐘過了。今天的課程就在令人興味盎然的故事告一段落時結束了。

「老師去過菲律賓嗎？」

「沒有，不過聽你說完這個故事以後，我很想去看看。」

「嗯，我以後也想去看看。」

這是個有趣的故事，我的社會成績或許也會跟著變好。我站了起來，打算離開房間。

此時映入眼簾的，是「小比類卷」四個字。由於滿博的書包是開著的，我起身的時候，碰巧看到了裡頭。那應該是人名吧？是姓氏嗎？

我姑且不去理會，離開了房間，和女僕小百合太太打招呼。

今天她同樣送我到大樓的入口大廳。我一面欣賞夜景，一面走向車站，搭乘電車。

話說回來，「小比類卷」四個字一直梗在我的心頭。

是唸作「kohiruimaki」嗎？我好像在其他地方看過「小比類卷」四個字。

可是我記不起來是在哪裡。

應該是人名沒錯，這部分我想起來了。而且好像是在滿博家看到的。當然，不是在他的書包裡，而是其他地方……

雖然難以釋懷，但是當天我並沒有繼續思考下去。

七月，梅雨季結束，季節進入了夏天。

在日照變得更加強烈的星期五，我走在天色仍然明亮的傍晚街頭，前往月島。

對於考生而言，這是一決勝負的夏天。即將到來的暑假增加了學生的自由時間，但由於時間分配不再受學校這個既定的框架限制，生活規律也容易變亂。沒錯，暑假可以有益，也可以有害；換句話說，是個容易與周遭產生差距的時期。

在這段期間，學生若能以規律的步調持續用功，偏差值就能大幅成長。而大多補習班在夏天到來之前，就會把大考要考的單元全數教完。

一般而言，到了夏天，便會開始針對志願校擬定包含歷年題庫在內的各種對策，配合志願校的出題趨勢，強化不拿手的單元。如果拖到十月、十一月，往往會造成考生的精神壓力，因此必須趁著夏天多少加強弱項，而暑假就是最後的好時機。在ＳＨＡＲＰ，會在這個時期舉辦分班測驗。

測驗結果，滿博維持現狀，留在同一班。

國語偏差值是47，微幅上升。而每個禮拜的家教課他也都上得很認真。授課過程與平時一樣順利。預定時間過了，到了19點。和冬天相比，夏天即使到了這個時間，天色依然和傍晚一樣明亮。

分班測驗在ＳＨＡＲＰ是相當重要的考試，因此小百合太太在我回去的時候帶著結果資料來到入口大廳，並在道別時交給了我。

我眺望初夏的隅田川，深深地吸了口氣。在一片幽暗之中，有種飛得搖搖晃晃的動物。是蝙蝠。雖然感覺起來與都會格格不入，在夏天傍晚，抬頭仰往天空，時常會發現牠們的存在。點綴灰色叢林的動植物其實是相當多采多姿的。

東京有幾條代表性河川。荒川、多摩川、江戶川，以及隅田川。

如果想觀賞初夏充滿生命力的面貌，就去多摩川。多摩川雖然是東京的河川，這幾年水質有了顯著的改善，有各式各樣的魚、鳥與河岸植物棲息。生態的多樣化也替它博得了一個取自於亞馬遜河的綽號，「多摩遜河」。

陣雨過後的夏夜，在河岸散步，便可以吸收到濃厚的生命力。空氣十分濃密。荒川和江戶川的河岸都還留有自然風情，相較之下，隅田川卻是完全人工化。即使如此，夏天的河川依舊充滿生命力，我很喜歡。

我做了個深呼吸，大大地吸了口氣，發現自己肚子餓了。對了，從月島步行一站以後就是門前仲町，站前有家大正時代創業的豬排店，我就去那裡填飽肚皮以後再回家吧！

我快步走向豬排店，穿過門簾，拉開拉門。

相隔四年沒來，這裡還是老樣子，令人安心。不管什麼時候來，客人都不會過多，大概就是一、兩組人；這一點同樣一如往昔，讓我鬆了口氣。

我點了份炸豬排，小憩片刻。

這麼一提，今天小百合太太給了我滿博的分班測驗結果，這就來看看吧！我拆開信封，確認內容。裡頭附上了成績優異者一覽表，依照分數高低順序，每個科目各列出前20名，兩科、四科的綜合排名則是列出前50名的姓名與所屬校舍。

滿博並沒有上榜。我的視線不經意地停駐在某個名字上。

四科綜合排名　第26名　小比類卷智

我不禁瞪大了眼睛。對了，距今三個月前。

第一次上課，我瀏覽滿博的成績檔案夾時，似乎也有看到這樣的成績優異者名單；或許我就是在那裡看到這個名字的。

這是個看過一次就不會忘的名字，應該是唸成「kohiruimaki」沒錯吧！

那麼滿博的書包裡裝著寫有「小比類卷」名字的講義，究竟是怎麼一回事？講義會互相借來借去嗎？就我所知，考生之間很少會這麼做。

滿博和小比類卷很要好嗎？各種可能性閃過我的腦海。

哎，或許滿博是在陰錯陽差之下，不小心把其他學生的講義塞進了自己的書包裡吧！

就在我暗自尋思之際，炸豬排上桌了，我吃完以後就回家了。

*

隔天的課程一如平時，進行得很順利。

上課期間會安插上廁所用的休息時間。滿博暫時離開了房間。

「抱歉。」

我小聲地喃喃說道，擅自打開他的書包，窺探裡頭。書包裡有本寫著「小比類卷智」

名字的講義。從六月我發現至今的一個月間，這本講義一直放在書包裡嗎？

不，不對。這是這個禮拜ＳＨＡＲＰ教的單元的講義，是最新的。照這樣看來，每個禮拜發的講義都在滿博書包裡的可能性變大了。

房門外傳來腳步聲，滿博回來了。待會兒再思考吧！

考生才剛迎接關鍵的夏天，我現在不該胡思亂想，必須集中精神教國語。

如此這般，休息後的剩餘時間也一如平時，都用來上課了。

「今天辛苦你了。」

「謝謝。」

「明天也要上補習班，一定很累吧！今天寫的這本講義明天就要交了吧？」

「哎，或許很累，不過我已經習慣星期六也要上補習班了。」

「作業的分量也跟其他補習班完全不一樣，真的很辛苦，可是你都寫完了，實在很了不起。」

「大家都有寫，不寫就跟不上了，而且會掉到後段班。作業要是一直忘了寫，下場會很慘。」

ＳＨＡＲＰ是徹底的複習主義，忘了寫作業在補習班裡被視為一大「惡行」。ＳＨＡＲＰ甚至禁止預習，每週都發自製講義，當週就會上完。

我忍不住問道：

「對了，你和小比類卷是讀同一所學校的吧？你們很要好嗎？」

「哦，我和他不同班，不算要好，頂多就是在補習班見了面會聊幾句而已。」

一瞬間，滿博的氛圍似乎變得和平時那個聰明伶俐的他不一樣了。看來現在最好別繼續追問下去。

「這樣啊！夏天剛到，小心別中暑。」

「是！我會加油的。」

我離開了菅原家。女僕小百合太太一如平時地送我下樓，而我在38樓的電梯前向她提出了一個請求。

「小百合太太，今天也很感謝您的幫忙。對了，除了滿博的考試結果以外，成績優異者一覽表您也有保留嗎？」

「有，只要是補習班發的東西，我都會保存起來。」

「滿博是從小學四年級開始上補習班的吧？」

「對，從四年級的十月開始為大考進行準備。」

「如果可以，能不能現在就給我一份您保存的成績優異者一覽表？」

「這個嘛……給我一點時間的話，我就能整理好。三十分鐘應該就夠了……」

「好。整理好以後，可以聯絡我嗎？」

「好的。很抱歉，要請您稍等一下了。」

「不，是我做出任性的要求，對不起。」

小百合太太轉身回到了菅原家。三十分鐘看個夜景很快就過了。我如此盤算，準備搭乘電梯下一樓。

老實說，打從我第一次來滿博家時，就一直對某個地方感到很好奇。

大樓的電梯裡有成排的按鈕，各自代表它們通往的樓層；如果想去10樓，就按下「10」。大多數人應該都想像得出來吧！而這棟大樓在「28」到「32」之間，並沒有「29」、「30」、「31」，取而代之的是「lounge」鈕。這到底是什麼？我每次來，都覺得很好奇。

lounge是什麼？我只知道29到31樓應該都是lounge。現在正好有三十分鐘的空檔，我便按下了按鈕試試看。如果按鈕沒有反應，就是只有管理公司的人才能進入的樓層，就像後場那樣。而燈亮了起來。

「lounge」是住戶和我這樣的訪客也能進入的區域。從38樓前往「lounge」，大約是七到九層樓的距離；換作一般華廈或大樓，都可以從最上層坐到地上了，但是搭乘這座電梯卻幾乎感受不到重力。

「lounge」樓層到了，電梯開啟，令人難以置信的光景拓展於眼前。簡直像是一座植物園——這是我的第一印象。仔細一看，甚至還有道小瀑布與河流。整個「lounge」樓層宛如南國的綠洲。

由於是打通三層樓興建而成的，極具開放感。都會的摩天大樓是個光聽就充滿閉塞感的字眼，待在這裡卻教人難以置信。走過枝葉濃密的植物環繞的步道，我來到正中央的空間。那兒有幾張東洋風情的木製長椅，應該是供人休息用的吧！甚至還有自動販賣機。

小時候，我很喜歡夢幻島的熱帶植物館，常央求大人帶我去；對於這樣的我而言，這裡是個非常舒適的場所。

好厲害，原來河岸區的大樓居然還提供住戶這種服務？

主婦在上午送小孩和丈夫出門，做完家事以後，來這裡享受專屬於自己的時光，多麼美好啊！或許也有養狗的家庭每天都到這裡來散步。大學生帶著iPad來到這裡，寫完報告以後再回家。

這裡的用途應該很多吧！從外頭眺望，根本看不出這棟摩天大樓的正中央是綠洲。世上還有許多我不知道的事。

光是探險一圈，便花了不少時間。我在自動販賣機買了罐咖啡，坐在長椅上喝，等候小百合太太聯絡我。感覺起來宛若在叢林裡喝咖啡。

好奢侈的時光。話說回來，要維持如此美好的空間，這裡的住戶每個月究竟得繳多少管理費？

這裡應該不是租賃大樓，住戶的房子都是用買的；假設管理費是五萬日圓，買下了房子，每個月還得繳五萬日圓，一定很吃力吧！五萬日圓都可以拿來租一間房子了。會浮現這種多餘的疑問，足見我真的是在下町江東區長大的。

就在我胡思亂想之際，智慧型手機響了，是小百合太太打來的。我接起電話。

『讓您久等了，很抱歉。我已經準備好您要的資料了，您現在在哪裡？』

「謝謝。我還在大樓裡，這就過去。」

罐裝咖啡正好喝完了，我把罐子丟進垃圾桶裡，前往38樓。

小百合太太在電梯間將一個牛皮信封交給我。今天害她多費了這些工夫，但她還是一路送我到一樓的入口大廳。

我搭乘電車回到本地的車站，草草解決晚餐，回到家中，打開牛皮信封確認資料。

SHARP每個月都會舉辦一次月考，出題範圍是一個月內教授的課程，每次都會公布成績優異者名單。

資料是從四年級的十月開始按月排列的。我按照順序查看，想找的名字遲遲未出現，不過最後終於被我找到了。

那個名字是突然從五年級九月的月考結果蹦出來的。

國語第1名　小比類卷智
數學第7名　小比類卷智
自然第1名　小比類卷智
社會第1名　小比類卷智
四科綜合第1名　小比類卷智

在五年級的八月之前名字從未出現過的學生突然以這種方式登場，想必震撼了所有SHARP生與講師。

接下來尋找名字的過程變得非常順利。小比類卷這個姓氏有四個漢字，要從眾多姓名羅列的名單之中找出來十分容易。

再加上之後的月考和公開測驗的結果，即使單一科目偶有將第1名拱手讓人的情況發生，國語和四科綜合第1名一直都是小比類卷；只要把視線移向「指定席」，就能立刻找到。十月、十一月、一月、二月、三月。這七個月間，他都沒有讓出SHARP四科綜合第1名的寶座。

在SHARP奪得第1名，要說他是全日本頭腦最好的小學生也不為過。

他到底是個什麼樣的男孩？我非常感興趣。異變是出現在六年級的四月。登上四科綜合第1名的是另一個女生的名字。小比類卷是第5名，公開測驗的結果是綜合第10名。

蟬聯榜首的學生居然跌下了第1名的寶座。說歸說，他的成績還是很好就是了。五月的月考是第16名。數學成績優異者的名單上並沒有小比類卷的名字；各科優異者只刊登到20名，代表他的數學是在20名以下。六月是綜合第20名，最新的七月分班測驗就如同先前看到的，是第26名，而且數學和自然都沒有擠進前20名。下禮拜的七月月考，他的成績是否會繼續下滑？

考試是種競爭，這樣的成績推移當然並非不可思議。其他學生也和小比類卷一樣拚命用功，稍有鬆懈，名次下跌是必然的結果；這麼一想，並沒有什麼好奇怪的。可是，我看到了。滿博的書包裡有小比類卷的講義，這件事令我耿耿於懷。

SHARP用的是獨家教材，每個禮拜都會發各單元的自製講義。這是複習至上主義的SHARP才能採用的方法。

基於這種性質，學生之間互借講義的可能性遠比其他補習班低。回家作業是直接寫在講義裡提交，就算真的要把講義借給別人，照常理判斷，也該是在把作業寫完以後才對。

SHARP的小六課表是星期一、四、六有課，有的星期日會安排考試。我是在星期五替滿博上課，星期四補習班出的作業，要在星期六交回。

如果滿博是在星期五向小比類卷借講義，代表小比類卷是在星期四上完補習班回家以後，就立刻把當天出的作業寫完了？

SHARP在為數眾多的補習班中，素以作業分量多而聞名，甚至可說是斯巴達教育。上完課以後，回家已經將近22點的小六生豈能在隔天之前寫完如此大量的作業？

就算真的寫完了，也找不到他把講義借給其他學生的理由或動機。滿博持有小比類卷的講義，鐵定不是出於尋常的理由。

將這件事與少年輕易跌下綜合第1名寶座的事實互相連結的應該不只我一個人。我回想起滿博平時的樣子。他在其他人面前，究竟是什麼樣的面孔？

在學校呢？在補習班呢？在小百合太太面前呢？在父母面前呢？在小比類卷面前呢？

胸口有塊沉甸甸的大石頭壓了上來。這麼一提，我還沒和菅原家的父母見過面。豈止沒見過面，連電話都沒通過。

我懷著難以釋懷的心情上了床。

*

隔週的星期五，季節即將邁入盛夏，即使到了傍晚，陽光依然耀眼。

我的心境和這樣的天氣正好相反，始終無法消除心中的疑念。這股疑念折磨了我一整個禮拜。然而，大考這隻怪物可不會等我，課還是得好好上。一百二十分鐘，該教的我都教了，滿博也都有跟上。

我只看得到上課時的他，是個腦袋靈光又乖巧的好孩子。

看到人會打招呼，也會說謝謝，從來不曾忘記寫作業。

然而，今天非問個清楚不可。開口詢問這種事，我的心情也很沉重。

「滿博，對不起，我必須先跟你道個歉。」

回去之前，我突然如此說道；他露出了訝異的表情。

「怎麼了？」

「老實說，我不是有意要看的，但是我不小心看到你書包裡的東西。你的書包裡有小比類卷的講義吧？」

「哦，這件事啊！」

看得出他有些動搖。平時他是個乖巧的小學生，現在卻突然露出了對我掂斤估兩般的目光。

「小比類卷很聰明，所以我借他的作業來參考。」

「這麼說來，小比類卷的講義上已經寫好了所有的解法和答案囉？」

「當然。」

「欸，滿博，那是昨天上課發的講義吧？現在在你的手上，代表小比類卷昨天上完補習班的課以後，就立刻把那麼多的作業全都寫完了，而且借給你看？」

「對，很厲害吧！他真的很聰明。」

滿博面露冷笑，如此回答，和他從前對我展現的模樣有著極大的落差。當然，我無法否定事情真如他所言的可能性。我不是因為懷疑他才問的，而是希望我搞錯了。

「能不能借我看看？我很好奇五年級的時候蟬聯綜合排名榜首的學生是怎麼解答的。」

滿博的語氣微微地改變了，表情也變得有點僵硬。

「不行，老師。」

見了他的模樣，我的懷疑幾乎轉為確信，心情雖然沉重，卻又有些安心。在這個世上，存在著無法從表情或態度窺知惡意的人。

這類人是真正的窮凶惡極之徒，從小就擁有這種才能；而被我看出心思的滿博似乎不是這類人。

「為什麼不行？」

「就算是老師，我也不能隨便拿給別人看，這是侵犯隱私。」

「這樣啊！抱歉，做這種要求。」

「沒關係。」

氣氛非常尷尬。我當然知道會變成這樣，但還是很難過。

可是，我不能置之不理。我強烈地這麼想。

「那下禮拜也多多指教了。月考的國語成績如果又進步了，我會很開心的。」

「是，我當然會加油的。我一定要考上第一志願。」

是啊！我得好好上課才行。

雖然我沒見過滿博的父母，兒子若是金榜題名，他們一定會很開心的，小百合太太也一樣。如果滿博上榜，就能成為補習班的實績，有助於明年以後的宣傳。

沒錯，考試就得背負周圍的期待。

雖說這是考生的宿命，背負這些大人的期待，真的很辛苦。我也是過來人，很能理解這一點。

說歸說，我的心實在不容許我不管小比類卷的事。

隔天是星期六，我開始思考有無和小比類卷見面的方法。

首先想到的，是洽詢ＳＨＡＲＰ豐洲分校。

不過，要拿什麼當理由？這年頭很講究安全。

尤其ＳＨＡＲＰ是十分注重學童安全的補習班，總是安排好幾個警衛護送學童前往最近的車站。

就算洽詢，沒有充分的理由，他們是不會透露的。

還記得我在補習班打工的時候，連隨身碟都不准帶回家，害我回家製作教材的時候很不方便。

而且我不知道小比類卷長什麼模樣，換句話說，在補習班前埋伏沒有意義。再說，這麼做也太可疑了。

暫且放棄補習班這條管道吧！這麼一來，只剩下學校了。

從網站可以得知的電話號碼大多是打到職員室的，要校方轉接給學生，比補習班更加不可能。

既然不知道小比類卷長什麼模樣，找到他的線索就只剩下名字了。

整理一下現在已知的資訊吧！首先，小比類卷和滿博讀同一所學校，班級似乎不同；六年級有一、二、三班，滿博是一班，代表小比類卷是六年二班或三班。

和他接觸的線索只有這些。我從這裡導出的結論非常簡單且傳統，那就是「鞋櫃放信」，如此而已。雖然得實際看過才能確定，日本多數小學的室內鞋都有寫名字。一個班級頂多五十人，而現在已經把範圍縮小到兩班，換句話說，只要檢查一百個鞋櫃，找出「小比類卷」的名字就行了。如果他是姓「佐藤」或「鈴木」就麻煩了，每個年級至少會有兩個人是這種姓氏，搞不好有四個人。

幸好「小比類卷」這個姓氏很少見，一個年級應該頂多只有一個吧！非但如此，由於它是四個字，所以很好找，只要有兩分鐘，就綽綽有餘了。

不過，還有一個問題，就是我要怎麼進入小學？

隔天星期日，我從地下鐵丸之內線轉乘有樂町線，前往月島。

記得是二月的時候吧？位於中央區銀座的公立小學採用的標準服是阿曼尼設計的，這件事上了新聞。有的私立小學會規定要穿著制服，但是公立小學原則上是沒有制服的，只賣標準服給想穿的家庭；而一套要價九萬日圓的標準服掀起了正反兩面的熱議。

我讀的是江東區立小學，沒有標準服這種概念，直到那時候才知道原來某些公立小學裡存在著比照制服的服裝。

滿博和小比類卷上的小學雖然同樣位於中央區，並不是新聞上的那所小學，而是所有校門、有紅土操場的學校，完全符合我心目中對於公立小學的印象。

今天是星期日，沒有學生。這幾年來，不管是公立學校或私立學校對於安全管理都變得相當嚴格。從前只要自稱是這所小學的畢業生，警衛就會放行了。

順道一提，我也試了自稱是畢業生，想進入自己畢業的小學；想當然耳被制止了，令我感到很懊惱。

我在小學周圍繞了一圈。要進入校舍和操場，必須穿越正門，再不然就是走後門。體育館旁邊還有一個出入口，但就算是平日也不開放，而且有點高度，要爬上去不容易。

凡事都需要事前調查，然而過度仔細，反而會招致失敗。不到三十分鐘，我就離開了。

難得來到這裡，我很想去滿博住的大樓裡的那個空間休息，但若不是受邀的訪客，別說電梯間，就連入口大廳都進不去。現在連大樓都不能任意進出了。雖說是理所當然的，這年頭的安全管理真的變得越來越嚴格了。

在回家的路上，我暗自尋思。像今天這樣的假日，包含樓梯口在內的所有出入口都上了鎖，只能選在平日去。入侵風險最高的應該是後門，工友室就在眼前。

晚上所有的出入口應該也都上了鎖，而學童在的時候工友當然也在。從校門光明正大地進入，穿越操場，走樓梯口——或許這反而是最實際的方法。學生在校期間，會把室外鞋換成室內鞋；換句話說，上課中，鞋櫃裡是沒有室內鞋的。

思及此，就知道我的機會十分有限。學生上學前，或是放學時的短暫時間。在這些時間以外，不是上了鎖，就是沒有室內鞋。

這代表我只要在上學前或是放學時間，趁著學生出入時混進來就行了。不過，不難想像事情絕對沒有這麼簡單。無論是哪個時段，都可能有接送學生的老師在場；就算沒有老師在場，我要融入上下學風景之中，得花費一番工夫才行。我必須偽裝成在場也不奇怪的大人。

我開始上網搜尋。有了！就是這個。比我想像的便宜多了，讓我大吃一驚。有時候抱著死馬當活馬醫的心態搜尋，就會發現網路上居然有賣意想不到的東西。另一樣東西則是到處都有賣。我把兩者都加入了購物車。

隔週的星期二，我前往大學上第三節課。課程通常是在14點30分結束，接著搭電車去月島，再走路去小學，時間上稍嫌太晚。我希望15點就能抵達附近。

如此這般，我自動提早下課，前往車站。

之前我上網買的東西意外地占空間，只好買個新包包來裝。

我坐著地下鐵顛簸了二十分鐘來到月島，接著又步行十分鐘前往目的地。

一般東京小學的放學時間最早是15點，我按照計畫，在這個時間抵達了附近。

學生似乎還在學校裡。15點15分，打鐘了；接下來學生應該會陸續離開學校。

SHARP星期二有課，如果要先回家一趟，再去鄰站的豐洲分校上課，就必須早點離校。這代表小比類卷應該會早早換下室內鞋，穿回室外鞋，離開學校。若是等到學生大多走光了以後，反而更容易引人注目，所以我必須算準時機。

時間是15點16分，打完鐘後才過了一分鐘，學生就陸續出現了。

這些學生的帽子是黃色的，應該是教室在一樓的一年級生吧！八成是一打鐘就離開教室了。小比類卷是六年級生，教室應該是在三樓，大約會在兩、三分鐘後離開。我就多抓一點時間，五分鐘後開始入侵。預定時間是15點21分。

我看著手機畫面。等待的時候，時間總是流逝得特別緩慢。過了一陣子，15點21分到了。好，開始準備。

我從包包裡拿出化裝道具。印有「穿越中」字樣的黃色旗子，324日圓；換句話說，就是俗稱的「導護媽媽」在拿的那種旗子。接著，我戴上黃色帽子，243日圓。

男人當導護媽媽的情況很少見，不過只要暫時不會引人懷疑就夠了。

我需要的時間只有讓我在鞋櫃裡找到「小比類卷」名字的兩分鐘。有了這頂深戴的帽子，就算遇上滿博，應該也不會被發現吧！準備萬全，上陣。

校門沒有接送的老師，通行無阻。

我並沒有故意展示旗子，而是保持自然。多虧了變裝，小孩完全沒有對我起疑。我橫越操場，走向樓梯口，來到並排而立的鞋櫃前。

戴著黃色帽子的學生是一年級生，我藉此得知了一年級生的鞋櫃位置。六年級生的鞋櫃應該是在反方向吧！大概是那裡。按照一、二、三班的順序排列的可能性很高，所以最底端的鐵定是三班，中間的是二班。

我走到底端，逐一確認名字。約有三十人。底端的鞋櫃裡沒有小比類卷的名字，代表他不在三班嗎？我又移動到中間的鞋櫃，逐一檢視。

結果我一下子就找到了。「小比類卷」果然很顯眼。目前花費的時間還不到一分鐘。

我從包包裡拿出了信。

你好，小比類卷同學，我是菅原滿博的家教，大學三年級生灰原巧。我很關心你，也很擔心你，想幫你的忙，請你聯絡我。

這是我昨天寫好的。雖然不知道他會不會聯絡我，但我相信他一定會聯絡的。

我正要把信塞進室內鞋時，鞋子裡隱約傳來了啪啦聲。

該不會是那個吧？大多數人都不會注意到這種聲音。小比類卷的室內鞋是在鞋櫃的下方。

我原本是以半蹲的姿勢塞信，這會兒則是完全蹲下來窺探裡頭。

只見室內鞋裡有個黃銅色物體散發著鈍光。果然是圖釘。有小學，就有圖釘。沒想到在這個時代，圖釘依然扮演著小學生霸凌工具的角色。

我的胸口深處有股熟悉的痛楚。鞋櫃所在的樓層氣味就快和我腦中的記憶連結起來了。不行。我做了個大大的深呼吸，轉動脖子。

接著，我把手指伸進鞋子裡，打算拿掉圖釘；瞬間，一股令人不快的黏著感傳到了皮膚上。

中招了。是嚼過的口香糖。

這是老套的霸凌招數。在室內鞋上方黏上口香糖，反制拿掉圖釘的動作。只要被霸凌者拿掉圖釘時像現在的我一樣感到不快，就達到目的了；萬一被霸凌者沒發現，直接穿上鞋子，更是完美無缺。襪子沾上口香糖，會讓人更不舒服。

為何別人的唾液沾上自己的身體或物品，會感到如此不快？

我清除附著在室內鞋上方的口香糖，並拿掉了圖釘以後，才把信放進去。事情辦完了，我覺得很不自在。

並不是地點造成的，而是記憶與心情造成的。我只想早一刻離開這裡。

我從操場走向正門，來到了公路上，前往附近的公園，把圖釘和口香糖丟進垃圾桶，在公共廁所用肥皂仔仔細細地把手洗乾淨。胸口的痛楚和水一起流走，心情變得舒爽了些。

現在的我沒有心情欣賞夜景。直接回家吧！我祈禱小比類卷會聯絡我。

＊

之後又過了幾個禮拜。到了八月半，季節正式轉為夏天，學生盡情地享受暑假生活。

對於大學生而言，是快樂的暑假，但是對於考生而言，卻是一決勝負的暑假，想必沒有半點興奮之情吧！我除了家教工作以外，還去欣賞朋友的樂團演唱會，和朋友去關東小旅行。

某一天上午10點。我的手機響了，是未知號碼。該不會是……我立刻接起了電話。

「喂？」

『是灰原先生嗎？』

這應該是小學生的聲音，聽起來很清澈。

「你就是小比類卷嗎？」

『對。』

「謝謝你打電話給我。」

困惑的氛圍從電話彼端傳來。我繼續說道：

「我想跟你見個面。不，就算不能見面也沒關係，可以跟我聊聊嗎？」

『為什麼？』

「我很擔心你。今天也有暑期輔導嗎？」

這種時候要靠發問延續對話。

『對，不過今天是暑期輔導前半期的最後一天。』

他回答了我的問題，讓我稍微安了心。

「這樣啊！從明天開始可以放幾天假？」

『四天。』

「不過，作業應該很多吧？」

『對，很多。』

「你住在月島嗎？上完補習班以後，可以跟我聊聊嗎？」

他沒有回答。

「你上完補習班以後，我會在豐洲五丁目公園等你，比較小的那個公園。今天也得上一整天的課，應該很辛苦，加油喔！」

他沒有回答，直接掛斷了電話。不知道他會不會來？

SHARP的暑期輔導是從中午開始，19點結束。我和朋友約好了今晚一起吃飯，但是我決定取消，去豐洲赴約。

我在18點前離開家門，前往豐洲。從車站步行，應該一下子就能走到公園了。豐洲公園很大，不適合沒有彼此聯絡方式的人相約見面；而豐洲五丁目公園沒那麼大，晚上有小學生走進來，應該立刻就能察覺。補習班和公園分別位於車站的兩側，從補習班步行，大約三分鐘就能抵達公園。

18點50分，我坐在公園遊具間的石椅上，等了二十分鐘左右。到了太陽下山、天色完全暗下來以後，終於有個背著書包的小學男生來到了公園入口。

他走到入口和我所在位置正中央的時鐘下方，停下了腳步。

我起身走向他。

「晚安。你是小比類卷嗎？」

「對。」

「辛苦了。暑期輔導前半期結束了，很累吧？」

小智沉默不語。

「我就直話直說了。你的成績下滑，和菅原有關係吧？如果你不敢跟身邊的人商量，可以找我商量。」

被霸凌者通常不會和身邊的人商量，不，是不敢商量。

如果找朋友商量，而朋友力挺自己，那個朋友可能也會成為被霸凌的對象；「原本是」朋友的人也可能因為預測到這種後果而疏遠被霸凌者，這種時候，被霸凌者只能默默接受。

至於父母或親戚，更是不敢商量。不想讓他們擔心，不想讓他們知道自己被霸凌，不想讓他們傷心。

找學校的老師商量，也是件難事。霸凌是小孩之間複雜的情感糾葛演變而成的，世上有多少老師能夠徹底解決這種問題？

不，一個也沒有。霸凌是無法解決的。

即使如此，老師還是想大事化小、小事化無。把霸凌的學生叫到職員室，要他跟被霸凌的學生道歉，握手言和。

光是想像這一幕，被霸凌者就會渾身發抖。他不需要道歉，不需要握手。自己的人權並不會在這一瞬間復活。班上同學會替他貼上告密者的標籤，物理性的霸凌或許會消失，但是今後他必須活得像空氣一樣。

哪種處境比較好？兩種處境都是地獄，都令人痛不欲生。你有經歷過讓你痛不欲生的事嗎？

一個人不被當人看的時候是什麼感受，你知道嗎？
在眾目睽睽之下不被當人看是什麼感受，你知道嗎？
人是群體動物，所以今後霸凌一樣會發生。
霸凌應該很有趣吧！霸凌者應該覺得樂趣無窮吧！
我不懂這種樂趣。正因為有趣，霸凌才不會消失。不過，我不想懂這種樂趣。
人生在世，其實不需要經歷痛不欲生的事。
這種痛苦會讓人格扭曲，而扭曲的人格永遠不會復原。
被霸凌者必須面對這種扭曲。
因為若不面對，扭曲的人格就會成為「缺點」。一旦被霸凌，自己的人格便會產生「缺點」，很殘酷吧？
若是面對，就會成為「特色」，甚至可能成為「長處」。屆時，會有許多人當作「特色」或「長處」看待，但還是會有不少人會視為「缺點」指責。即使以為自己已經成功將扭曲轉化為「特色」，終究還是被當成了「缺點」嗎？
思及此，難免感到傷心。不過，這種狀況會持續一輩子。
被霸凌者必須背負這種不利條件活下去。
而霸凌者不是忘了霸凌過別人的事實，就是當作沒發生過。

又或是這樣一語帶過：

「那又沒什麼大不了的，只是在玩而已。」

「只是開玩笑而已，何必那麼認真？」

這也難怪。若是他們了解霸凌的本質，一定會因為自己犯下的罪過之深而絕望。自己做過的事、說過的話，是如何摧殘一個人的心靈。

在心靈受到摧殘的狀態之下活著與死亡，何者比較痛苦？這是個無解的問題。

然而，說來遺憾，鮮少有人理解被霸凌者的處境。

就比例而言，每一百人就有一個受過霸凌。沒錯，被霸凌者的人數永遠無法超越其他人，他們是永遠的小眾，是少數派，永遠無法被人理解。

「小智，你不敢找人商量，只能藏在心裡，對吧？我從前也是這樣。」

小智抬起頭來看著我。

「我也不敢告訴別人自己很痛苦，只能一直藏在心裡，度過小學的六年間。」

「灰原先生也被霸凌過？」

「對，我被霸凌過，從一年級到畢業為止。」

「為什麼？」

「不知道。不過，鐵定是一些雞毛蒜皮的小事，比如看我不爽之類的。霸凌開始的理由有時候很明顯，有時候不明顯。」

小智盯著地面，似乎在聆聽我的話語。

「我也是選擇報考私立中學，因為不想和霸凌我的人上同一所學校。畢業典禮結束以後，我有種強烈的解脫感：啊，以後再也不會被霸凌了。」

「六年間，好厲害，我只是小兒科。我是從五年級的時候突然開始被霸凌的。」

「我猜是因為換了補習班吧？」

「您怎麼知道？」

「我在菅原家看到ＳＨＡＲＰ這三年來的成績優異者名單，推測出來的。你本來是上別的補習班，後來離開，在五年級中途進入ＳＨＡＲＰ，突然成了成績優異者第一名。沒錯吧？」

小智默默地點頭。

「你後來成績下滑的方式有點異常。還有，菅原的書包裡有你的講義，這一點也讓我覺得不太對勁。」

「灰原先生就因為這樣……想和我見面？」

「對。就因為這樣。我考國中的時候也遇過相似的狀況。受到霸凌的六年間，最痛苦的就是最後一年。」

片刻的沉默過後，他擠出話語：

「我被霸凌了。菅原是個混蛋。」

我感覺得出來，這應該是他第一次說出自己被霸凌的事。

「還有，我覺得因為這樣就約我見面的灰原先生是個超級怪胎。」

「真的跑來赴約的你也是個怪胎吧？」

小智笑了。

「您放信的時候，替我清掉了圖釘和口香糖吧？所以我才覺得可以和這個人見面。」

「那些東西每天都有吧？真的很討厭。話說回來，真虧你來了，你很勇敢。欸，你隨時都可以聯絡我，知道嗎？就算我當下不能接電話，之後我一定會回電的。」

原本面帶笑容的小智突然靜靜地哭了起來。我走上前去，輕輕地抱住他，直到他停止哭泣為止。

然而，後來小智並沒有聯絡我。季節就這麼迎接秋天，邁向冬天。

滿博的成績突飛猛進，不但升上了第四班，社會也擠進了成績優異者名單之中。另一方面，小智的成績持續下滑，從第一班跌到了第三班，只有國語還勉強留在成績優異者名單上。

今年就這樣結束了。

關東的國中入學考從十二月開始起跑，而重頭戲則是從二月一日開始。首都圈的學校大多將考試安排在二月一日～五日之間，多數考生的第一、第二志願都集中在這裡。

*

基於可以增加臨場經驗的理由，絕大多數的考生都會報考十二月和一月的考試，當作預演。

倘若上榜，就能抱著輕鬆的心態面對二月的重頭戲；就算落榜，就當作是為了適應大考氛圍，至少可以消除缺乏臨場經驗的不安。

當然，以十二月、一月報考的學校為第一志願的學生會在這時候卯足全力。

滿博報考了兩所一月舉辦考試的學校，分別位於千葉與埼玉縣，結果兩所都上榜了。在這個時期獲得好結果，對於二月的重頭戲有正面的影響。

這也有助於增進學生的自信與從容。在最新的考試中，滿博的SHARP內偏差值是55，而志願校的80％錄取線是54，換句話說，完全在錄取範圍內。只要做好健康管理，發揮平時的實力，考上第一志願的日子近在眼前。

如此這般，決定命運的二月一日到來了。小百合太太聯絡我，告知滿博的身體狀況沒有問題。

我搭乘地下鐵，前去替滿博打氣。入學考當天，補習班講師都會全體出動，替學生加油打氣。

我當講師的時候也有去。早上來到校門前一看，不愧是炙手可熱的明星學校，各大補習班的講師全都齊聚一堂了。我是無陣營代表，卻站到了滿博上的SHARP補習班的講師們身旁。

如此這般，到了7點30分，提早出門的學生漸漸地聚集到會場來了。

每當有學生到來，就會有某個補習班集團精神抖擻地吆喝：「加油！」熱情地替即將上考場奮戰的考生們打氣。

7點50分左右，滿博來了。和他在一起的不是小百合太太。

啊，那應該就是他的媽媽吧！直到考試當天，我才見到他的媽媽。她穿著深粉色的緊身洋裝，給人一種優雅知性的印象。

SHARP的講師們活力十足地吆喝：

「加油！」「平常心！」

不光是滿博，所有的考生都是一臉開心。

那當然。一起在人生的岔路上奮鬥至今的老師們前來替自己打氣，豈有不開心之理？

「滿博！」

我也不甘示弱地高聲叫道。

「老師？你來了？」

「當然。沒規定家教不能來吧？」

一旁的女性露出猛然醒悟過來的表情。

「對不起，這麼晚才打招呼。我是滿博的媽媽。」

「承蒙關照，我是擔任家教的灰原巧。滿博只要拿出平時的實力來，就不用擔心了，對吧？」

「咦？嗯？別增加我的壓力嘛！」

滿博笑了。看他這麼從容不迫，應該沒問題吧！他和媽媽一起從校門走入校內。

目送他離去以後，我又回到了車站。

在那之後，滿博是不是依然持續霸凌小智，直到今天？

小智現在是否也正前往某所學校應考？

我很希望他多聯絡我，但是他並沒有打電話給我，應該是有他自己的考量吧！

加油，考完試後，畢業典禮就近在眼前了。不再被霸凌的日子終究會到來的。

之後，我前往大學上第一節課。不過，由於今天比平時早起，有半堂課都被我睡掉了。

隔天，小百合太太打電話給我。

「喂？」

『喂？抱歉，打擾您休息。』

小百合太太的聲音之中流露著喜悅之情，讓我放下了心中的大石頭。

『我請少爺來聽電話。』

『老師，謝謝！我考上了！』

「是嗎？恭喜！太好了，努力有了回報。」

國中入學考的結果通常公布得很快，有些學校上午才考試，下午就放榜了。當然，大多數的學校都是隔天公布。有的學生會直接去學校看榜單，有的學生則是會在家裡上網查榜。

總之，太好了。

考上第一志願，代表包含今天在內的其他考試都可以不必參加了。持續了約一年的授課，也將在下一次告一段落嗎？這麼一想，就覺得感慨萬分。

補習班講師每年一到二、三月，就會陷入這種心境。

總之，太好了。

二月六日。今天是星期三，大學沒課，我在家度過了悠閒的午後。

我的手機接到了一通０３開頭的號碼打來的電話。

我姑且接聽。

「喂？」

對方沒說話。是無聲電話嗎？我如此暗想，隨即有一道微小又嘶啞的聲音傳來。

『謝謝。』

電話掛斷了。怎麼回事？

到了下個星期五。大考完後的家教課，這應該是最後一堂課了。

我前往菅原家。一如平時，應門的是小百合太太。

我來到38樓，按下玄關前的門鈴。這樣的流程已經重複了無數次，我對這棟大樓的走廊和電梯風景也產生了感情。一想到這是最後一次，不由得有些落寞。

小百合太太一如平時，迎我入內。玄關有雙沒見過的鞋子。

來到客廳一看，爸媽都到齊了。

「老師，這一年來真的很感謝您。一直沒有當面向您致意，很抱歉。我是滿博的爸爸，菅原真。」

我終於和雙親都見到了面。

爸爸散發出一股老成持重的存在感，雖然態度溫文有禮，卻帶有非比尋常的氛圍；乍看之下，像是個普通的溫和大叔，但是眼底沒有絲毫笑意。

他伸出手來，我牢牢地握住了他的手。他的力氣好大。

「這次真的多謝您的關照。」

爸媽都深深地低下了頭。外務省職員和女醫生一齊向我低頭致謝，讓我感到渾身不自在。

我也道了謝，隨即前往滿博的房間。

雖說是上課，氣氛並不像過去那樣緊繃。我提前教了他一些國中英文。

過了一小時以後，已經無事可做，我們開始閒聊。想加入什麼社團活動？考上的是附屬中學，等於大學也有著落了，以後想讀什麼科系？聊著聊著，我提出了一直惦記在心的問題。

「這麼一提，不知道小比類卷的情況如何？」

「誰曉得？他二月一日以後就沒有來上學了。」

基於健康管理考量，考生自一月起就不必去學校，而是待在家裡唸書；不過，考完試以後，就得去上學。今天是二月八日星期五，首都圈的學校大多是在二月五日結束考試，六日公布結果。

我做了某種不愉快的想像，其餘的閒聊內容完全沒聽進腦子裡。

雖然爸媽表示這是最後一堂課，已經訂了豪華餐廳，但我還是婉拒了晚餐邀約，離開了菅原家。接著，我撥打小智夏天聯絡我時使用的那個090開頭的電話號碼。

他沒有接聽。過了一陣子，我又撥了一次，同樣沒有接聽。

待自己的通話紀錄在反覆撥打之下淹沒了畫面以後，我放棄了。但願我只是杞人憂天。

隔天，我的手機接到了來自小智號碼的電話。

我懷著祈禱的心情立刻接聽，聲音的主人並不是小智，而是小智的媽媽。

我昨天打了太多通電話，所以她才回撥的。

聽了理由以後，我得知自己最壞的想像成真了。

小智在三天前自殺了。

二月六日。那天接到的電話莫非就是小智打的？03開頭的號碼，是小比類卷家的電話號碼嗎？

掛斷電話以後，小智就自殺了。

我說明自己為何知道小智的電話號碼。

小智的媽媽哭著對我訴說小智的事。

成績突然下滑以後，她自己也對小智發過脾氣；父親對兒子期望很高，家庭環境雖然不算富裕，還是把所有資源都用在兒子的學業之上，這三年間幾乎沒能存錢。補習班的學費並不便宜，這是事實。即使成績下滑，考量到父母的付出，以及小智自己的自尊心，他不能調降志願校的等級。

於是，小智落榜了。

第一志願不用說，就連備胎校也落榜了。

而在五日之前，他連原本沒打算考的學校也考了，但依然落榜。

六日公布了五日的榜單，小智大概就是在那時候打定主意的吧！最後，他打了通電話給我。

請試著了解小智的立場。他在學校被霸凌，在補習班因為成績下滑而無地自容，在家裡又得面臨爸媽的壓力。無論去哪裡，都沒有容身之處。

讓他活下去的唯一動機，說來諷刺，就是入學考。
只要金榜題名，畢業後就可以擺脫霸凌。
也能滿足爸媽的期待。只要金榜題名，一切都能圓滿收場。
不難想像他滿腦子只有這個念頭。他的心情我感同身受。
然而，現實卻是所有的學校都名落孫山。
聽說他留下了遺書，說明他在學校裡被霸凌的經過。
補習班講義每次都被搶走，害他不能唸書。雖然他沒有寫出具體的姓名，卻把自己的遭遇清清楚楚地寫了下來。
小智的爸媽想對霸凌主犯提告。
我掛斷電話，思考片刻過後，打電話到滿博家。
接聽的是小百合太太。我表示有話想跟滿博說，詢問可否登門拜訪。
小百合太太說今天是星期六，如果滿博準時放學，會在14點回到家。
我開始準備出門。

＊

我在14點左右抵達了菅原家。

「滿博，我想跟你單獨聊聊，可以去你的房間嗎？」

「好啊！」

我原本以為不會再來這裡了。房裡只有兩人，一如平時的上課光景。

「我就打開天窗說亮話了。小比類卷智自殺了。」

滿博的臉色瞬間變得一片蒼白。他強自鎮定——

「是嗎？真的嗎？」

如此說道。

「他好像留下了遺書，寫下他被霸凌的經過。」

滿博的臉色變得更加蒼白了。他的動搖是來自於對於自己所作所為的悔恨嗎？還是為了自保？事情一旦曝光，剛考上的名校或許會取消他的入學資格。

「他說他的講義每個禮拜都被搶走，害他無法唸書。」

「你騙人！」

滿博大叫，對我怒目而視。瞪我也沒用啊！

「我沒騙你，是小比類卷的媽媽說的。就算你不相信，他的爸媽說要對霸凌主犯提告。到時候，學校遲早也會知道這件事的。」

滿博哭了。

「你為什麼要霸凌他？」

他只是哭，沒有回答。

不過，我大概知道滿博霸凌小智的理由是什麼。

滿博生長在優渥的環境裡，擁有社會地位崇高的父母，以及可以自由接受教育的資產。長到12歲，他應該也知道自己的條件比別人優渥，從而產生了優越感。

在這樣的狀態之下，他首次遭遇的挫折就是「小比類卷智」。

滿博天資聰穎，父母和小百合太太應該也這樣稱讚過他吧！而他一定也知道自己聰穎過人。

然而，升上五年級以後，突然出現在補習班裡的「小比類卷智」卻是他怎麼也無法超越的存在。雖然就讀同一所小學，原先補習班不同，自然是互不相識。突然冒出一個比自己優秀的人，他鐵定是大受震撼。

小學時的學力大多是取決於才能。縱使再怎麼努力，若是對方也一樣努力，便無法縮短才能的差距。

他心有不甘，所以才霸凌小智。

至於霸凌的手段，則是阻礙小智最大的特徵——學力和唸書。這對於滿博而言是最為理想的形式。

「滿博，就算你繼續保持沉默，事情也會曝光的。與其這樣，不如自己說出來吧！跟你的爸媽，還有跟小比類卷的爸媽說。你的所作所為造成了一個人的死亡。」

滿博哭個不停，無法溝通。

我走出房間，請小百合太太自行詢問他緣由之後，便離開了菅原家。

這次真的是最後一次來這裡了。我聽見自己的腳步聲在走廊上迴盪。

幾天後，小比類卷的媽媽打電話給我。

她說提告這條路行不通，聲音因為憤恨不平而顫抖。

校方出面調查霸凌，可是沒有找到霸凌的證據。

既然無法證明霸凌的真實性，遺書的內容或許只是為了逃避大考壓力而編造出來的——這就是校方得出的結論。

校方宣稱沒有證據，無可奈何。

我雖然知道自己無能為力，但是面對一名少年「被殺」卻無法替他討回公道的狀況，也不禁哀嘆。

若是霸凌屬實，會影響學校的形象；對於警察和司法機關而言，自殺的原因是考試落榜以至於對將來不安，也比霸凌來得好處理多了，因為加害者有大醫院的醫局和外務省撐腰。

沒有人期望為霸凌所苦而自殺的事實，除了我和小比類卷的父母以外。在這個世上，想必有許多事實是在司法裁奪之前就被扭曲了吧！某一年的國高中生自殺人數是279人，但理由是「霸凌」的自殺卻只有4人。

真的是這樣嗎？超過八成的理由都歸類到「對將來感到不安」之上。

再這樣下去，小智在2018年未成年自殺人數的資料檔中，也會被歸類為「對將來感到不安」，淪為單純的數字「1」。

警察大概也是跟家長說「校方沒有找到證據，提告也沒用」吧！

豈有此理？如果家人的立場相反，這件事會怎麼發展？

如果自殺的是父母有頭有臉的滿博，而出身普通家庭的小智是加害者。我知道這麼想無濟於事，但我感覺到背後隱藏了一股巨大的力量。小智自殺，加害者按照原定計畫，進入志願校讀書。

掛斷電話以後，我有好一陣子連動都不想動。

之後又過了一個月。東京在四、五天前發布了櫻花的開花宣言。

到了櫻花花瓣漸增的時期。

今天是中央區小學的畢業典禮。陽光普照，天氣和煦，我來到了小學。

典禮結束後，畢業生和家長一起走出禮堂，個個都是笑容滿面。

這讓我再次體認到小智和他的父母在這樣的好日子裡卻不在這裡的事實。

我看到了滿博和他的父母，一直線走向他們。他們當然也察覺了我。

父親擋在兩人之前。

「老師有什麼事嗎？有事的話，跟我說就行了。」

我不管三七二十一，繼續前進，父親也往前踏出一步。

他試圖擋住我的去路，但我繞過了他，走向滿博。

此時，我的右臂被一股強勁的力道抓住了。

「我要找的是滿博。」

「你或許會危害我兒子，我不會讓你跟他說話，有事跟我說。我不認為把事情鬧大是好主意。必要的時候，你應該知道吧？」

即使動用權力，也要保護兒子的將來。這確確實實是種父愛。

多麼扭曲的愛啊！

隔著這段距離也無妨。滿博用充滿怒意的表情瞪著我。我用力扯開嗓門。

「你千萬要記住！小智死了，但是以後你還會活下去！你千萬別忘記，別忘記被你殺掉的小比類卷智！到死都要記著他！」

滿博垂著頭，聽我說話。

我無法改變什麼。今後的未來，小智並不存在。

但願能讓小智和他的爸媽知道我的憤恨不平。

這就是我唯一能做的事嗎？我氣惱自己的無力，可是再怎麼氣惱也沒用。

我轉過身，離開了小學，腦袋一片空白，不知不覺間走到了隅田川。我眺望河面片刻。

春光，爛漫，隅田川——輕快的旋律在腦內播放，但只是徒增空虛。

我突然靈光一閃，再次返回小學。畢業典禮結束，家長和學生都離開了，學校恢復了假日的氣氛。

我不像上次那樣戴著黃色帽子、拿著導護旗。被逮到就算了，我不在乎。

我從校門一路穿越操場，走向鞋櫃所在的樓梯口。

六年二班的鞋櫃幾乎都是空的。

畢業典禮結束，鞋櫃裡的室內鞋當然會全數清空。幾天後，就會有新一批六年級生使用這個空鞋櫃。

不過，只有一雙室內鞋留在鞋櫃裡。

我拿起那雙鞋，裡頭有圖釘，還有因為時間經過而變黑的口香糖渣黏在上頭。

「胡說八道，明明就有充分的證據啊！」

我在空無一人的鞋櫃前喃喃自語，淚水潸然滑落。

尾聲

家庭教室

幾天前，羽田爸爸打了電話給我。

滿博的家教工作結束了，現在我並未擔任任何人的家教。

而我這個大學生也將在幾天後迎接新學期。

「喂？」

『好久不見，這陣子疏於聯絡，很抱歉。』

「不會。您過得還好嗎？」

『很好。老師也過得好嗎？』

「嗯，馬馬虎虎。」

『不知道能否跟老師見個面？』

「當然。大學就快開學了，不過我現在還在放春假，只要是在這三、四天裡，什麼時候都行。」

『現在正值櫻花盛開的時候，不如中午一起賞花吧！如何？』

「好啊！我家附近的公園是內行人才知道的好地方，沒什麼名氣，所以人比九段下的千鳥淵或新宿御苑少很多，但是櫻花很漂亮。在東京賞櫻，我最喜歡這個地方。」

『這我倒是不知道。那就在那裡見面吧！我拭目以待。』

如此這般，幾天後，我騎著腳踏車前往距離我家約有十分鐘路程的善福寺川綠地。風有點大，但是正好吹散了雲朵，晴空萬里。今天的預測最高氣溫是20℃。

我披了件薄外套就出門了，街上也有人只穿一件T恤。

我飛快地騎著腳踏車，一路暢行無阻地抵達了公園。

畢竟是賞花季，人還挺多的，但是還不至於連鋪張墊子的空間都沒有。

我在路上超商買了幾款罐裝酒和一瓶600日圓的葡萄酒，又買了些洋芋片後才過來。雖然羽田爸爸是個美食家，但是賞花就是要吃超商的東西才搭。

時間、地點、場合是很重要的。善福寺川綠地很寬敞，河邊是觀光步道，從這一頭走到另一頭，距離足足超過四公里。如果一面賞櫻一面漫步，得花上近一小時才走得完。

我在入口處打電話給羽田爸爸。我們似乎是在不同的方向。

長長延伸的善福寺川綠地正中央有片很大的草皮廣場，我們約好在那兒會合。

先到一步的我在時鐘底下等候。不久後，一個身穿灰色西裝的人物映入了眼簾。

「讓您久等了。」

「不，我完全沒等到。」

「話說回來，我一路走到這裡，風景真的很漂亮啊！櫻樹的樹枝朝著河面伸展，看起來魄力十足，美極了。」

「我也一樣，光是來這裡的路上就欣賞了不少美景。那邊還有個沒什麼人但是種了很多櫻樹的地方，我們過去看看吧！」

善福寺川綠地本身就是個內行人才知道的好去處，而那裡又是我找到的最佳景點。不能隨隨便便告訴別人。

從正中央的廣場步行約十分鐘，其實有條偏離步道的小路。

乍看之下，像是通往路邊民宅的玄關，絕大多數的人應該都沒想到這是公園的觀光步道，就這麼過而不入吧！

我牽著腳踏車，道路的寬度勉強可以容納我通過。穿過這條路，有個小廣場。就是這裡。這裡是全東京之中我最愛的賞花景點。

徐緩傾斜的草皮，亂數分布的櫻花遮蔽了八成的天空。

這裡也有引自善福寺川主流的人工分流，可以同時欣賞河川與櫻花的風情。

除了我們以外，只有兩組人，應該是住在步道邊的人吧！

我們攤開羽田爸爸帶來的野餐墊，坐了下來。

「我買了些東西來，不知道合不合您的胃口？」

我拿出剛才在超商買來的即席賞花套餐。

羽田爸爸想喝一瓶６００日圓的葡萄酒，我倒在紙杯裡遞給他。

而我則是選擇了罐裝梅酒。

「超商葡萄酒的實力如何？」

「這個嘛，不當成葡萄酒，而是當成加了酒精的葡萄汁來喝的話，確實很好喝。」

羽田爸爸笑道，已經喝掉了一半。

看他喝得津津有味，我也跟著喝喝看。

我把葡萄酒倒進紙杯裡，抱著好玩的心態轉了一圈，聞了聞香氣。

從葡萄香中感受到的只有甜味，之後又逐漸轉換為酒香。

這應該是在葡萄果汁裡加入防腐劑與香料，再混入酒精製成的。

與道地的葡萄酒成分雖然相同，成品卻完全不同。

我喝了一口，好甜。在甜味消散之後，最終留下的餘韻是酒精消毒水味。不過，口感很好。只要不計較最後留下的氣味，是種很順口的「喝得醉的葡萄汁」。

和洋芋片一起品嘗的超商酒，是晴天賞花時最棒的奢侈品。

「我和老師也認識很久了啊！」

「是啊！雖然還不到兩年，受您關照已經有一年多了。您介紹那麼多學生給我，讓我每天都過得多采多姿。」

「那就好。老師很適合這一行，在大多數的家庭都是以成功收場。大家都說您是個勝率很高的老師。」

「謝謝您的讚美。」

「我們以後也想繼續介紹學生給老師，可以嗎？」

「是，求之不得。我現在手頭上沒有學生，星期幾都沒問題。」

沒有學生，就沒有收入。

雖然勉強在不動用存款的狀態之下撐過了一年，再這麼下去很危險。

我體驗了許多難能可貴的經驗，如果他願意再介紹學生給我，我當然是感激不盡。

「有鑑於老師的實績，我想介紹更困難一點的個案，比如像菅原同學那樣的。」

「在您介紹給我的學生之中，菅原同學的成績從一開始就很優異了。雖然備課比較辛苦一些，但是負擔並不大。」

雖然還得附註一句「以家教的成果而言」才行。

開始做這份打工以後，多了好幾個永生難忘的名字。

羽田勇氣、松田順、庄村梨子、木田泰明、杉原杏瑠、菅原滿博，以及小比類卷智。

回頭一看，不禁感慨參與孩子們的人生，竟能讓自己成長這麼多。

歡笑、悔恨、惱怒。過去我從未在這麼多感情的驅使之下生活。

「最後介紹的菅原家，只有這個案例令人遺憾。我們已經盡力而為了，是我的失策。

對不起。」

「什麼意思？滿博考上了第一志願……」

「您認識小比類卷智吧？」

「對。」

我的心頭倏然沉重起來。

「如果我介紹別人給菅原家，把老師介紹給小比類卷家，或許結果就不同了。」

什麼意思？我幫菅原考上了第一志願，就結果而言，十分成功啊……

「小比類卷同學和菅原同學，我原本希望他們雙方都有好結果。我經手的個案已經連續成功了四件，這是很驚人的紀錄。從我們展開活動以來，鮮少進行得如此順利。我真的沒有看錯老師。」

連續，成功，我們，失策。這些字眼不該出自一個以個人立場仲介家教的人之口。回想起來，在過去的一年半之間，他好像也說過一些令我納悶的字眼。

「剛才您說『在大多數的家庭都是以成功收場』，是什麼意思……？」

「就是字面上的意思。替仲介的家庭帶來幸福，是我們的工作。」

「依您剛才的說法，菅原家算是失敗嗎？」

「抱歉，我的用詞不精準，造成了誤會。我的意思是，老師表現得很好，但是就整體結果而言，沒能阻止小比類卷同學的自殺，這一點不盡人意。」

我雖然聽得懂字面上的意思，卻聽不懂言下之意。我們談的明明是同一個話題，卻活像是雞同鴨講。

「您介紹給我的是菅原家，他的家長和他自己都希望我能幫他提升成績，讓他考上第一志願，結果他也考上了。說句冷漠的話，小比類卷同學和這件事無關吧……？」

我故意說了這番違心之論。

「那您認為這次菅原家的結果很圓滿嗎？包含小比類卷同學的事在內。」

「當然不是！」

我的語氣忍不住激動起來。

「我知道老師也是這麼想的。我也有同樣的感受。」

羽田爸爸垂下了頭。他看起來是真的很懊悔。

「我們設想的最佳結果，是小比類卷同學不再被霸凌；至少支持他到大考結束為止，讓他上新學校。結果，他沒考上新學校……」

他沒有繼續說下去，而我也無法繼續說下去，不想繼續說下去。

「聽羽田爸爸的說法，介紹我給博滿家有其他理由嗎……除了我想的理由外。」

「詳情我不能透露。就連剛才那些話，我也沒對其他老師說過。事到如今，我就坦白跟您說了。我希望將來能讓您坐上我的位子。對於我們而言，像您這樣的人才很寶貴，日後一定不可或缺。」

他是在稱讚我嗎？雖然感覺不壞，但我還是一頭霧水。

豈止一頭霧水，他越說，我越糊塗了。

「我信任老師，才說了這些話，請您別說出去。」

「我不知道要跟誰說，更何況我聽得一頭霧水，就算要說也無從說起。能不能說得更詳細一點？您的目的到底是什麼？從事的工作是？」

「工作名稱我還不能說，不過，目的我可以回答。我的目的是增進社會的幸福，減少不幸。」

他越說越玄了。

「舉例來說，您可以把我當成在特殊法人、NPO等非營利機構工作的人。」

「我還是不明白。」

表面上羽田爸爸是介紹家教工作給我，實際上卻是透過我達成他，或該說他所屬的團體的目的——是這個意思嗎？

「總之，期待老師以後的表現。」

接下來無論我再怎麼問，他不是打哈哈，就是不回答。

無可奈何之下，只好用閒聊打發剩下的時間，但我實在無法釋懷。

再說，我還是不明白羽田爸爸的目的是什麼。

他並沒有向仲介的家庭收取手續費，而且介紹完後，基本上就不再做任何干涉；然而，他似乎又從某處掌握了實際的狀況。

可是，我從來沒聽過家長提起羽田爸爸。

這是最讓我覺得古怪的地方。試想，既然是透過他的介紹，應該多少會談起他吧？

看來我還是別光等羽田爸爸介紹，自己上網張貼廣告，尋找需要家教的家庭吧！

我並不是不信任他。我覺得他是個富有魅力的人物，也很感激他的恩情。

若要把這種古怪感換個說法，或許就是好奇心吧！

「糟糕，不知不覺間，時間已經這麼晚了，我該回去工作了。和老師見面也是工作，但是說來不可思議，跟老師見面的時候，我老是會忘記是在工作。過幾天我再聯絡您。以後也請您多多指教囉！」

說著，他站了起來。離這裡最近的車站是地下鐵丸之內線的南阿佐谷站。

我牽著腳踏車替他帶路，並目送他離去。

＊

四月半的某一天，我從東京站搭乘東北新幹線前往仙台站。

在車上，我發現手機收到了一封郵件。

寄件人是松田順的媽媽。

很久沒聯絡了。順過得很好，每天上學都上得很開心。不知道老師過得好嗎？前幾天，順上傳了新作品到網路上。作品雖然拙劣，如果老師能去看看並給點感想，一定能帶給小犬很大的鼓勵。再見。

郵件中附上了網址，我點開來看。

他的最新影片作品出現了。剛上高中，適應起來一定很辛苦；為了活用在學校裡學到的技術，想必是經過了反覆的試行錯誤吧！

或許是因為這個緣故，相隔一年上傳的新作變得更棒了。

自製的音樂影片配合我沒聽過的樂團歌曲播放出來，不知道是朋友的樂團還是無名的獨立樂團？

影片中沒有演員，而是拍攝風景與街上行人，並打上歌詞。好厲害，影片質感很專業，一點也不像是出自於16歲少年之手。製作的影片比這部品質更差的導演比比皆是。

我開始認真考慮是否該介紹他給我的樂團朋友認識了。

順很努力，剛相識時的印象彷彿是假的。

這封郵件讓我想起了每個學生。

在名古屋之行以後，我依然會不定期地替泰明上課。

考試前或寫暑假作業時，他都會請我去上課。今年春假，我也上門打擾了一天。

之前未能成行的燒肉晚餐，後來也和木田一家一起去了，包含爸爸在內。

當時，我感覺到我、爸爸和泰明之間似乎產生了一種男人的連帶感。

現在無論是聊起車子或爸爸，我們都聊得很開心。

爸爸和晴美小姐鐵定分手了。

泰明拜託我開車載他去兜風，我沒有駕照，正在考慮要不要去考。是要上駕訓班？還是參加駕照集訓？

集訓比較便宜，我應該會選擇集訓。

杏瑠則是常用推特傳私訊給我。

從「又有人寄這種奇怪的照片和訊息給我了」，到「學校裡發生了這種事」，內容五花八門。

順道一提，在那之後，我和杏瑠的媽媽完全不曾聯絡過。她是否已經學會放手了？

我很開心杏瑠改變了。從前她一有事就悶在心裡，這樣會過得很辛苦。

不過，現在她常會傳訊息給我，似乎能用比較輕鬆的態度面對生活了。

做為吐苦水的對象，我應該多少幫上了忙吧？

從推特和部落格的內容看來，她的投資似乎依然是一帆風順。

由於她也公布了金額，我連她現在有多少資產都一清二楚。雖然有趣，卻也讓我被迫面對自己至今仍然過著拮据生活的事實。

順道一提，她沒有報考私校，而是直接進入公立國中讀書，我也贊成。

待在公立學校這種各種價值觀並存的環境之中，或許能夠改變杏瑠對於學歷的偏頗成見。順道一提，她想去美國的高中讀書，學費當然是打算自己出。

她還不敢對媽媽提起這件事，不過總有一天她會說出來的。加油，杏瑠。

我突然心念一動，確認久未查看的梨子的ＬＩＮＥ。

比起一年前查看時，聊天紀錄掉到了更下方。

新幹線的行駛聲流向遠方，四周安靜得直可聽見自己的耳鳴聲。胸口突然變得很悶。

這時候，車內開始播放音樂，告知新幹線已經接近仙台站。

我穿上剛才脫下的登山外套，拿起包包，準備下車。

我在仙台站下車，轉乘了幾班當地電車，前前後後大約坐了三十分鐘的車。

下了車以後，我在附近的超商裡買了蠟燭和線香。

計程車招呼站裡沒有計程車。我撥打上頭寫的計程車隊電話，請他們派計程車過來。

等了十分鐘左右，一台計程車來了。我坐上車子，告知寺院的名字。

隨著車子前進，風景變得越來越恬靜。時間已經過了13點。

多虧了明媚的春光，車窗外的世界顯得很明亮。

風景從住宅區轉為田園，在農道上行駛片刻過後，目的地的寺院到了。

我下了車，走進院區。那是座小寺院，因此我很快就找到了要找的墳墓。

悄然佇立的墓石還很新。我點燃蠟燭，並用燭火點燃線香。

此時，春風吹來，白檀香飄然擴散，撲鼻而來。

視野中突然粉色紛飛。環顧四周，是漂亮的櫻花。

東京的櫻花大多已經凋零了，原來這個時期，在仙台櫻花還是盛開的？我雙手合十。

「小智，你來到了一個好地方。這下子可以期待每年的櫻花季了。」

我供奉從東京帶來的鮮花。在我之前，還有別人供奉的兩朵花。

「明年我會再來的。」

說著，我行了一禮，背向小比類卷；此時，又是一陣春風吹來，櫻花四處飄散。

後記

不知道大家喜不喜歡家庭教室？

這是我第一次寫小說，吃了許多意料之外的苦頭。

我應該也給ＫＡＤＯＫＡＷＡ的編輯添了不少麻煩，在此要致上我深厚的謝意。

開始動筆以後，主角灰原巧變得比我當初描繪的人物形象更加地自由奔放，彷彿動筆的是他，寫故事的也是他。

多虧了他，故事的分量大幅升級（笑），可說是令人開心的失算。

像是和一個活生生的人交流一般，在寫作過程中，我和灰原巧一同憤慨，一同悲傷，一同喜悅，這樣的感覺十分新鮮。

某位漫畫家在訪談中曾經說過連載結束時，他很捨不得和自己作品中的角色道別。

這次寫完一本書，我完全沒有這種感覺。

對我而言，關於這本書描寫的主題，我還有一整本想寫的東西。在我的心中，這個故事還會繼續下去，灰原巧依然精神奕奕地活動著。

才剛寫完一本書，就開始想著下一本書是什麼時候，似乎太性急了；不過，只要我還有想寫的東西，我就會繼續寫作。

今後，他會遇上什麼樣的問題？有什麼樣的感受？採取什麼樣的行動？我抱著這樣的期待，暫時擱筆。

最後，我要在此感謝閱讀本書的您。

真的很謝謝您。

身為一個創作者，無論是在音樂或寫作方面，我都會持續精進下去。

還請大家今後也不吝支持。

伊東歌詞太郎

いとう
かしたろう

國家圖書館出版品預行編目資料

家庭教室 / 伊東歌詞太郎作 ; 王靜怡譯 . -- 初版 .
-- 臺北市 : 臺灣角川股份有限公司 , 2021.07
面 ; 公分 . -- (Kadokawa light literature)(角川
輕 . 文學)
譯自 : 家庭教室
ISBN 978-986-524-633-4(平裝)

861.57 110008396

輕文學
Light Literature

家庭教室

原著名＊家庭教室

作　者＊伊東 歌詞太郎
插　畫＊みっ君
譯　者＊王靜怡

2021年7月29日　初版第1刷發行

發 行 人＊岩崎剛人
總 編 輯＊呂慧君
主　　編＊李維莉
美術設計＊李曼庭
印　　務＊李明修（主任）、張加恩（主任）、張凱棋

台灣角川

發 行 所＊台灣角川股份有限公司
地　　址＊105台北市光復北路11巷44號5樓
電　　話＊（02）2747-2433
傳　　真＊（02）2747-2558
網　　址＊http://www.kadokawa.com.tw
劃撥帳戶＊台灣角川股份有限公司
劃撥帳號＊19487412
法律顧問＊有澤法律事務所
製　　版＊尚騰印刷事業有限公司
I S B N＊978-986-524-633-4

※版權所有，未經許可，不許轉載。
※本書如有破損、裝訂錯誤，請持購買憑證回原購買處或連同憑證寄回出版社更換。

KATEI KYOSHITSU
© KASHITARO ITO/KADOKAWA CORPORATION 2018
First published in Japan in 2018 by KADOKAWA CORPORATION, Tokyo.
Complex Chinese translation rights arranged with KADOKAWA CORPORATION, Tokyo.